长颈鹿与少年

WEST with GIRAFFES

[美]琳达·拉特利奇 著

任爱红 译

北京联合出版公司
Beijing United Publishing Co.,Ltd.

献给真正的飓风长颈鹿

一个人在爱上动物之前,他的一部分灵魂还没被唤醒。

——阿纳托尔·弗朗斯,诺贝尔奖得主,1921年

我见过的最可爱、最美丽的动物是一只长颈鹿……百兽中的王子。

——约翰·桑德森,旅行家,1595年

目 录

序章	···	001
第 一 章　纽约港	···	005
第 二 章　在阿西尼亚	···	027
第 三 章　穿越新泽西州和特拉华州	···	046
第 四 章　横穿马里兰州	···	070
第 五 章　睡眠	···	096
第 六 章　去华盛顿特区	···	099
第 七 章　越过蓝岭山脉	···	106
第 八 章　进入田纳西州	···	129
第 九 章　穿越田纳西州	···	155
第 十 章　进入阿肯色州	···	192
第十一章　穿越俄克拉何马州	···	220
第十二章　穿越狭长地带	···	240
第十三章　进入新墨西哥州	···	269
第十四章　去往亚利桑那州	···	290
第十五章　进入加利福尼亚州	···	309
第十六章　家	···	318
尾声	···	335
作者注	···	337
史实注释	···	340
致谢	···	346

纽约世界电讯报

1938 年 9 月 22 日

奇迹长颈鹿穿越海上飓风

纽约——9 月 22 日（特别版）。在历经昨日肆虐东海岸的大飓风之后，蒸汽船罗宾·古德费洛号今天上午载着两只生死未卜的长颈鹿，艰难进入纽约港……

1938 年 9 月 23 日新闻报道汇编

……在少有的海上飓风生还记录中，蒸汽船罗宾·古德费洛号离开海地海岸，径直驶进本周的灾难性风暴中。据目击者描述，巨浪遮天蔽日，鱼儿在空中游，狂风将海浪吹成水柱，一个船员被海浪卷入空中，困在甲板上的船员只能眼睁睁地看着。其他同伴把他们拉进船舱，他们爬进去，别无选择，只能放弃两只装在箱里的巴林戈① 长颈鹿，让它们独自面对猛烈的飓风……几分钟后，船右舷倾斜了一半，并在狂风巨浪中保持这个姿势足有六小时，飓风过后才陡然回正。甲板上，似乎一切都没了，只剩下一只受伤的长颈鹿还站在绑着绳子的

---

① Baringo，地区名，位于非洲肯尼亚首都内罗毕。——译者注（本书注释若无特殊说明，均为译者注）

板条箱里,它的同伴的板条箱被压碎了,人们在碎片中发现那箱子横着卡在船舷栏杆上,这只巨兽只露出脑袋,没有生命迹象。但就在船员们准备合力把长颈鹿的尸体推到海里时,倒在地上的长颈鹿动了一下,睁开了眼睛……

我拥有的真正朋友不多,其中两个是长颈鹿……

——伍德罗·威尔逊·尼克尔

序章

伍德罗·威尔逊·尼克尔于2025年一个寻常的日子，以一种寻常的方式离世，享年105岁，这个年龄相当不寻常。

整整一个世纪零五年。

退伍军人事务医院一名年轻的长期护理服务联络员接到任务，负责将他的遗产交付给他在世的家人。对伍德罗·威尔逊·尼克尔来说，他只留下一个古旧的军用床脚箱，根本没有在世的家人。站在他空荡荡的房间里，她看了看时间，决心按计划行事。这个工作让她觉得自己仿佛是一个"身后之物的看护者"，尤其是面对那些在心脏停止跳动之前很久就已经不省人事的百岁老人时。也只有他们有床脚箱了。无处可去的旧床脚箱最为糟糕，里面满是人世意味的内容，随着那些人逝去也一同离去，仿佛她真的看到过去消散无踪。于是她深吸一口气，打开那个旧箱子，以为会和往常一样发现里面是发霉的制服和褪色的照片。

然而她看见了一只长颈鹿。

床脚箱里装满了带格子的写字拍纸本，足有几十本，用麻绳捆成几捆。最上面是一篇发黄的报纸报道和一只长颈鹿，那是圣迭戈动物园一个小小的古董瓷器纪念品。她拿起它,不由自主伤感地笑了。小时候,她曾在动物园见过一群高大、温和、巨人一般的长颈鹿,后来它们成了珍稀动物。

她轻轻放下长颈鹿,拿起第一捆拍纸本,正准备把它们放在一边,这时最上面那张纸上老人潦草的大字吸引了她的目光。她缓缓坐在床沿上,仔细读了起来:

我拥有的真正朋友不多,其中两个是长颈鹿,一个没有把我踢死,另一个挽救了我这个孤儿一无是处的生命,还有你宝贵的生命。

它们早就不在了。我很快也将不在了,当然这不是什么了不起的损失。可是电视上那个人刚刚说,不久世界上就不会有长颈鹿了,它们会和老虎、大象以及老头那些遮天蔽日的鸽子一起消失。我一拳打在屏幕上让他闭嘴,可即便这样做时,我也知道这很可能真的会发生。

不过,我知道你还在。这个故事也还在,它属于你,也属于我。假如它也和我这把老骨头一起没了,那才真是遗憾——我的遗憾。因为要是我能声称见过上帝的面孔,那就是在那些长颈鹿巨大的脸上。假如我该在身后留下什么,那就是为了它们,也为了你,写下的故事。

所以,此时此刻,趁为时未晚,我要把一切都写下来,希望有哪个善良的人读到这些文字,并帮忙转交给你。

看到这里,退伍军人事务联络员解开了第一捆拍纸本。她将所有日程安排都抛到脑后,开始阅读起来……

……我比泥土还老。

当你比泥土还老的时候，你会迷失在时间里、记忆里，甚至空间里。

我待在我那间四面是墙的小房间里，感觉自己已经离开了人世。我甚至不知道自己在这儿坐了多久。我猜是一整晚，因为我从迷迷糊糊中醒来，发现周围是一群老家伙，正围坐在一台精美的电视前。我记得屏幕上的人在谈论地球上最后的长颈鹿，然后我坐着轮椅冲上去就给了他一拳。我记得我被迅速推回这里，一个护士为我包扎流血的指关节。

然后我还记得一名护理员让我吞下一片我不想吃的镇静药。

但这是我最后一次这么做了。因为现在，我用颤抖的手握着铅笔，打算将一段独特的记忆写下来。

尽快写下来。

直觉告诉我，这是我生命中最后的清醒时刻了，我可以利用这个时间给你讲讲沙尘暴。或者战争。或者法国的牡丹。或者我的妻子们，那么多的妻子。或者那些坟墓，那么多的坟墓。或者告别，那么多的告别。那些记忆时来时去，飘忽不定。但都不是这段记忆。无论我年纪多大，这段记忆一直伴随着我。从命悬一线的开始到苦乐参半的结局，它永远鲜活，永远触手可及，永远色彩绚丽。还有红、老头、可爱的野小子和野丫头——啊，我是多么想念你们啊。

我只需闭上疲惫的双眼，哪怕是一小会儿。

它便浮现在心头。

第一章
纽约港

船只在空中飞舞,街道成了流动的河,电线像烟花一样燃爆,尖叫的人们连同他们的房屋被吹进了大海——那是1938年9月21日,1938年大飓风肆虐的日子。从纽约港到缅因州,整个海岸都遭受重创,简直就是传说故事中的素材,七百个人如同湿答答的鲭鱼一样丧生。

那时,没有任何预警。你会注意到海上来了一场风暴,你还在担心乌云看上去不妙,凶猛的风雨已经来袭,你只能仓皇逃命。我骨瘦如柴的年轻身躯抱紧的码头桩子被狂风卷到空中。接下来我记得的就是我在水沟里醒来,一个流浪汉在猛拽我的牛仔靴。看到我死而复生,他尖叫着跑开了。虽然身上青一块紫一块,满身是血,我还算完好,只是裤子背带不见了踪影。当其他人开始大声呼救或叫灵车时,我擦了擦脸上干涸的血迹,抓住裤子,挣扎着站了起来。我之前站在里面的船屋被风刮走了,连同我的第三代表亲,我的老板库兹。我在一个满是船只碎片的浅滩中找到了他,一根单桅帆船的桅杆直插在他身上。即便在遭受飓风袭击之前,我也不好看——一个少年老成的乡下男孩，脖子上长了个胎记，大小和在州博览会上得奖的山芋差不多，脸上又新添了伤疤，不过我肯定比库兹好看。我想说我很幸运，可我历来与"幸运"一词无缘，所以不能这么形容。我想说，那是我一生中最糟糕的一天，但又远非如此。我可以这么说：我从没想到有生之年还能看到比那场飓风更开眼的景象。

但我错了。

因为在侧翻的船只、着火的建筑、晃来晃去的尸体和刺耳的警笛之间，你万万不会料到能看见两只长颈鹿。

我到那儿还不到六个星期，我的肺里还残留着沙尘暴的尘土。我妈妈敬畏上帝，但我就是一个泥土农场的不良少年，牛粪一样纯洁，野猪一样机灵，早就和县治安官打过不少交道，我的每一口呼吸都带着尘土，几乎没有给圣灵感召留一点空间。我原本生活在得克萨斯州狭长地带[1]，"肮脏的三十年代"沙尘暴肆虐，方圆几英里[2]的农户和佃农全都被从地图上抹掉，于是我来到库兹满是老鼠的船舱。有些人，比如我妈妈、爸爸和小妹艰难离开人世，被埋葬在六英尺[3]之下。有些人跟着俄克拉何马人踏上了去往加利福尼亚的路。剩下的人去投奔任何愿意收留他们的亲人，比如我。我在这个世上剩下的唯一亲人是住在东海岸的一个陌生人，名叫库兹，对我这个得克萨斯州狭长地带的十七岁男孩来说，他无异于天外来客。可是，孤独和孤独不同，有孤身一人的孤独，还有身为孤儿的孤独：独自一人在空旷的荒

---

[1] Texas Panhandle，又译为"得州锅柄地带"，位于得州西北边。本书统一译为"狭长地带"。
[2] 1英里约合1.6公里。——编者注
[3] 1英尺约合0.3米。——编者注

地上为你爱的人挖坟墓，无人可以求助，除了治安官，而出于难以启齿的原因，我不敢去找他。

我坐在妈妈、爸爸和小妹的坟墓旁，从黑夜一直到清晨。我身上还带着杀死我们所有人的死亡尘土，我从枯萎的花园里挖出妈妈装硬币的玻璃罐，跟跟跄跄朝公路走去，眼泪都流干了。一个长途卡车司机停下车问我去哪儿，我这才发现自己成了哑巴。

"你是俄克拉何马人吗？"

我试着回答，但一句话也说不出来。

"你舌头被猫咬了吗，小子？"司机说。

我还是一个字也说不出来。他仔细打量了我一番，大拇指朝空荡荡的卡车车厢一指，把我捎到了缪尔舒火车站让我下车……对面就是治安官办公室。我一边等着下一趟东去的火车，一边盯着治安官的门。我知道他要是看到我，肯定会问我问题，而我没法回答。就在火车开动时，治安官走了出来盯着我，我也盯着他。

从那以后，每到一站我都紧张不安。靠着妈妈的硬币，我一路抵达查塔努加。从那里，我跳上一节货运车厢，直到我看到几个流浪汉偷了一个流浪乞丐的鞋子，然后将他扔下了火车。之后我偷了一辆摩托车，一直骑到车没油。沿途我像流浪狗一样偷吃的，直到一个拿着剃刀的流浪乞丐抢走了我的食物。之后我搭车直接去了库兹那里。在那儿，我平生第一次看见一望无际的水。库兹问我到底是谁，我不得不拿起一块煤块在码头上写字回答。他咕哝着说："估计是家里那头的亲戚，这是来了个哑巴。"然后直接打发我去做晚饭。在默不作声的四十个日夜里，船屋后面一张发霉的小床就是我的家。现在我连那个也没有了。没有亲人会来找我，也没有新近去世需要我哀悼的人，因为库兹是个铁石心肠的人渣,我早就在策划抢走他的钱跑路了。

在飓风的废墟中,我提着裤子,摇摇晃晃地站在我跑了半个美国才找到的那个人的尸体旁,然后绕过血淋淋的桅杆,去掏他的口袋。除了他那只幸运兔脚①,我什么也没找到,于是我开始愤怒地踢他。满腔的怒火让我恢复了说话能力,我一边踢一边咒骂库兹,咒骂灰蒙蒙的天空、黑色的海洋、腐臭的空气、我妈妈的宝贝耶稣和他残忍的全能的天父上帝,直到我滑了一跤,仰面朝天跌倒在地,看着天空下起了毛毛细雨。我忍不住了,眼泪终于决堤,我躺在那里,像个迷路的男孩一样抽泣起来。

最后,我挣扎着站起来,用一根湿透的船绳系好裤子,走回码头。

我惨兮兮地坐在那里,看着一艘又一艘船缓缓驶进港口。

直到我看到了长颈鹿。

码头上,一艘遭风暴重创的货轮正在卸货。我不记得自己是怎么站起来的,也不记得自己是怎么走动的。我只记得自己站在身穿蓝色工装的货船船员中间,盯着他们看。就在我面前,有两只长颈鹿,它们头顶上是一架摇摇晃晃的吊车,吊车刚刚像卸轮胎一样把它们卸下来。一只长颈鹿还活着,在一个裂开但直立的板条箱里摇晃着,那巨兽的大脑袋足有树梢那么高。另一只长颈鹿没有生命迹象,趴在码头上,装它的板条箱被压成了手风琴模样。那时候,人们对长颈鹿的了解不多,不过沙尘暴之前我上过一点学,在学校见过长颈鹿的照片,所以这个神奇的生物我能叫上名来。盯着倒下的那只长颈鹿,我确信自己真的在盯着一只长颈鹿的尸体……直到那具尸体睁开一只苹果棕

---

① 兔脚是幸运之物,人们相信摸兔脚会带来好运。

色的眼睛看着我。那只眼睛流露出死亡一般的神情，令年轻的我后背一阵发凉，这感觉很是熟悉。

我对动物了如指掌。有的动物你指使它干活，有的动物你挤它的奶，有的动物是你腹中的美餐，有的动物你开枪猎杀，就是这样。你很早就学会不要和猪做朋友，否则你爸很快就会逼你感谢耶稣，感谢你能吃掉猪身上的一切，除了它的尖叫声。即使喂流浪狗，你也会挨一顿鞭子，因为你拿了家人的口粮。"你有病啊！那只是一只畜生而已！"我爸一再这样说。一个穿短裤的男孩没有软弱的余地，尤其是在地狱之火的危险面前，最糟糕的两条腿的人也比任何没有灵魂的四条腿的动物强，至少我是这样被教导的。问题是，每当我与动物目光交接，都能感受到一种比我从认识的人类身上感受到的更深情的东西，而我从躺着的长颈鹿睁开的眼睛里看到的东西令我痛彻心扉。那只长颈鹿的眼睛已经停止转动，呈现出我多次在动物眼里见过的苍白，就在我爸爸决定是吃掉、埋掉还是烧掉它们之前。我往前凑近，等着浑身湿漉漉、乱作一团的船员们把我推开，让我回到属于我的地方。

然而，穿着脏兮兮蓝色工装的他们突然像红海一样分开了。[①]

迎面驶来一辆闪闪发光的新卡车，它那长长的平板车上绑着一个木头装置，鲁布·戈德堡[②]一定会为之骄傲。它的形状像一个矮胖的"T"字，仿佛一辆两层楼高的自制货车落在整个车架上，顶部有木

[①] 《圣经》中一个著名典故，摩西用神力分开红海，躲避追兵，带领以色列人逃离埃及。
[②] 鲁布·戈德堡（Rube Goldberg, 1883—1970），美国漫画家，画过许多用极其复杂的机械方法完成简单小事的漫画，后来用他的名字形容被设计得过度复杂的机械组合，以迂回曲折的方法去完成一些其实非常简单的工作。

窗开口，底部有活板门，两侧各钉着一个短梯。我跳到一边，这时司机——一个样子傻乎乎，长着花椰菜一样的耳朵，头发上抹的"时髦丹"发油足以润滑发动机的家伙——猛地把车停了下来。

副驾驶车门打开了，从里面爬出一个皮肤粗糙的老头，脸长得像骡子。这些年来我一直称呼他"老头"，但此时此刻，写下这些的我已经老得不像样子了，我敢打赌，他当时也就是五十多岁。他穿一件皱巴巴的夹克，一件发黄的白衬衫，系一条无精打采的领带。他的一只手看上去有些变形扭曲，后脑勺上扣一顶旧软呢帽，似乎帽子被踩了多次，已经分不清帽子是平顶宽边还是弯曲帽檐了。

他砰地关上车门，朝那个留羊排络腮胡的港务长走去，港务长正朝他挥舞着什么，看上去像是几封电报。然而老头径直经过港务长，大步走向长颈鹿，仿佛除了面前的巨兽，他根本没有注意到码头上还有别的活物。

他先是走到竖立的板条箱前，里面是那只摇晃站立的野小子，开始低声和它说话。长颈鹿的节奏慢了下来。老头伸手进去轻轻抚摸它，长颈鹿不再摇晃。他俯身蹲在躺在地上的野丫头旁，开始用同样温柔的声音和它说话。长颈鹿开始颤抖起来。他把手从压碎的板条箱的条板间伸过去摸它。长颈鹿一动不动地躺在那里，和死了一样，他开始用那只变形的手抚摸它的大脑袋，直到它闭上眼睛。一时之间，世界上只剩下长颈鹿艰难的呼吸声、老头的轻声细语以及海浪拍打码头的声音。接着港务长跺着脚走过来，一把将电报塞到老头鼻子底下。老头看了一眼，就把它们扔在地上，他的脸上掠过一丝愤怒，我太了解这表情了——他的脾气可不小。

就在这时，船长从港务长的小屋里走了出来，他的制服撕破了，脸上有淤青，穿工装的工人全都朝他转过身去。

老头对他怒目而视："我的长颈鹿是你弄死的吧？"

"先生，"港务长插嘴说，"他们在路上失去了一个伙计，不管有没有你那些了不起的动物，他们能平安归来已经是个奇迹了。"

老头的脸色清楚地表明他不这么认为。

穿工装裤的工人们都激动起来。我以为他们会扑过去揍他。从老头的表情看，我觉得他挺欠揍。

"我们把它带到了这儿……"一个声音说，你能听出他的弦外之音：现在快去救它吧，你个混蛋。

老头的手仍放在倒在地上的长颈鹿的大脑袋上，一动不动。

众人的抱怨声更大了，这时一辆有凹痕的灰色平板卡车从街上嘎嘎作响朝大卡车驶过来，车门上的牌子褪色严重，我只认出上面的"动物园"字样。从里面跳出一个身材矮胖、干头净脸的大学生模样的人，穿一件白大褂，手里抓着一个黑色医疗包。他就像在度假一样，大步从我们身边走过，直奔老头。

"我们必须让它站起来，否则它就完了。"动物园兽医打招呼说。老头向港务长示意，港务长吹了个口哨，叫来几个拿撬棍的码头工人，工人们开始猛拽缠在长颈鹿周围的碎板条箱。不过对老头来说，速度不够快。他自己也去拉扯那些碎木板。周围的木板清空后，缠在它身体和脚下木板上的吊车绳索绷紧，拉起长颈鹿的时候，绳索呻吟着，好像有生命一般。长颈鹿摇摇晃晃，工人们从我身边跑过去，伸手帮老头稳住它。再用力一拉，一切都直立起来了，那只套绳索的野丫头四只脚有三只站了起来，劲头很猛，每个人都往后跳开，除了老头。它的右腿后侧，从膝盖到蹄子上方，看上去就像被人用圆头锤敲过一样。它摇摇晃晃，努力挣扎着用三条细长的好腿站起来。

"别动……野丫头……别动……"当动物园兽医抚摸它的身体时，老头咕噜着说。

"它的内脏好像没事，"他说，"这条腿能说明问题。"

我以为这是个好消息，直到我想起人们会因为更小的问题开枪打死一匹马。

那人打开黑包，清理、夹板固定、包扎好长颈鹿的腿，然后退后一步，让码头工人用货运板紧紧裹住它的周围。他们干完后，仍然在轻声细语跟长颈鹿说话的老头伸手解开吊车绳索。

野丫头踉踉跄跄，接着自己站了起来。

看到这一幕，老头和动物园兽医开始低声快速交谈起来。我慢慢靠近他们。

"但是如果因为它不适合上路而不接受它，那就等于判它死刑，你知道的！"老头说。

动物园兽医朝T形货车架皱起眉头。"你预计多长时间能到达？"

"顺利的话，两周。"

动物园兽医摇摇头。"最好时间减半。"

老头举起双手。"怎么可能呢？我们必须慢点走，因为那条腿，得更慢才行！"

"正是因为那条腿，我才说最多一周时间。你最好开始合计合计。"

"好吧。所以呢？"

远处传来警笛声，动物园兽医回头瞥了一眼，气愤地说："去签字，把两个都批了。别让本奇利夫人失望。到了检疫站还有时间，到时候看看母长颈鹿能不能站好，如果我们能到那儿的话。不过，琼斯，我要是你的话，会告诉本奇利夫人全部真相，即使上路之前母长颈鹿能站立，公路旅行也很可能会要了它的命。最好现在就告诉本奇利夫人，这比你半路上想着怎么处理一只死去的长颈鹿要好。"

动物园兽医离开了，老头大步走向港务长，签署了一些文件。接着吊车抓住修好的板条箱，把长颈鹿吊到一个港口平板卡车上，由码头工人把它们捆好。干完后，那些相互庆祝的穿工装的工人散开了，老头敲了敲卡车引擎盖，示意那个傻乎乎的司机该出发了，然后上了车。我目睹这一切发生——两只来自世界另一端，故事书中才有的巨大动物，被装在一辆港口平板卡车上，后面还跟着一辆装置奇特的重型卡车。

我盯着长颈鹿，知道一旦不再去想它们，我就要被迫面对突然回到流浪狗一样的生活中的现实。操心自己的生活时，其他生物的奇迹毫无意义。卡车越来越小，我那漂泊无依的悲惨未来变得越来越大。我深吸一口气，肋骨阵阵作痛。卡车越来越远，最后从我的视野中消失。我觉得自己要吐了。

感觉脚后跟下面踩了什么东西，我低头一看，原来是老头扔在湿码头上的电报。我把它们捡起来，快速读了一遍，并把它们全部记住。

第一封电报上写的是：

> **西联国际汇款公司**①
>
> ――――――――――――――――
> 1938年9月22日上午6点
>
> 收报人：贝尔·本奇利夫人
> 圣迭戈动物园
> 圣迭戈，加利福尼亚州
>
> 飓风损坏货物。长颈鹿活着。送抵通知。
>
> 东非航运公司

---

① 西联国际汇款公司（Western Union）是一家全球性的金融服务和通信公司，提供国际汇款、汇票、电汇等服务。——编者注

第二封电报写的是：

西联国际汇款公司

1938年9月22日上午7点15分

收报人：赖利·琼斯先生
港务长
纽约港，纽约

在码头与布朗克斯动物园兽医会面，就是否适合运往加利福尼亚提供健康建议。

BB[①]

湿答答的电报成了糊状，从我指缝间滑落。不过我还是看到了那个闪闪发光的词——对一个经历过沙尘暴的男孩来说，这个词比"长颈鹿"更为奇妙。

加利福尼亚。

那些长颈鹿要去流着奶与蜜之地。摩西和天选之人对应许之地的向往不会比贫苦农民对加利福尼亚的渴望更强烈。每个人都知道，只要找到通往那里的路，不死在公路上或铁轨上，你就会过上国王一样的生活，从树上摘果子，从葡萄藤上摘葡萄。

跟在两只长颈鹿后面，总不会迷路吧？

想到这个宏伟的计划，我感觉眼睛也随之睁大。我浑身湿透，一只眼睛半肿，几颗牙齿松动，一根肋骨像手鼓一样咚咚跳痛，一只胳

---

① 动物园女园长贝尔·本奇利夫人（Belle Benchley）的姓名首字母缩写。

膊也不听使唤了。不过这些一点也不重要。那个闪闪发光的字眼在我眼前飞舞，我拥有了任何一个尘暴区孤儿都不该拥有的东西。我生活在这样一个时代，这种东西可能拯救你，也可能会要你的命，但我有了一线希望。

长颈鹿转过拐角，从视线中消失了。

于是我开始奔跑，在水里和淤泥里溅起水花，拼命追赶。

整整一英里，我沿着鹅卵石路跟在长颈鹿后面跑。清理街道的工人们放下铁锹，呆呆地望着我。消防队员抓着一只胳膊把一具尸体从排水沟里拖出来，停下来目瞪口呆地看我。修理电线的线路工人在细雨中停下来看我。一个街区接一个街区，被暴风雨弄得晕头转向的人们站在窗边，呼朋唤友来观看。我跟在缓慢行驶的卡车后面不停地跑，不知道我们要去哪里，也不知道接下来要做什么。来到被封锁的荷兰隧道①出口，卡车停了下来，这时一个警察骑摩托车呼啸而来，冲着卡车司机大喊，让车跟着他往市郊走，但那条路有很多很多的高架铁路，高高的板条箱必须从它们下面挤过去。

来到第九大道的高架铁路桥，从卡车上跳下一个人，手拿一根杆，拨开一根嘶嘶作响的带电的电线，量了量间距。

"八分之一英寸②。"他喊道。卡车慢慢从下面通过。

卡车来到几个街区外的下一个高架铁路桥。拿杆的人又跳了出来。"四分之一英寸。"他喊道。

又过了几个街区——

---

① 荷兰隧道（Holland Tunnel）是一条穿越哈得孙河下连接纽约市的曼哈顿与新泽西州的泽西城的隧道，是纽约大都会区不可或缺的隧道。——编者注

② 1英寸约2.54厘米。——编者注

"二分之一!"

我们继续往前,慢慢穿过城市,几个小时过去了。东河河水仍然漫过附近的街道,中间有一家工厂着火了,所以警察让我们往西。我们经过中央公园,湿透的木板下面,人行道上,几十个愁眉苦脸的人和睁大眼睛的乞丐看着路过的长颈鹿,仿佛在观看一场梦境。我们继续往前,直到前面出现乔治·华盛顿大桥。那名警察是要我们去新泽西州。我慌了:我不能跑过桥。

街对面,我看见一个骑摩托车的家伙来到一家商店门口停下,丢下车冲了进去,回头指着长颈鹿。摩托车在积水的人行道上滑行,仿佛一辆廉价的自行车。摩托车刚要倒下,我就跳了上去,双腿夹紧。我一边盯着那个骑摩托车的警察,一边猛踩两下油门,它像一匹狂躁的野马左滑右滑,然后稳住。

等我在桥上追上长颈鹿,不知从哪里冒出来五六辆记者的车,把我夹在中间。摄影师们把头伸出车窗,阴沉的天空下闪光灯四起。

桥的另一边,两名新泽西摩托车警察接过护送任务,躲开风暴留下的杂物,直到两辆大卡车开过一个废弃车站旁的轨道,停在一个大门前,门上的标志是:"美国检疫站"。大门后面,是一望无际的带山墙的铁皮屋顶谷仓。我们来到了联邦检疫站,从牛、马、骆驼,到长颈鹿,运往这个国家的动物都要在这里接受检查。

警卫挥手示意两辆大卡车通过,记者们涌向大门。我在路边一棵被连根拔起的大橡树旁停了下来,刚熄了火,他们就都冲回自己的车里,除了一辆漂亮的绿色帕卡德在我身后猛然停下。一个穿西装、打领带、戴软呢帽的记者从驾驶座上下来,向警卫小屋走去。

"在这儿等着。"他朝他的摄影师喊道。那摄影师正在往帕卡德引擎盖上爬。这一幕我看在眼里，完完全全把它烙在了记忆中，即使在我迟暮之年，它仍然闪闪发光，如此鲜活——因为那个摄影师是个女人。

她比那个穿着讲究的记者年轻得多，一头红色卷发，每天早上她肯定得与波浪一般的头发作一番斗争，此外她穿着裤子，这还是我在现实生活中第一次见女人穿裤子①。她穿白色女式衬衫，双色鞋子和两条腿的裤子，正在帕卡德的引擎盖上拍照。我站在那里，感觉自己又一次遭受了飓风袭击。假如这不是一见钟情，那么它肯定是某种与之类似的东西。

"哦，你好，斯特雷奇②。你也是来看长颈鹿的吗？"红低头看着我说。那双眼睛几乎让我晕了过去。我一定是被那双淡褐色的眼睛迷倒了，不知不觉往前凑了过去，她给我拍了一张照片，开了闪光灯，那灯光太亮，足以闪瞎一个盲人——还有我。

"莱昂内尔！快来！"我听到她大喊。

"嘿！离她远点！"那记者喊着，推了我一把，我眨了眨眼睛，恢复了视力，跌跌撞撞走开了。

"你这是干什么！"我躲在倒下的橡树后面，听到她说，"大记者先生，我还以为你会为了报道这个故事，找他谈谈呢！"

"我的天，奥吉，那孩子不过是个流浪的小混混，他会为了一点零钱割断你的喉咙。别天真了，刚才他直勾勾看着你。"那记者回答

---

① 女性穿裤子是女权运动的结果。在欧洲传统观念里，女性必须穿长裙，因为裤子能勾勒女性腿部线条，当时的社会观念将其视为淫荡。
② Stretch（弹性），红第一次见到主人公，给他起的外号，应该是因为小伙子身材瘦长，看上去很有弹性。接下来的"红"也是第一人称主人公根据她的红头发起的名字。

道，"我们走吧。警卫说长颈鹿要隔离检疫十二天。我需要的都有了，你不用去招待流浪汉也有时间弄到你需要的东西。"

一分钟后，他们走了。警察也走了。长颈鹿不见了。现在我认识的所有地方都离我很远，夜幕降临，我不知道下一步该干什么。

我把摩托车藏在那棵倒下的橡树后面，蹲在一具奶牛尸体旁等着。就在我强忍着被蚊子饱餐时，那辆灰色的动物园平板卡车猛的一颠，在门口停下。警卫挥手示意那个矮胖的动物园兽医通过，我开始担心那只跛脚的长颈鹿还能不能站立。我决定亲自去瞧一瞧。

我在篱笆下发现了一个浣熊挖的洞，从底下挤了进去。带着沾了一屁股的泥巴，我匆匆奔向最大最高的谷仓，此时动物园卡车、空的港口卡车和一些穿卡其布工作服的工人正要离开。我偷偷往里面瞅了瞅。谷仓里黑乎乎的，沿墙摆着一堆堆干草。左边是一张折叠床，正中间是那辆重型卡车，右边是高高的铁丝围栏，那两只长颈鹿就关在里面。装了夹板的野丫头稳稳地站着。它们终于从板条箱里出来了，现在它们面对面，脖子碰在一起，靠得那么近，让你分不清哪只是哪只。它们似乎不太相信自己还活着，绕着圈，保持依偎的状态。

老头——电报上说他叫赖利·琼斯——不见了人影，不过那个司机正从驾驶室抓起一个多汁的大苹果，靠在卡车上吃。我看着他把苹果咬碎，然后把苹果核扔进干草堆，心里默默记下那个地方。我从飓风开始前就没吃过东西，所以即使是一个沾满傻瓜口水的苹果核，看上去也是那么诱人。在困难时期，饥饿是基本的生存状态，至少我认识的大多数人是这样。在沙尘暴把牲畜都杀死后，沙尘灾民吃起了土拨鼠和响尾蛇，拿风滚草做汤喝。当你不知道下一顿饭从哪里来的时候，这就是生活的全部——你只不过是一只每时每刻都在驱赶饥饿的野兽。

那名蠢司机用袖子擦了擦嘴,大摇大摆地走过去,把围栏弄得格格作响,吓唬长颈鹿,哈哈大笑一番,然后又来一遍。我晃动身子,握紧拳头,很想过去把他的门牙打掉,所以没听见老头回来的声音,等听到时已经晚了。我只好躲进屋里,躲在一堆干草后面。

老头大步朝司机走过去,对他发号施令。"厄尔!"他喊道,"过来!"

接下来我知道的是,他告诉司机当晚离开,并在身后将吱吱作响的谷仓门关上,把我困在了里面。我咒骂着自己的愚蠢,静下心来等待,盘算着如何在不被人发现的情况下偷偷溜出去。

夜幕降临,谷仓里仅有的声音是长颈鹿的鼻息声和跺脚声。老头拨动床边墙板上的一根金属杆,晃来晃去的电灯亮了,屋里顿时亮如白昼。我蜷缩在那里,和他之间只隔了干草堆。要是他朝我这边看,肯定能看到我,但他眼里只有长颈鹿。他看着长颈鹿,眼神是那么温柔,让人难以想象;他开始轻声跟长颈鹿说话,声音如此舒缓,我也平静下来。等他停下来时,空气中只剩下长颈鹿轻轻的鼻息声。他拉动开关,灯熄灭了,谷仓里一片漆黑,只有透过高高的铁丝网窗户照进来的一束光,在谷仓投下影子。接着老头倒在折叠床上,很快便鼾声如雷。

这是我偷偷溜出去的好机会。可是还有食物等着我,我必须去拿。于是我悄声迅速走到大卡车的隐蔽处,踏上踏板,发现驾驶室座位上有两个麻袋,一个装了苹果,另一个装了甜洋葱。我从两个袋子里各抓了一个,把洋葱塞进口袋,把苹果塞进嘴里,几乎把整个苹果都吞了下去。

就在我又抓起一个洋葱时，我感到有眼睛在盯着我。

我做好了打一架的准备，一个急转身，发现有观众。不到十来步远的地方，两只长颈鹿靠近围栏，转过它们的长脖子盯着我。很多东西能把一个人吓得呆若木鸡，两只两吨重的巨兽从脆弱不堪的围栏后面盯着你，肯定是其中之一。我本该后退，不过我一点一点慢慢靠近，直到站在围栏边，仔细端详起这两只巨兽来——从它们的大蹄子，到它们宽阔的身体，往上到它们长着斑纹的脖子，再到它们突起的角。仰望着长颈鹿的庞大身躯，我的脖子都酸了。我记得当时在想，它们很可能会把这围栏撞翻。然而它们并没有这样做。事实上，野小子闭上了眼睛。我发现它就像我的那匹老母马一样站着睡觉，想到这个，我很是心痛。野丫头仍然用那双圆圆的苹果棕色眼睛盯着我，就像在码头上那样，只不过现在它向下俯视我。一直往下看。

你是否直视过动物的眼睛？驯服的动物会揣摩你，试图弄清你要做什么，以及这对它意味着什么。狂野的动物会让你感到毛骨悚然，它会盯着你，看看你是晚餐对象还是生存威胁。可那只长颈鹿的目光不一样。那目光里似乎既没有恐惧，也没有意图。它用甜瓜大小的鼻孔隔着铁丝栅栏嗅我的头顶，我任由它嗅闻，哪怕只是因为我的双腿无法动弹。长颈鹿吹出暖烘烘的臭气，它的口水弄湿了我的头发。接着，它用鼻子撞铁丝网，试图去够我还紧抓在手里的洋葱。我把洋葱举起来。它的长舌头穿过铁丝网，一把夺到它那边，伸长脖子，用力一吞，洋葱顺着它长长的喉咙滑下去，然后它又慢慢靠近，直到它的气味包围了我。它的身上有一股毛皮的味道……海洋的气息……还有外国农场的粪便气味。不等我知道自己在做什么，我把手伸过铁丝网，摸到它身体一侧的一个斑点，和老奶奶屁股一样大，形状是一个侧过来的心形。

我们就这样久久站在那里,我伸出的手紧贴在它粗糙温暖的皮毛上,直到我感到又有一条舌头在舔我的手指。是野小子,它的长脖子从野丫头背后伸到我面前。我把手从铁丝网里抽出来,它也跟着伸出舌头,透过栅栏舔我的裤子口袋。它想吃我藏起来的洋葱。我掏口袋想拿出来给它,结果库兹的幸运兔脚也跟着掉了出来,正好越过铁丝网,掉在野丫头的大蹄子旁。我感觉到野小子的舌头在舔我的拳头,这才把目光从我丢失的幸运符上移开,递上那颗洋葱。

两只长颈鹿跺着脚,甩着尾巴,吃着美味洋葱,我的目光又落到库兹的兔脚上,它还躺在野丫头的蹄子旁。不管死去的库兹是不是幸运,我可太需要好运气了,于是决定把兔脚拿回来。

我从铁丝网的开口钻进去,确信自己能快速顺利地抓起它。然而,我的手指刚碰到兔子毛,野丫头就拖着蹄子过来,用伤腿撞我。它扭动着大屁股,狠狠撞了我一下,我落地又弹了起来。我拼命后退,冲出了围栏。回头一瞥,发现它在委屈地看着我,我差点要去恳求它的原谅。

就在这时,老头发出如雷的鼾声,足以吵醒隔壁县的人,把我从长颈鹿的魔咒中惊醒。我把兔脚塞进口袋,踉踉跄跄向谷仓门口走去。走到半路,我突然想起司机那儿还有不花钱的食物可以拿,该死,我得去拿。我蹑手蹑脚溜到卡车驾驶室旁,把东西放到胳膊上抱住,这时我意识到老头的鼾声停了。我听到他的靴子发出的重重脚步声。再不跑就要被捉住了。

可我不想扔下这些食物。

在我的左边,齐腰高的地方,有一个活板门。我把那傻瓜司机的食物扔过去，猛地一拉。令我震惊的是，门开了。于是我跳到里面，落在一堆泥炭苔藓上，东西掉得到处都是。来不及关上身后的活板门了，我等着被人揪着耳朵拽出去，心脏狂跳不止。

然而什么也没发生。只听到老头跟长颈鹿温柔的说话声，我轻轻关上活板门。过了一会儿，我又听见他的靴子走过，他的鼾声又响了起来，我的心跳也放缓了。我把能找到的所有食物都狼吞虎咽地吃下去，把伤痕累累的骨头倚靠在衬垫上休息片刻，准备再溜出去。不过我的眼皮不听使唤地合上了——根本控制不了——那个非同寻常的日子自有其安排。

我陷入死一般的酣睡，确信自己做开了梦，因为我仿佛听到两只长颈鹿在彼此哼唱。那声音低沉、呼噜呼噜作响……就像老头跟长颈鹿说话一样令人安心。

纽约太阳报

1938 年 9 月 22 日
飓风长颈鹿前往检疫站

　　阿西尼亚，新泽西州——9 月 22 日（晚报特刊）。今天，在公海上经历了致命飓风后奇迹般生存下来的长颈鹿不得不穿过被水淹没、堵塞严重的曼哈顿街道，前往位于新泽西州阿西尼亚的美国动物检疫站。根据著名女园长贝尔·本奇利夫人的指示，它们在通过检疫后，将尝试一次大胆的公路旅行，横越全国，前往圣迭戈动物园。

……"早上好,亲爱的!该吃早饭了。"

有人猛地推开我身后的房门,把我从写作中惊醒,我的心脏剧烈跳动起来。

我揉着胸口,对那名护理员大喊着"走开",这时我眼角的余光瞥见了野丫头——它那长长的脖子伸进了我五楼的窗户,正朝我吹一个唾沫球。看着这个不可思议的奇观,我的心被紧紧抓住了,就像第一次在码头上看到它和野小子时一样。我很高兴自己还活着,能再一次体会这种感觉。

"听说你昨晚调皮了。砸电视了?我的天!"护理员穿着硬挺的白大褂站在那里说,"现在你吃早餐迟到了。"我不喜欢这个护理员。他留一头和司机厄尔一样油腻的头发,跟我说起话来就好像我是个傻子,他那声音像瘙痒的胯部一样令人恼火。他离野丫头只有几英寸,我担心他会吓到它。

"我不去。"我赶紧说。

他抓住我的轮椅把手。"你当然要去。走吧。"

我抓住桌子。"我不能去,我太——"我想说,太忙了,但我的心脏突突跳起来,手里的铅笔差点掉到地上。

油头护理员后退一步。"好吧,好吧。"

我紧握着那根该死的铅笔,瞥了一眼野丫头,它正不满地看着我。"别那样看我,"我喘着气说,"我不会停下来的,我发誓。我要把事情原原本本地告诉她,"我一边说,一边把这些写下来,"看到了吗?野丫头?"

"什么野丫头？"油头护理员问正在写字的我，"你在跟谁说话，亲爱的？"

又一个护理员从走廊探头进来。"那个干巴瘦高个老头子把电视砸了？"他小声问油头护理员，以为我听不见。

"是啊，现在他正和一个死去的野丫头说话。"油头悄声说。

"你准备上报吗？"走廊里的护理员低声说。

"算了。那样的话所有人都该上报了。"油头小声说。

"要是我活到这把年纪，麻烦你一枪打死我，"走廊里的那位继续说，"我给你说啊，你可别让他太激动，免得他在你值班时死翘翘了。可恶心了。昨天有个家伙就是这么对我的。嘿，他现在在干什么？就像个兴奋失控的疯子一样乱写……等一等，他不会把我刚才说的话写下来吧？"

"那当然了。"我说，写得更快了。

"好了，好了，亲爱的，"油头护理员低声哄道，"我们走，还不行吗？"

"把门关上！"我吼道，"我被困在车里了，我们得上路了！"

第二章
在阿西尼亚

安静/别哭/睡觉吧,小宝贝。

苹果棕色眼睛盯着……步枪开火……

"伍迪·尼克尔,告诉我发生了什么,现在就告诉我!"

第二天早上,愤怒的声音把我从噩梦中惊醒。自从离开家以后,每次我睡着,这个噩梦就会缠着我。

"省着点吃苹果和甜洋葱,厄尔!"

"可我发誓我没有多吃,琼斯先生!"

"那还有谁吃了?长颈鹿吗?"

我迷迷糊糊坐了起来,眼睛瞪得大大的,直到我回想起自己这是在哪儿,为什么在这儿。光从我头顶的活板窗照了进来。我睡了一整晚。我呻吟着,倒在泥炭苔藓的衬垫上。除非我跑出去,否则我这副可怜的皮囊就要一整天被困在长颈鹿的板条箱里了。

然而,对于一个沙尘暴地区的男孩来说,还有比这更糟糕的地方。天气干燥,两天来我也第一次感到口干舌燥。于是,我抖掉裤子上的泥炭苔藓,第一次好好看看四周。这个装置与其说是个大板条箱，不如说更像个卧铺套间，一个为长颈鹿设计的厢式货车套房，或者豪华普尔曼[1]车厢，两边中间有一道宽缝隙，长颈鹿可以看见彼此。铁路乘客永远不会离开这么舒适的车厢。板条箱的四壁上垫了厚实的粗麻布，地板上高高堆了泥苔藓，我知道，待在这儿胜过任何一个飓风庇护所，或者库兹的船屋后面。它甚至比我老家农舍的破烂小屋强——那儿不断有风透过木板条吹进来，让人抓狂。

我爬上由狭窄木板组成的板条箱墙壁，打开一扇活板条窗户，透过它看长颈鹿的围栏。两只长颈鹿站在那里，脖子又依偎在一起了。厄尔提着满满一桶水过来了，野小子还是那么温驯，不过野丫头似乎气呼呼的。令我高兴的是，厄尔走进围栏放下水桶时，它冲了过去。他飞快地跳出围栏，结果仰面朝天摔倒在地。接着，老头一边对厄尔发牢骚，一边进了围栏，小心地在野丫头的后腿周围挪动，检查包扎的夹板。动物园兽医包扎得很好，也许太好了，因为野丫头的长脖子开始左右摇摆，老头碰到夹板时，它抬起受伤的后腿，朝一侧踢了过去——

砰！

狠狠踢到老头的大腿上，把他和他的软呢帽都踢飞了。

我很后怕。长颈鹿会踢人。昨天晚上挨踢的可能是我。一头踢人的骡子能让人丧命或终生残废，更不用说一头会踢人的两吨重的长颈鹿了，所以我以为老头要么是死了，要么痛不欲生。骡子只会踢人，不过长颈鹿似乎有很多方式来表达不快，但不致命。老头并没有死或

---

[1] 美国工程师普尔曼改进了火车卧铺车厢，将其变得宽敞舒适、陈设豪华，能够为乘坐长途火车出行的人士提供舒适的旅程。故"普尔曼"也成了豪华卧铺车厢的代称。——编者注

者比之前更糟，而是抓起帽子爬出了围栏。要是一头骡子踢了爸爸，爸爸会拿斧柄揍它。不过老头没有。他甚至没对长颈鹿说一句难听的话。

司机飞快地跑过来帮忙，老头挥手让他走开，就像他每天都挨长颈鹿一顿踢似的。"我得去发一份电报。"他嘟囔着，又把软呢帽戴到头上。然后，他努力不显出一瘸一拐的样子，朝谷仓门走去。

听到谷仓门吱嘎的声响，我知道逃走的机会来了。然而接着我感觉卡车晃了一下，我偷偷往外看。厄尔又站在脚踏板上，把手伸进驾驶室。他拿出来一个酒瓶，喝了一大口，又把酒放回藏匿的地方。我听到他扑通一声倒在看不见的床上，于是悄悄打开活板门，倒退着爬下去，用脚寻找地面……

就在这时，该死的谷仓门传来吱嘎一声巨响。

我迎面撞上了老头。

"什么人——！"

我的靴子刚踩在泥地上，就感觉他抓住了我的胳膊。我做了被人抓住时惯常做的事。我给了他一拳。老头料到了，一巴掌挡了回去。于是我做了唯一能做的事——朝他直冲过去，把我们俩都撞倒在地。

我爬起来，冲出谷仓门，听到他声嘶力竭地大喊着"厄尔"！

我来到浣熊洞，从下面钻过去，一直跑到看不见检疫站才停下。然后我靠在一根断了的树干上，喘气，思考。跟着长颈鹿去加利福尼亚不太好办了。老头已经发现了我。我不知道该如何是好，于是开始走路，漫无目的地走，就像困难时期那些眼神茫然的家伙们一样，一只脚在前，一只脚在后，一步一步，直到我走进一家乡村商店，想偷走一块面包。

"我都看见了,你这个流浪的废物!"商店老板大喊着,一把抓住我的衬衣,在门口把它从我背上扯了下来,面包飞进一个水坑。我继续往前,但不忘捞起那块沾满泥巴的面包。

"够了!"商店老板吼道,"我要打电话给治安官,把你们这帮家伙都清除!"

"治安官"一词犹如炸雷般在我耳边轰鸣,我把湿透的面包塞进嘴里就跑了起来,直到感觉安全了才停下。风透过我的破洞汗衫,吹着我骨瘦如柴的胸膛,我感觉自己成了卑鄙无耻的小人。我走进铁路侧道附近一个流浪汉营地,这时一列货运火车驶过,我知道商店老板说的"你们这帮家伙"就是说的这种人。我吞下最后一口脏兮兮的面包,看着一个流浪汉奔向一节已经人满为患的车厢,为了不被拖下车,他迈着高高的步子,我那流浪狗一样的未来在我面前变得清晰起来。我以为自己能招架得住这样的未来,这是在骗谁呢?

然而我无法摆脱对去加利福尼亚这一流着奶与蜜之地的渴望,那是长颈鹿给予我的希望。感觉我那渺茫希望如熊熊烈火一般燃烧,我决定破釜沉舟一回。这就是那时最微小的希望对你的影响。将希望寄托在一对长颈鹿身上是件愚蠢的事,但它让你制定计划、编织美梦。你紧紧抓住它,呵护它,让它安安稳稳、暖暖和和的,因为这是你和那些目光空洞、漫无目的、行尸走肉一般的家伙们之间唯一的区别。

于是,我很快就回到检疫站门口那个废弃车站,一切还是老样子,包括那头在飓风中丧命的奶牛。我偷来的摩托车还藏在那棵倒下的橡树后面。

我没想到会看见那辆绿色帕卡德。

红和那个穿着讲究的记者就把车停在我上次见到他们的地方。我又悄悄溜到橡树后面蹲下,离他们几英尺远。他们站在帕卡德车旁,我不喜欢他对她说话的样子。

"莱昂内尔·亚伯拉罕·洛,《生活》杂志①!"她一边说一边给相机装胶卷。

"看在上帝的分上,你能不能别说这个了?现在我们走吧。我又开车带你来这里,是帮了你一个忙。你不要再得寸进尺了。"

"你知道我不会开车。"她举起相机回答说,"我必须多拍照片。这可是为了《生活》杂志!"

"奥吉,我得走了!"

她没有停下,这时那个记者做了一件我无法忍受的事——他抓住了她的胳膊。不等我意识到自己在做什么,我跑过去就给了他一拳。

他抓着自己的鼻子,号叫着往后倒在帕卡德上。"你!你要进监狱,你个小混蛋!"他气急败坏地说,"奥古斯塔,拍下他的照片,让门卫报警!"

然而,红只是盯着我。我仍然举着拳头,站在那里盯着看。我被她迷住了,以至于打了人却忘了逃跑。

"该死,我的衬衫毁了!"那记者呻吟着,掏出一块手帕止鼻血,"奥吉,我说了把这个狗娘养的给拍下来!"

但她没有拍下我的照片,而是用嘴唇不出声地说:"快走!"

我这才想起逃跑。

在等长颈鹿上路的时间里,除了乡下商店老板那儿,我每天下午

---

① 《生活》(*Life*),美国家喻户晓的图画杂志。1936 年由卢斯在纽约创办。原为周刊,1978 年 9 月改月刊。2007 年 3 月停刊。——编者注

都到处去偷吃的,晚上我蜷缩在空荡荡的车站站台上,因为害怕噩梦而不敢入睡。自从离家后,在黑暗中独自醒着想心事的时光,并不比噩梦连连的睡眠好多少。我的思绪会飘回到我家人的坟墓,以及妈妈和小妹喘息的声音。她们都是因为尘肺憋死的。再也醒不过来了。

然而,在车站的第一个晚上,躺在星空下,我眼前没有出现坟墓,也没有听见死亡的咆哮。我看到和听到的是红和长颈鹿的奇妙景象和声音。即使在那时,我也知道,我揍了那个记者,还是不要再看见红为好。但我告诉自己,这是为了保护我的加利福尼亚计划,我希望能去看看长颈鹿。我躺在那里左思右想,虽然睡不着,但不那么孤独了,感觉它们一直在嗅闻我的头发,咬我的口袋,我没有意识到的是,远在我的计划实现之前,长颈鹿已经在我身上施展了它们的魔法。

第二天下午,我从一根晾衣绳上偷了一件衬衫,来抵挡夜晚的蚊子,然后回到车站。一到那儿,时间就变慢了。我拍打飞虫,那头死去的奶牛尸体肿胀发臭,我也跟着风向变换位置。我看着卫兵嚼口香糖、吐痰。也看着卡车来来往往。直到红出现。独自一人——开着车。开得很糟糕。

那辆漂亮的帕卡德在轨道上颠簸着,突然吱嘎停了下来,就差把换挡杆拆下来了。她盯着大门看了很久,眼神空茫,甚至没有拍照。这个美丽的画面令我陶醉,看着她把红色卷发从脸上拨开,我的心也随之融化。

她终于从车上下来到门口拍照了,我偷偷从帕卡德敞开的车窗往里看。要是被抓住,我会说我是在找吃的,不过这不是真正原因。我想知道更多。更多关于她的信息。哪怕空气中飘出一点她的香水味,我也很开心,但座位上放着一个崭新的笔记本。

她开车离开了,并没有注意到笔记本不见了,我手拿笔记本,在树干旁边蹲下来,打开它。前页夹着一张新鲜的新闻剪报,作者正是"大记者"莱昂内尔·亚伯拉罕·洛。

纽约世界电讯报

1938年9月22日
奇迹长颈鹿穿越海上飓风

纽约——9月22日(特别版)。在历经昨日肆虐东海岸的大飓风之后,蒸汽船罗宾·古德费洛号今天上午载着两只生死未卜的长颈鹿,艰难进入纽约港……

接下来的一页是她潦草的笔记:

飓风海上生存奇迹……曼哈顿洪水泛滥……摩托车警察……纽约和新泽西。

普通卡车……定制床。

腐烂膨胀的奶牛尸体……根西奶牛。

布朗克斯动物园兽医……为什么?

又高又瘦又憔悴的英俊男孩,上勾拳很漂亮……他是谁?

加州首批长颈鹿。首位女动物园园长。首次横穿美国。

林肯或李公路……怎么走?

十二天的时间来弄清楚。

红提到了我。更妙的是,她说我"英俊",以前还从没有人这么说过我。我希望能看更多,翻到下一页,但什么也没有,只在最后一页上发现她列的一个清单:

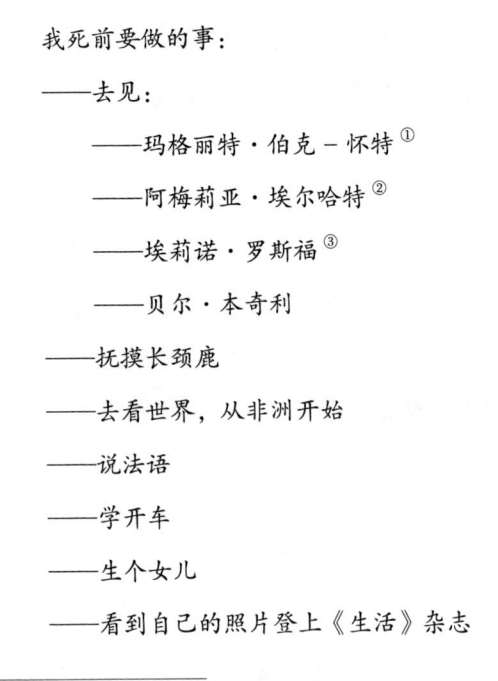

我死前要做的事:
——去见:
　　——玛格丽特·伯克-怀特①
　　——阿梅莉亚·埃尔哈特②
　　——埃莉诺·罗斯福③
　　——贝尔·本奇利
——抚摸长颈鹿
——去看世界,从非洲开始
——说法语
——学开车
——生个女儿
——看到自己的照片登上《生活》杂志

---

① Margaret Bourke-White(1904—1971),美国摄影家、纪实摄影师,美国第一位女性战争摄影记者。——编者注
② Amelia Earhart(1897—1939),美国飞行员、女权运动者,她是第一位获得飞行优异十字勋章和第一位独自飞越大西洋的女飞行员。——编者注
③ Anna Eleanor Roosevelt(1884—1962),第32任美国总统富兰克林·罗斯福的妻子,她同时也是女性主义者,并大力提倡保护人权。——编者注

看上去就像现在人们说的遗愿清单，就是在断气之前要做的事情。然而我不久后就会发现，事情远没有这么简单。

第二天她回来了，趁她不注意，我把笔记本扔进帕卡德车窗里。等她发现本子，脸上露出了灿烂的微笑。

在那之后，我在车站不仅仅是为了等长颈鹿，还为了等待她的出现。每天看到她的身影，让我在车站的夜晚从与噩梦和狭长地带的黑暗记忆对抗，变成几个小时对她的回忆。我会从她的头发开始，她的每一缕火红的卷发我都记在心里。我研究记忆中她的微笑，她额头上的美人尖，她鼻子上的每一颗雀斑，她的脸部和身材曲线，品味从丝绸白衬衫到剪裁合身的裤子和双色鞋的每一个小细节，甚至她紧握在手中的相机，直到我停下来，暂时沉浸在记忆中她淡褐色眼睛的注视中。然后，随着夜晚的流逝，我开始想象我该如何吻她。虽然我陶醉得忘乎所以，但我还没有傻到以为真的会吻到她。我知道，我可能再也不会离她那么近了。然而，我却花上无忧无虑的几个小时去想象，想象我会如何把手放在那火红的卷发后面。我会如何手指穿过她浓密的发丝。我会如何慢慢地、甜蜜地、温柔地亲吻她，或者像个成年男人一样一把抱起她，给她一个大大的吻，无所畏惧又充满欲望。我并不羞于承认，这些回忆现在还会让我这个匆匆乱写的老头子沉醉其中。我蜷缩在车站月台上，每当感到昏昏欲睡时，就会重新开始回想。

但没有人能永远逃避睡眠。几个晚上后，尽管我做了很多努力保持清醒，还是睡着了——那熟悉的旧日噩梦又来了。

安静/别哭/睡觉吧，小宝贝。

"是时候把你变成男子汉了！"

"伍迪·尼克尔，告诉我到底发生了什么，现在就告诉我！"

苹果棕色的眼睛盯着我……步枪开火……湍急的水流咆哮……

……"小家伙，你在跟谁说话呀？"

我猛地站起来，开始踱步。我依然能听到噩梦中我非常熟悉的部分——妈妈的歌声，爸爸的怒吼，我的步枪开火声。梦中我并没有感觉县治安官把我从缪尔舒的火车上拽下来，我和往常一样惊讶。然而，这一次，在这个同样的旧日噩梦中，有了新的内容。

这让我很是震惊。

我妈妈喜欢讲一个家庭小故事。在我还是一个蹒跚学步的孩子时，总是从小床上悄悄溜出去，结果被人发现在谷仓里和母马叽叽喳喳说个不停。"小家伙，你在跟谁说话呀？"妈妈会说。我指向母马，她会把我抱起来，唱那首《所有漂亮的小马》的摇篮曲。有时，她会发现我在高高的草丛旁叽叽喳喳说话，她问我："小家伙，你在跟谁说话呀？"我会指向高高的草丛边缘，那里会有一只兔子或蜥蜴或田鼠正匆匆跑开。但是，当我午睡时叽叽喳喳说一些超出我理解范围的事情时，比如牧师要到了、暴风雨即将来临或者公鸡咯咯叫，妈妈就会赞美耶稣，称我这个天赋为"第二视觉"，就像她的姨妈比拉能跟鸟儿说话一样。而爸爸的下巴肌肉就会颤抖，他开始着手解除我这个能力。

就是这样，这只是妈妈会讲的一个故事……直到我被尘土吹得说不出话，又被飓风吹得晕头转向，发现自己在废弃的车站里踱来踱去。因为我不仅听到妈妈问我"小家伙，你在跟谁说话呀"，还听到了湍急的流水声——而在我们所在的狭长地带，如果有什么东西是我们没有的，那就是水，无论是不是急流水。所以，当我踱着步，突然想到比拉姨妈和她的第二视觉时,我睁大眼睛,发誓再也不睡了。即使想到长颈鹿或亲吻红也不能使我平静下来。

在那之后,我辗转难眠,焦躁不安,白天黑夜数着日子,等待长颈鹿上路。我几乎没离开过车站,生怕错过它们。

终于,动物园兽医的卡车出现了,然后消失在大门后。

是时候了。

我飞快地跑到那个浣熊洞,从下面钻过去,冲向高高的谷仓。大门敞开着,动物园兽医的卡车就停在那里。我躲在兽医的卡车附近。我本该担心被人发现,不过只要我不是开着运牛车进谷仓,他们才不会四处张望,尤其是老头。他有更大的麻烦事。他正试图把长颈鹿赶上卡车,但长颈鹿不肯合作。

卡车开到靠近围栏的地方,整个车厢的T形装置的一侧全都打开了,包括顶部。我不知道它还能这样。底部有摆动的铰链,顶部有插销,整个侧面都可以放到地面,这让装有垫子的板条箱看起来又大又宽,甚至很诱人。围栏和卡车之间有两个短斜坡,用来引导长颈鹿进入它们的新旅行隔间。不过长颈鹿知道板条箱什么样,无论好坏,它们当然也知道卡车什么样。它们都往斜坡上走了两步,看了看情况,突然就停下了脚步。

我不知道它们在斜坡上待了多久,但从老头疲惫的样子看,应该有一段时间了。老头穿着汗衫坐在地上,手里摆弄着他的软呢帽,盯着长颈鹿。动物园兽医站在斜坡旁,盯着野丫头的夹板。厄尔站在几个穿卡其布工装的伙计旁,他们全都喘着粗气。老头站了起来,看上去非常沮丧,他大步走过去,抓起一些绳子,他、动物园兽医和穿卡其布工装的伙计们试图像拴小牛一样把长颈鹿拉进去。然而这两只大野兽还是纹丝不动。老头又一下子坐到地上,看上去彻底没了主意。

然后野丫头的鼻孔开始颤动,它的脖子伸向我在里面睡过觉的隔间。它往前迈了一步,接着又一步。它把大鼻子伸到敞开的隔间角落,大口吃起来。它发现了我丢在衬垫里的一个洋葱。

老头可不傻,他又站了起来,从驾驶室里抓起麻袋,开始把洋葱扔进车厢套间,野丫头快速大步跨进泥炭苔藓中寻找吃的。老头把剩下的扔进另一个隔间,野小子也进去了。

看到这儿,大家都冲过去把车厢两侧合上,把它们关在了里面。当两只长颈鹿把大脑袋伸出窗外,舔着嘴唇品味最后一口洋葱的美味时,老头摘下帽子,长长舒了一口气。然后他和动物园兽医朝兽医的车,也就是我躲藏的地方走去。我爬到一个桶后面。

"路上你得给伤口重新涂磺胺药,"动物园兽医说,"涂抹多少次,得看路途的崎岖程度,以及你们被迫在路上的时间。要是能防止伤口感染,它还有一线生机。"他从卡车上又抓了一个黑色袋子放在引擎盖上,露出里面的东西——绷带、夹板和药瓶——然后把它递给老头。"这是给它们准备的。也给你们俩额外备了些。"动物园兽医握了握老头的手,上了车,最后说了一句"祝你好运",便开车走了。

那天剩下的时间里,老头让长颈鹿们适应它们的旅行车厢,于是我躲在桶后面,等了整整一夜。

黎明前,老头推开谷仓大门。厄尔已经坐在驾驶座上,发动机在空转,长颈鹿伸出了脑袋。老头回头最后看了一眼,爬进驾驶室,卡车开出了大门。

我冲到篱笆洞口,差点赶在他们之前到了前门。他们的车灯在黎明前的黑暗中闪烁,两名新泽西州摩托车警察正在等着,他们会护送长颈鹿卡车上路。

我从倒下的橡树下拖出那辆偷来的摩托车,猛地打着火发动,然后使劲擦了擦库兹的兔脚,跟了上去。加利福尼亚,我们来了,我心想。从东海岸到西海岸,横穿整个美国大陆。

我不知道的是,我不是唯一一个对长颈鹿有计划的人;更糟糕的是,这些计划中包括永远到不了加利福尼亚。

西联国际汇款公司

1938 年 10 月 5 日下午 3 点 34 分

收报人：贝尔·本奇利夫人
圣迭戈动物园
圣迭戈，加利福尼亚

长颈鹿已装车。黎明上路。

RJ[①]

西联国际汇款公司

1938 年 10 月 5 日下午 4 点 02 分

收报人：赖利·琼斯先生
美国检疫站
阿西尼亚，新泽西

一路平安。保持联系。

BB

---

① 老头赖利·琼斯的姓名首字母缩写。

西联国际汇款公司

1938 年 10 月 5 日下午 5 点 01 分

收报人：贝尔·本奇利夫人
圣迭戈动物园
圣迭戈，加利福尼亚

旅行保险已批准，可以通过装备齐全的卡车运送两只长颈鹿。附加说明：爆胎、天灾、龙卷风、沙尘暴、洪水。电汇 150 美元保费将生效。

A. 佩蒂格鲁
伦敦劳埃德保险公司
利德贺街 12 号
伦敦 EC3

纽瓦克晚间新闻报

1938年10月6日

飓风长颈鹿上路：一对长颈鹿今日将穿越新泽西州前往加利福尼亚州

阿西尼亚，新泽西州——10月6日（特别版）。最近在海上飓风中幸存的两只奇迹长颈鹿将成为有史以来首批乘卡车横穿美国大陆的长颈鹿。它们今天离开阿西尼亚的联邦动物检疫站，前往三千二百英里外的加利福亚州圣迭戈动物园。

长颈鹿今天上午将穿越新泽西州，州警察将护送它们，并提醒广大市民密切注意"长颈鹿公路普尔曼"。

芝加哥论坛报

1938 年 10 月 7 日
圣迭戈长颈鹿横穿全国旅行

纽约——10月7日。横穿美国大陆的长颈鹿运输今日正式启动,开创了航运、畜牧业和麻烦史上的一个新纪元。世界上第一位女动物园园长、圣迭戈动物园的贝尔·本奇利夫人,委派最有经验的手下赖利·琼斯来完成这项艰巨任务。由于长颈鹿个头高、骨骼脆弱,该项任务艰难重重。如果琼斯能让这些瘦长宝贝穿过地铁、高架桥、廊桥和低垂的树枝,这将是有史以来人类第一次将两只,哪怕只有一只长颈鹿从一个海岸运往另一个海岸。

"它们还年轻,还没长够个头,所以我们预留了十二英尺八英寸的高度。"琼斯说,他已经亲自侦察过路线,"必要的话,我可以给轮胎放点气。"

在被邀请对这次长途旅行进行评论时,芝加哥布鲁克菲尔德动物园园长爱德华·比恩说:"琼斯是个好人。如果他找到一个好司机,他会成功把它们拉过去的……"

"亲爱的?"

又有人来敲我的房门,打断了我写作。我还没来得及做出反应,又一个护理员大步走了进来。我开始朝这人咆哮,不过这次来的是个女的。她一头火红的头发。很熟悉。

然后我想起来了。她是我喜欢的大骨架红发女孩——罗斯?罗西?是的,是罗西。

"你没去吃早餐,亲爱的。牧师马上就要来做礼拜了。要不我带你下去吧?"

这是星期天上午,我从来不去,不过这并没阻止他们发问。他们这么做是出于好意,想着每个星期天可能是我们这些老坏蛋改过自新的最后机会。今天很可能就是我最后的机会了。不过写下这些就是我改过自新的方式。我仔细端详了她的脸一会儿,然后又回到我的拍纸本上。"我很忙。"

"亲爱的,你还认得我吗?"她接着说。

"当然认得。"我扭过头喃喃地说。

"哦,亲爱的,已经过了这么长时间了!你以前常常让我玩多米诺骨牌,你吃药之前还给我讲故事听,还记得吗?"她说,"我听说了长颈鹿的事。我很抱歉。"但接着我听到她伸手去关窗户的声音。

我的轮椅转得太快,撞上了床架,我差点掉下来。"打开,打开!"

她又把窗户推开。野丫头还在那里。我的心又开始突突直跳,我揉了揉胸口。

罗西注意到了。"我最好马上叫护士给你开药。"

"不！别找护士。不要开药。我得头脑清楚，把一切都写下来给她！"

罗西把手放在她结实的臀部上，上下打量着我，就像老头以前做的那样。她把一绺发白的头发拨到耳后，说："好吧，但我得等你冷静下来再离开。"

"随你便。"我平静地说，然后继续写，希望这样能让她闭嘴。可是并没有。

"亲爱的，'她'是谁？你把一切写下来是要给谁？"

我没有回答。

"是奥古斯塔·红吗？"

我环顾四周，脖子都快扭断了。"你怎么知道红的？"

"我们玩多米诺骨牌时，你给我讲的所有故事里都有她。奥古斯塔·红，老头，还有长颈鹿。你写的就是这个吗——你的旅行？但你以前总是说这无关紧要。"

"以前是我错了。"我很平静地喃喃道。然后又开始写。

她在床沿上坐了几分钟。然后，我听到她站起来的声音，看见她从身后关上房门。我全想起来了。

一个多米诺骨牌游戏和一个故事……

第三章
穿越新泽西州和特拉华州

于是我们上路了。

不过，在路上不是什么好事——假如是去流浪的话。没有什么比没有野性的流浪动物更可怜的了。一只流浪狗出现在我们狭长地带的农场时，它那可怕无望的样子，连我那虔诚的基督徒妈妈都吓得把它赶走。不过她绝不相信自己会赶走一个流浪男孩，我知道你也想相信自己不会那么做。但那时，像我们这样不幸又鲁莽的流浪儿成千上万。要是你住在铁轨旁呢？或者公路旁？要是你的住处被标记为善良的基督徒之家或软心肠的老好人之家，以至于肮脏的流浪汉和小混混日夜来敲你家纱门呢？你会锁上门，拉上窗帘吗？你会把你的孩子藏在家里吗？如果一个流浪汉开始对躲在你家灌木丛里的竞争对手挥舞剃刀或玻璃碎片呢？你会报警还是去拿猎枪？

你不会记得那时的一切，我为此感到高兴。我已经试着忘记作为一个流浪男孩投奔表亲库兹时的情形。在最初悲惨的几天后，我几乎没了人样，随着时间推移，我越来越不在乎了。当你饥肠辘辘，饿得胃疼时，你会忘记饥渴的心灵。你每一天会忘记一点，直到连一只流浪狗都不如。

然后,还有道路本身。我们称之为"公路"的道路运送人都很勉强,更不用说运送长颈鹿了。全国仅有两条"横贯大陆的汽车路线",它们非常独特,都有自己的名字——林肯和李——而我们离这两条路都很远。大多数小镇之间的道路仍然只有一个加油站的伙计给你指一条正确的路,或者错误的、早就不通的死路。在艰难时期,走任何一段路都可能意味着将生命置入重重危险之中,而我跟在长颈鹿后面就是为了避免这个。

因此,虽然一想到要再次上路我就该害怕到发抖,但只要我能看到那辆重型卡车,就没事了。然而,随着太阳升起,卡车开始摇晃。长颈鹿似乎被阳光吓到了,不知道在这个糟糕的新环境里该站在什么地方。它们的头伸进伸出,卡车后部摇晃不稳,甚至轮胎一度离开了路面,我还以为会翻车,还没开始旅程就完蛋了呢。老头开始对厄尔大喊大叫,直到卡车放缓速度,长颈鹿找到了平衡,一切才慢慢平稳下来。

就这样,摩托车警察开始一路带我们穿越新泽西州。

来到第一个小镇,人们都惊呆了,他们扭着脖子看,几个人打着哈欠大笑,我们就这样离开了。

然而,到了第二个小镇,人们似乎知道长颈鹿要来。当地的巡逻车在城市边界迎接卡车。摩托车警察和卡车缓慢穿过小镇,我发现自己突然置身于一支游行队伍中。汽车和自行车跟在后面。老人们从凳子上、台阶上和平房门廊上挥手致意。身穿家居服的妇女怀抱婴儿站在阳台上。人行道两旁的市民举着报纸,一个小男孩在我旁边跑,手里不停地挥动一份报纸,于是我一把夺过来,一边继续前行一边迅速浏览了一下头版。虽然我当时没有太在意，但头条新闻的确令人记忆犹新：

希特勒停手——我们的时代迎来和平

现在想到这个标题，我还是忍不住打了个寒战。报纸说的是《慕尼黑协定》，听起来像是教科书上没人会记得的事，但很快全世界都会对它深有体会。希特勒占领了奥地利，现在又觊觎捷克斯洛伐克的大片领土，承诺只要得到它，和平就会实现。被吓坏的同盟国相信了一个疯子讲的瞎话，毫不犹豫地将其拱手相让。但在当时，这对生活在世界另一端的我来说算得了什么呢？我根本没有把阿道夫·希特勒放在心上。我把报纸翻过来，上面是除了我以外每个人都看过的报道：

飓风长颈鹿上路

我把车停在路边读了起来，但我连头条都没读完，因为，我眼角的余光瞥见了什么，让我放下报纸，猛地扭头看过去——一辆绿色的帕卡德。那辆车从我身边驶过，红把身子探出窗外拍照，记者坐在方向盘后面。当我们离开小镇时，我一直希望它会和以前一样消失，但它一直跟在后面。

所以现在我也跟着它。

整个上午我们就这样有节奏地一路前进：安静的农田、目瞪口呆的搭车者、小镇、当地警察、突然出现的游行队伍，以及欢呼雀跃的

小镇居民彼此大声开着同样的玩笑:

"上面的天气怎么样?"

"我眼前出现了斑点!"①

"桥太低了!"

然后,毫无预警地,新泽西的摩托车警察向老头行了一个礼,然后沿着来路消失了。我们到了州界。一切都很好,唯一的问题是州界是一条河,没有通往对岸的桥。只有一艘渡轮,只有这一条船带我们过河。考虑到水差点要了长颈鹿和我的命,这可不是小事一桩。

老头看起来也不太高兴。卡车在码头上停下,他跳下车,拦住后面的队伍,直到和船夫谈妥。他摘下那顶脏兮兮的软呢帽,用袖子擦了擦额头,看着船夫引导厄尔把卡车开上轮渡。卡车停下时,老头戴上帽子,大呼一口气,自己也上去了。其他车辆跟在后面上了船,我等待时机。然后,揉了揉幸运兔脚,深吸一口气,推着摩托车上去。

船开了,渡轮上的每一个人都默默从车里出来,注视着长颈鹿。看到那两只长颈鹿把大脑袋伸出车窗,与平静的河水倒影交相辉映,我也从里到外沉默下来。这是一件神奇的事。年轻粗鲁的我与温暖的感觉斗争着,但我记得那一刻是如此奇妙。我们和长颈鹿一起穿越特拉华河,我想就算没有马达我们也能做到。我们当中最平静的似乎就是长颈鹿。不知是由于河水太平静,它们没有察觉到那是水,还是因为习惯了公路普尔曼车厢,它们表现得很是自由自在。

我四处寻找红的身影,希望她能拍下这一美景,但那辆绿色帕卡德不在渡轮上。我转过身,扫视河岸。它就在那儿,还在码头上。红和记者站在车前,接下来看到的一幕让我方才的温暖的感觉迅速化成

---

① 语意双关。斑点指的长颈鹿斑纹,另外还有"眼冒金星,头晕眼花"的意思。

愤怒。

他向汽车示意。

她举起双手。

他再次抓住她的胳膊。

她把胳膊猛地抽了回去。

他回到车里,砰地关上车门,发动引擎,等着她跟过来。

不过她没有。一开始没有。

而是转过身,盯着长颈鹿。

我们越走越远,我研究着红的目光,她脸上的表情我看不明白,但我拼命想在她从视线中消失之前记住。我确信今后再也见不到她了……我看了很久,直到再也看不清绿色的汽车和她那火红的头发。

渡轮在对岸靠岸时,所有人都为长颈鹿和卡车让路,就仿佛老头是暹罗国的国王,有令人惊叹的奇观。长颈鹿的头消失在河岸上,人们一动不动。在长颈鹿、渡轮和流淌的河水的魔力下,人们长久保持这个姿势,我还以为永远也下不了船了。我在众人中间穿行,猛踩油门,生怕看不见长颈鹿,但它们就在那里,高昂着头,傲然而立,十分显眼,我放慢了速度。

很快,我们又过了一条州界线,似乎和在得克萨斯州过县界线一样快。路牌上写着:"欢迎来到马里兰州"。道路弯弯曲曲,拖拉机、小货车,甚至还有一辆马车在我们之间来回穿梭,卡车的速度更慢了。然后道路拐了个急弯,卡车不见了。

接下来我听到轮胎的尖叫声……接着是一声吓人的闷响和一声令人毛骨悚然的号叫。我起了一身鸡皮疙瘩,慢慢绕过那个弯道,眼前的景象让我掉转方向躲到沟边的杂草丛中。只见卡车在路中间停了下来，右边挡泥板旁躺着一个大大的东西，半个身子掉进了沟里。肯定是厄尔撞上了一个搭便车的人。然而那是一只脏兮兮的流浪狗，小马一般大小，它的内脏从血淋淋的碎皮中露了出来。

老头命令厄尔待在原地别动，他从驾驶室的枪架上取下步枪，朝那只狗走去。他在那只奄奄一息的狗身边慢慢蹲下，把枪放在腿上，那只狗进入濒死状态，不停地喘息和抽搐。老头站起身，扣动了步枪扳机。上一秒还在抽搐和喘息的狗，下一秒就一动不动了。老头放下枪，停顿一下。然后，他又蹲下来，一只手放在死狗的毛皮上，就那样放着，仿佛在进行某种祝福祷告。

看着这一幕，我的脑海中浮现出我在狭长地带的记忆：我开着爸爸的皮卡，我们撞上了一个黄色的东西，看到它滚进了灌木丛。爸爸下车，对着凹陷的挡泥板开始咒骂，我刚从枪架上取下步枪，爸爸就转而骂我：该死的，小子！你要去哪儿？如果是郊狼，我们会一枪打死它。如果是只流浪狗，我们不会在它身上浪费一颗子弹。别表现得就像你还是个穿短裤的毛孩子一样。它们只不过是畜生！

前方，老头站了起来，抓住狗腿，把它的尸体拖到路边。长颈鹿把脑袋伸出窗外观看。于是他爬上去，拍了拍它们的脖子，他跟长颈鹿的轻声细语随风飘到我耳边，然后他爬回驾驶室，卡车继续前进，消失在下一个弯道。我开着摩托车缓缓经过那具尸体，把眼前的一幕储存起来，以便日后好好琢磨一番。

然而，到了下一个转弯，我有了更大的担忧。摩托车的油表眼看要空了，而我身无分文。

我继续跟着。我还能干什么呢？

我骑着摩托车，夕阳西下，我们靠近一个叫科纳温戈的小镇，我对它记忆深刻，不仅仅因为它奇特的发音。路右边树木林立，左边是一条湍急的河流，道路在河流附近转弯后，一直向前。

然后出现了道路指示牌：

第一个上面写着："单行桥。"

第二个上面写着："低水位过道。"

我几乎不敢相信。他们这是要把长颈鹿开到河里去吗？

然而，接下来的一刻，这一切都不重要了，因为这时摩托车猛地发出吸气一样的声音，然后咣当一声响，停了下来。

我猛踩离合器，上下拧油门，就像只要这么做我就能把汽油泵进摩托车里一样。我发了疯似的坚持这个动作，把自己弄得筋疲力尽。

我累得喘不过气来，看着前面越来越小的卡车，意识到要和我的加州计划说再见了，心就像被刀扎了一样难受。一切都结束了，我对自己说，我愿意出卖灵魂来换取不一样的结果——考虑到我还不完全熟悉自己的灵魂，这个想法令人惊讶。在码头上感受到的那种孤注一掷的愤怒又回来了，于是我开始奔跑，心想我宁可跑死，也不要站在那里眼睁睁看着我那渺茫的希望破灭。

但是，在桥这一边，卡车慢了下来，我开始怀疑我是否把自己那毫无价值的灵魂卖掉了，因为卡车消失在树林里，经过一个指示牌，上面写着：

汽车营地和木屋
此处拐弯

我飞快地跑回摩托车旁，把这台没油的机器推到指示牌处。我大口喘着粗气，心脏怦怦直跳。

我到入口时，卡车停在办公室旁边空转。办公室同时也是一个供餐的午餐柜台，一共有八个凳子，凳子上都坐着人。

我匆匆离开众人视线，看见老头和经理从里面走出来。在经理的指引下，他们拉着长颈鹿驶向最后几个小木屋，每个小木屋只勉强够放一张床。他们把卡车停在一棵枝叶茂盛的梧桐树①下。我推着摩托车穿过灌木丛，悄悄躲在一块巨石后面，看着老头打开车顶盖，长颈鹿伸出大鼻子开始啃树叶。

不过，正啃着，两只长颈鹿把颤抖的鼻子转向我，仿佛它们在风中闻到了年轻的我的刺鼻气味。我赶紧躲开，回头看时，它们还在这样做。野丫头的鼻子甚至在摇摆，好像为了闻得更仔细。我确信它们会把我暴露出来，于是躲到巨石后面，一直待在那里，直到听到活板门砰的一声打开，老头命令厄尔去喂长颈鹿喝水。透过活板门，我能看到长颈鹿的蹄子。司机顺利地把野小子的水桶推了进去。可是当他把野丫头的桶放进去时，它的蹄子狠狠踢了一下他的胳膊，他骂骂咧咧地踉跄后退，我看了很是高兴。

然后，老头决定要检查一下野丫头包好的夹板，开始和它周旋。他一直等它被夹板固定的后蹄接近活板门的开口，才把手伸了进去。它踢了一脚，他躲开了。它又踢了一脚。他扑通一声倒在脚踏板上，怒视着厄尔。厄尔远远站着，离我更近了。

就在这时，经理从午餐柜台拿来一堆汉堡包，还带着大家都过来了。所有食客都跟在后面，包括停在路边的一辆锃亮的牛奶卡车的司机，他提供了一罐新鲜牛奶配汉堡包吃。汉堡包的味道让我快疯了，

---

① sycamore，北美梧桐，悬铃木，也叫西克莫无花果树，电影《怦然心动》里小女孩坐在上面的那棵树就是这种，统一译为"梧桐树"。

于是我拿出一个偷来的土豆生吃,以免做出傻事。等经理把所有人赶走了,我知道整个县的人都会知道营地停放着什么了。太阳落山了,长颈鹿还在不停地啃树叶,但随着每次风向变换,它们还是把鼻子转向我嗅闻。所以我一直待在原地,直到一片黑暗,只剩下办公室灯柱上的灯透过树丛照过来唯一的亮光。

我偷偷往外瞥,看到老头挥手示意厄尔进小木屋,然后他在卡车的脚踏板上坐下,从身上摸出一支好彩香烟①。他能买得起商店的烟,而不是自己卷烟,在我这个乡下男孩眼里,已经很是了不起。当他打开芝宝打火机点燃香烟时,我断定每个加州人肯定都和洛克菲勒家族的人一样富有,这更加坚定了我继续跟随他们的决心。我盯着那辆牛奶卡车,梦想着没有蜂蜜有牛奶喝也好,又咬了一口土豆,开始幻想从加州的葡萄藤上采摘甜葡萄吃。我在巨石旁找到一块长满青苔的柔软地方,坐了下来,看着老头一支接一支地抽好彩烟,用抽完的烟屁股点着下一支。像往常一样,如果可以,我不会让自己睡着,所以我一个小时接一个小时地陪着老头熬,心里一直琢磨怎样才能继续跟着他们。

我不太擅长提前计划,所以我的点子很糟糕……前面有个加油站可以加油,但我得先从别人口袋里偷点钱。我还可以再偷一辆车,但值得偷的都开走了。营地里仅剩的车辆就是牛奶卡车,它可以填饱我的肚子,但不是绝佳的偷窃对象。时间越晚,我的想法就越绝望,越愚蠢。我认真考虑要不要像跳货运列车那样跳到卡车后面,但我放弃了。

---

① Lucky Strike,英美烟草集团旗下的美国香烟品牌,20世纪三四十年代在美国广受欢迎,在二战时期成为美军的特供香烟。——编者注

过了一会儿,老头叫醒厄尔让他值班,还命令他关上卡车顶盖,然后消失在小木屋里。厄尔咬了一口烟草,双手把头发往后捋了捋。接着,他完全忘记了关上顶盖,做了我担心他会做的事。他最后回头看了一眼老头的小屋,拿出藏好的酒瓶,开始一口一口喝起酒来,就着烟草汁,只有酒鬼才喜欢这种组合。当他站在脚踏板上时,两只长颈鹿都把脑袋探出窗户,低头看了厄尔一眼,然后又把脑袋缩了回去。但在此之前,野丫头朝我这边最后一次翕动了它那大鼻孔。

在接下来的一小时里,我看着厄尔喝酒、吐痰,直到他耷拉着无力的脑袋靠在卡车门上。唯一让他保持站立姿势的烟草汁,让他咳了又咳——说不准这就是他的傻瓜计划。

最后,他歪倒在一边,我似乎听到卡车外边某个地方传来窃笑声。我赶紧起身。从暗处出现了三个小混混,其中一个体形足有两个我大,另一个只穿了工装裤,第三个是个小矮子,留着布丁碗一样的发型。那大块头轻轻推了推像摊烂泥一样倒在那里的厄尔后,引来更大的窃笑声,接着他用指关节敲了敲普尔曼车厢。两个活板窗户飞快地开了,两只长颈鹿把脑袋伸了出来。它们看了这些小混混一眼,便很明智地把脑袋缩了回去,就像对厄尔做的那样。于是小矮子决定爬上卡车,从窗户里看长颈鹿。他把脚踩在大块头身上,开始往上爬。小矮子继续爬,另两个小混混一直在旁边窃笑。

然后一切变糟糕了。

非常糟糕。

长颈鹿开始跺脚,哼鼻子,剧烈摇晃卡车,小矮子从车上摔了下来,然后又爬了上去。

就在这时,我看到了小矮子早就看到、长颈鹿已经知道的事……

顶盖还开着。小矮子径直朝它爬过去。

除了路上学到的生存经验,爸爸的声音也在我脑海中回响。我站在黑暗中,拳头握紧又松开。我和狡猾的郊狼一样,即使控制不了脾气时,也只是打一拳就跑,而且一次只能招架一个人。

小矮子往上爬时,又用力拍打车厢。两只长颈鹿把脑袋伸出窗外,用恐惧和哀求的眼神朝我这边看。

接着小矮子爬到了车顶上。

接下来发生的事情,我很难用我贫乏的语言描述。长颈鹿无处可去,没有东西可踢,也没有人保护它们,一定以为一切都完了。因为它们发出了一声令人毛骨悚然的号叫,至今我回想起来还感到绝望。人们说长颈鹿不会发出声音,但我告诉你,它们会的。这声音掺杂了呻吟、咆哮和恐怖的哀号,肯定能与飓风一比高下。这声音只有咬住它们喉咙的狮子才能听到。我用双手捂住耳朵,但无济于事——那声音在我胸膛里冲撞,让我感觉到了长颈鹿的恐惧,仿佛是我自己的恐惧。我再也忍受不下去了。不等我意识到自己在做什么,我就冲到卡车那里,躲开了大块头,一拳揍了工装裤,然后飞身一跳,抓住了小矮个的腿。地上的两个人随后抓住我的腿,把它们像叉骨一样分开。但正当他们要许愿①时,长颈鹿晃动卡车,小矮子掉了进去。

除了长颈鹿的叫声,接下来我听到长颈鹿的踢打声和小矮子的哀号声,接着传来我以前听过无数次的声音。猎枪的咔嗒声。

---

① 在一些西方国家的传统中,人们会用禽类(主要指火鸡或者鸡)的锁骨来许愿,据说愿望就可以实现。具体做法是将呈"Y"字形的细骨头完整地取出,然后由两个人分别握着分叉的两端用力拉断,骨头中间的顶部在谁手上,谁就是那名幸运儿。文中指的是两人要劈开他的腿,表达很是幽默。

老头穿着内衣站在那里，举着猎枪。

小矮子像瓶装火箭①一样从顶盖上蹦了出来，小混混们连滚带爬跑到树林中藏身，我也躲到我的巨石后面，猎枪的巨响在树林中回荡，震得一切都鸦雀无声，长颈鹿惊恐的叫声也消失了，这让我备感安慰。

我听见老头又在装子弹，忍不住去看。卡车还在摇晃，长颈鹿还在抽着鼻子跺脚，老头把猎枪顶在厄尔的鼻子上。

"你他妈的刚才去哪儿了！"老头怒吼道。

"就在这儿……"厄尔结结巴巴地说，"你看到了。"

"我也闻到了，你这个混蛋。你喝酒了！"老头把猎枪夹在腋下，找到了厄尔的酒瓶。我以为他会拿酒瓶打厄尔。但他没有，而是把它扔进了黑暗中。"除了骗子和小偷，我最不能忍的就是酒鬼。"

厄尔摇摇晃晃地站起来。"我没醉！我酒量大。我发誓！"

"给我坐下！"老头命令道。

厄尔又坐下来。

"要是因为你喝酒，长颈鹿有个三长两短，我发誓我会开枪把你打个稀巴烂，然后让本奇利夫人收拾你。"老头说，"你听明白了！"

厄尔点点头，一动也不敢动，只是恋恋不舍地朝扔掉的酒瓶望过去。

老头腋下夹着猎枪，爬上卡车一侧，用他那独特的温柔语气跟长颈鹿说话，直到两只长颈鹿都安静下来。他亲自合上顶盖，回到地面。"我们还是赶在更多本地小子出现之前，趁早出发吧。"他对厄尔说，厄尔仍然没动，"我去穿上裤子，给镇上的警察打个电话，你再

---

① 一种小型烟花，通常由一个瓶子发射，可以在空中爆炸并产生响声和火花。

喂它们喝点水。前提是你觉得还能开车。要是开不了，你最好快点走人，否则我立马把你交给警察。"说完，他拿着猎枪，走回小木屋。

一提到警察，厄尔就开始喃喃自语。他现在看上去吓了个够呛，清醒了很多。被人用猎枪指着脸就会有这个效果。但他证明自己不是那样的人。他嘟囔着，站起来四处寻找水桶，没有找到，于是打开野丫头的活板门，把鼻子伸进去，然后……

扑通！

……厄尔倒下了，四仰八叉倒在地上，血从他的鼻子流出来，流进了耳朵里。

老头跑了回来，再次举起猎枪，然后看到了厄尔。他气坏了，低头看着躺在那里的司机，看起来像是死了一样。他用靴子轻推了他一下。厄尔一动不动。于是老头把枪靠在卡车上，拿起放在水罐旁边喂野丫头喝水的水桶，从附近的水泵接满水，把水泼在厄尔身上。

那个傻瓜又活过来了。

厄尔双手捂住被踢烂的鼻子，摇摇晃晃地站了起来，一边号叫，一边跺脚，嘴里还骂骂咧咧。"那只长颈鹿想杀死我！"他大叫道，鲜血从他的指缝间渗了出来，"它——它踢断了我的鼻子！"

老头瞥了一眼打开的活板门。"那你把鼻子伸进去做什么？天哪，我雇的是个什么白痴呀！"说着，他拿起猎枪，"去把自己收拾干净。我们得走了。"

"可是我看东西有重影——"

"不，你没有。"老头直盯着他说，"你得开车。你很清楚我开不了，如果我们想把野丫头活着送过去，一分钟也不能耽误。医生的话你都听到了。"

"但是那只长颈鹿想要我的命!"厄尔号叫起来。

"它不会要你命的,"老头抱怨道,"它要是真想要你命,早就把你的脑袋像敲坚果一样踢碎了。你也看到它是怎么对我的了,我这不还活得好好的。"

"不,我不干了!"厄尔呻吟道。

老头把那支猎枪像左轮手枪一样转动起来。"我们要上路了,你这个臭混蛋。你不能扔下我们不管。现在把你的臭嘴闭上。"

厄尔闭上了嘴。

"把你那没用的屁股坐回去。"

厄尔又坐了回去。

老头放下枪。"我去给你拿杯咖啡和一些绷带。你会没事的,希望你没事。你来开车。我们别无选择。"

然后他大步朝办公室走去。

路边,一辆卡车的前大灯亮了。是那辆牛奶卡车,正准备出发。车子轰鸣着发动起来,厄尔扭过头去,一只手仍然捂着流血的鼻子,径直朝它奔过去。你不会想到,一个被踢得流血、半醉半醒的家伙行动能那么快。他打开副驾驶的车门跳了进去,卡车朝我们来的方向驶去。一切发生得太快了,即使我想抓住他也办不到,何况我肯定也没有这个想法。

老头从办公室走了出来,手里拿着咖啡和绷带,腋下夹着猎枪。等他走近,盯着厄尔应该在的地方,不太相信厄尔不见了。牛奶车开到了路上,听到车门砰的一声关上,他一定猜到了。他扔下咖啡和绷带,朝大路跑去,同时把猎枪对准那辆正在消失的卡车。

我确信接下来又会听到一声猎枪的响声。然而老头停了下来。只是盯着。猎枪晃来晃去。就好像他在一点一点消化司机消失的场景。等回过神来，他冲着路面吐了一口唾沫，好像仅仅靠愤怒就能把厄尔再次召唤到面前。他开始踱步，把土块踢得到处飞扬，一边破口大骂——"狗娘养的混蛋"是他重复最多的一句，最后他大步回到卡车，一屁股坐在脚踏板上，把猎枪扔在地上，双手抱头。

他就这样坐了很长时间。然后，他拿起枪，站起来，挺直腰板，朝小木屋走去。

我突然有了一个新想法，直奔向卡车。在两只长颈鹿的注视下，我跳上踏板，把头伸进驾驶室的窗户，久久地、仔细地研究起卡车的变速箱来。研究了很久。等我跳回地面时，老头和他举起的猎枪正等着我。

我举起双手。"别开枪！"我大叫道，甚至把自己也吓了一跳，因为这是我在咒骂库兹和踢了他之后第一次开口说话，"我不是和那些小混混一伙的！是我。还记得吗，在检疫站？"

他放下猎枪，眯起眼睛看着我，我穿着破烂的衣衫，上面沾满了检疫站带过来的干泥巴。

"搞什么……"老头说，"你在跟踪我们吗？"他把猎枪换到另一只手上，我明白他为什么不能开车了。我在码头上注意到的那只变形的手是他的右手。换挡的手。于是我把刚想到的大胆想法说了出来，尽管它从我嘴里说出来时还没有完全成形。"我能行，"我脱口而出，"大老远的，你不能一个人带两个家伙走。"

"谁？"

"长颈鹿，我可以开车送你们去加利福尼亚。"

听了这话，他高高挑起一条浓密的眉毛，我还以为那眉毛要飞起来。"谁他妈问你了？你他妈凭什么认为我需要你？"

我朝大路点了点头。"因为你的司机刚刚把你丢在了半道，这就是原因。先生，我对天发誓，我开车技术比任何人都强。我睡得不多，不是当地小混混，我也不喝酒。你可以相信我。"

"相信你？我甚至不认识你！"老头上下打量着衣衫褴褛的我，目光停在我用绳子系着的旧裤子上，那裤子几乎盖不住我的靴子，"你多大了？"

"十八。"我撒谎说，"只要能动的东西我就会开，我是发动机方面的天才，真的。"

"我猜你还要告诉我，你是长颈鹿方面的天才吧？"老头说。

我高昂起头。"比你的司机强。"

"你为什么这么以为？"

我把手放到兜里。"首先，我知道不该把鼻子凑近动物蹄子。"我又撒谎了，因为当初我去拿库兹的兔脚时就是这么干的，此刻我正使劲摩挲它。

老头看了看我身后。"你是怎么来这儿的？"

"摩托车。"我朝阴影中的摩托车点了点头。

他眯起双眼，问："那是你的吗？我受不了小偷和骗子。"

"我骑来了，不是吗？"我回答说，证明自己骗子小偷都占了。

一辆巡逻车停在办公室的灯柱下，我又退到阴影里。

老头注意到了。

"够了。"他咆哮道。他又把枪夹在腋下，大步走向我偷来的摩托车，伸进手去扯下一把电线，然后回到卡车旁。"每个镇上都有我认识的治安官，要是再让我看到你，就把你交给他。我猜你不希望这样。还有，老天啊，你是在牲口棚长大的吗？去洗个澡吧！那边有一条河。你身上的气味熏得我眼睛疼。"他爬到方向盘后面，把枪放回枪架。然后，他把那顶破软呢帽拉低到额头上，试了试每一个挡位，直到找到一个能工作的，卡车哆嗦弹跳着，拉着长颈鹿上路了。

我滑倒在地上，盯着我那辆没油的摩托车上晃来晃去的电线，自己也没了气力。摩托车根本没法修了。至少我修不了。我对发动机一窍不通，只知道用脚踩着发动偶尔偷来的摩托车。只要能让我跟他们一起上路，我甚至会告诉老头我能起死回生。我开卡车的宏大主意又是哪来的呢？只有像我这样年轻的傻瓜会真诚地相信自己能开任何有轮子的东西。且不说我从没开过比我爸那辆破旧的 T 型卡车更大的车，更不用说我开它跑得最远的一次，是在狭长地带的公路上开了二十英里进城，那条公路十分笔直，连老眼昏花的老奶奶也能开。不过，我的加州梦还没有结束，长颈鹿和我的缘分也没有结束，虽然当时的我不知道。

它们以各种方式拯救了我。

于是我坐在那辆毫无用处的摩托车旁，听着远处老头在捣鼓挡位。其中一次换挡持续了整整一分钟，畏手畏脚令我头晕目眩，我发现自己从地上爬了起来，那种破釜沉舟的劲头又回来了。虽然作为骗子的我失败了，但作为小偷的我还没有，但如果我不继续前进，连做小偷的机会都没有了。我又一次穿着牛仔靴拼命奔跑，拼命追赶那两只长颈鹿，出乎意料的是，我与它们越来越近。此时乡间还是一片黑暗，黎明前的那种漆黑。我可以看到低水桥的另一边，镇上警察的警车车灯在闪烁。不过卡车灯光还在这一边。老头在犹豫。借着卡车前大灯的光，我可以看到水从桥上流过，那桥不过是一大块钢筋水泥掉进了河里。两只长颈鹿肯定是被水声吓到了,伸出了脑袋,摇晃卡车,直到它们闻到了我的气味。两只脖子都转了过来,看着我以最快的速度朝它们奔去。就在我离它们只有几步远时,老头发动了车子。我看了看水,又看了看卡车车尾,绝望极了。当你绝望时,你会不顾一切地尝试你的计划。

在两只长颈鹿的注视下,我全力冲刺,纵身一跳,像跳货运火车一样跳上卡车车尾,抓住一个地方。卡车开进小河,我的靴子努力踩在溅上水花的保险杠上。卡车摇摇晃晃过了桥,我还在车上。然而,时间越长我越抓不稳,更糟糕的是,长颈鹿们都弯下它们的长脖子看我,野小子离我很近,还用舌头舔我的头发。我试图拍走它那蛇一样的舌头,结果差点从车上摔下来。

卡车驶入沉睡的小镇时,我挣扎着站稳脚跟,趁没掉下去,寻找一切可偷的东西。可惜什么都没有。天亮了,我们经过小镇另一侧的限速标志牌,警车已经掉头往回开了。我告诉你,我绝望了。我的手眼看抓不住了,站在保险杠上的脚也快撑不住了。我要么往上爬,要么往下掉。再过几秒钟,我就会滚进沟里,就这样了,除了舔舐伤口,我什么也做不了,只能眼睁睁看着卡车和我的梦想永远消失。野小子还在舔我的头发,我伸手往上,将自己拉到车顶上。我四仰八叉躺在那里,抓着把手,躲避着虫子,老头开车一路颠簸,带我们继续前行。

直到早上第一个看热闹的人出现。

清晨在乡间小路上突然看见长颈鹿,司机惊呆了,急打方向盘靠近卡车,靠得太近,老头一定是朝另一个方向猛打了方向盘——因为我突然腾空飞了起来。先是我受伤的肋骨弹了起来,然后是身体一侧,最后我四仰八叉掉到了沟里。我肯定发出了声嘶力竭的惨叫,因为接下来我发现老头来到了我面前。

"天哪,小子,你刚才在车顶上吗?你这个傻瓜的脖子会弄断的!你到底想要什么花招?不,这个问题不用回答。"他猛地把我拉起来,"伤哪儿了?"

我的裤子破了,膝盖也流血了。两只长颈鹿朝我喷鼻子,他用粗糙的手抚摸我的四肢。他把我一个人扔在那里,去拿动物园兽医的药箱,撕开我裤子上的裂口,给我流血的膝盖包扎,还在破了皮的部位洒了太多药水——我们过去称之为"猴子血"的一种难闻的红色消毒剂,我疼得大叫,长颈鹿喷鼻子声也更大了。

"你会没事的。"他从钱包里掏出一张一美元钞票,朝我弹了弹,"这是一美元。去搭便车吧。"说着,他抓起药箱,朝卡车走去。

"你就把我扔在这里不管了吗?"

"会有开车路过的人捎你回城里,你可以用那一美元给你的家人打个电话,然后回家。"

"我没有家人,也没有家,"我在他身后喊道,"我想去加利福尼亚。"

"那不是我的问题。"他回过头喊道。

长颈鹿大声地喷鼻子,焦躁不安,转动着脖子,来回看着我们。看到这一幕,我使劲咽了下口水,挺起胸膛,大声喊道:"不,你的问题是你糟糕的驾驶技术会扭伤长颈鹿的脖子,不知道本奇利夫人会怎么想?"

我记得电报上提到这位本奇利夫人。我一提到她,老头踉跄了一下。不过,他把软呢帽拉低,继续往前走。

我听到自己喊道:"你需要人手帮忙!"

听到"人手"这个愚蠢的词,老头停下了脚步,转过身来,发现我正盯着他那只变形扭曲的手。

"你刚才说什么?"他咆哮道,极为愤怒地瞪着我,我很明智地闭上了嘴。他打开驾驶座的车门,爬上去,发动车。

发动机噼啪作响,熄火了。

他又启动了一次。

"别给太多油!轻点踩油门!"我喊道。发动机隆隆地响起来,我大叫道:"要是没发动成功怎么办?你需要我!"

我真正想说的是,我需要他们。

老头更用力地换挡,长颈鹿的脖子晃得更厉害了,车子又重新上路了。看着长颈鹿再次离我远去,我的心情跌入低谷。

然后卡车停了下来。

老头朝我招手。

虽然膝盖流血,但我以最快的速度跑到他的车门前。他说:"你真的对发动机很在行吗?别骗我。"

"我是个真正的天才。"我撒谎说。

"你有驾照吗?"

"当然有。"

"你会开这玩意儿吗?"

"它有挡位和离合器,不是吗?"我说。

"让我想想啊。我只需要你把我们送到华盛顿特区。"

"可是……你们要去加利福尼亚啊。"

"我们要去。不是你。"

"但为什么去华盛顿特区?"

"南线从那里开始。本来没打算停下,都是因为厄尔这个狗娘养的。"他回答说,"他们的动物园会帮忙找个新司机。要是女老板问起来,我可不想跟她谈这个。最糟糕的是我们会在那里至少耽搁一天,也许更久。我们每耽搁一天,宝贝们就越危险。可我别无选择。"他又低声嘀咕了一句"狗娘养的",补充道,"如果你能把我们安全送到华盛顿特区,我就给你买一张回纽约的火车票。"

"我不想回去。我能送你们去加利福尼亚。我以我妈的坟墓发誓,我能行。"

他瞪了我一眼,那眼神足以吓倒一头犀牛。"你到华盛顿特区就行,小子,要不你就待在路边等好心的陌生人捎你吧。你怎么选?"

于是我点了点头。他把车门打开,挪了过去,我迅速爬上车,生怕他改变主意。

我咬紧牙关,摸索着用前几个挡位开。不过,越往前车越顺畅,我开始有了一种全新的感觉——我不太确定,因为以前我从未有过这种感觉,但我想那就是幸运的感觉。

这时,我从侧方后视镜里注意到后面一辆车越来越大,直到它放慢速度,开始跟着我们。

那是一辆帕卡德。绿色的帕卡德。

我第一次感受到一阵纯粹的幸福,我敢打赌,车里一定是一个一头火红头发、穿裤子、拿相机的女人。

……"亲爱的,我给你带了早餐!"

她用屁股推开门,又是大个子红发护理员。就在我要写完这句话的时候。

"我不要。"我扭头喊道。

"我给你热过了。"说着,她把一托盘鸡蛋粉和难喝的咖啡放在离窗户最近的床上。野丫头闻了闻,摇了摇它的大脑袋。

"为了写作,你也得保持体力,对不对?"罗西说。

我不停地写。

"你为什么不休息一下呢?我们可以玩多米诺骨牌游戏——玩一局游戏讲一个故事,就像以前一样。"说着,她的目光越过我的肩膀,"看上去越来越精彩了!"

我不停地写。

"那么,你是在给谁写呢?"她又试着问。

我不停地写。

她叹了口气。"好吧,你不相信我了。那我走。"走的时候,她捏了捏我的肩膀说,"不过,亲爱的,你是在给奥古斯塔·红写吗?真是这样的话,你打算把它寄到哪里呢?"

听了这话,我的心怦怦直跳。我回头看了一眼窗边的野丫头,它正在安详地咀嚼反刍。然后我拿出小刀,削尖铅笔,继续写驱车带飓风长颈鹿上路的故事。

纽瓦克星鹰报

1938年10月8日

想象在公路上与它们相遇

阿西尼亚，新泽西州——10月8日（晚间版）。今天早上你在路上看到一对长颈鹿了吗？不用打电话给你的医生。你眼前的斑点是真的……

洛杉矶考察家报

1938年10月8日

引人注目的长颈鹿进入第二天行程

新泽西州——10月8日。据全国各大通讯社报道，南加州首批长颈鹿的横跨全国之行已经进入第二天，它们让司机惊愕不已，让报社记者欢欣鼓舞，给沿途村庄居民带来欢乐。小镇居民们惊讶地瞪大眼睛，发誓要戒掉烈酒，爱说俏皮话的人则在卡车后面妙语连珠进行调侃……

泽西日报

1938 年 10 月 8 日

一旦成功，成就非凡

阿西尼亚，新泽西州——10 月 8 日（特别版）。你想不想开卡车，与一对长颈鹿一起横穿全国？赖利·琼斯先生手头有一份不错的工作……

波士顿邮报

1938 年 10 月 8 日

长颈鹿横穿全国

阿西尼亚，新泽西州——10 月 8 日。据世界唯一的女动物园园长、圣迭戈动物园园长贝尔·本奇利夫人说，有史以来第一对乘坐卡车横穿美国的长颈鹿正在与时间赛跑。这种动物骨骼娇嫩，为了它们的健康，他们正以最快的速度赶路……

第四章
横穿马里兰州

就这样。我——伍迪·尼克尔——开车拉着长颈鹿,后面紧跟着一个满脸雀斑的红发美女。既然狗也有出头之日,也许我这个流浪狗男孩的好日子来了。上帝知道,我也该得到些上天的眷顾了,不管我信不信这事。和大多数人一样,不相信上帝从来不妨碍我对上帝的依赖。此时的我已是期颐之年,我活了这么久,过了坎坷不平的一生,我相信上帝又不相信上帝,来来回回的次数多得数也数不清。不过我可以说,也许这就是运气。然而,如果说我曾体会过命运的感觉,那种让你觉得自己比实际更强大,把你推向比自己更美好的事物的感觉,就是那一刻,就是我开车拉着长颈鹿,看着后视镜里绿色帕卡德的那一刻。我不知道该怎么应对它,几乎无法呼吸,唯恐把这个了不起的东西吓跑。每隔几秒钟,我都会看一下后视镜,眯眼紧盯着那辆帕卡德,直到我确定方向盘后面的人是红。只有她一个人。

"扣好扣子。"老头皱着眉头看着我的衬衫。

我那件偷来的衬衫太小了,扣子一直扣不上,但我还是用空闲着的手试了试。"对不起,在检疫站的时候我还想动手揍你。"我咕哝着，朝他瞥了一眼。

"要是当时你动了手，你现在就不会坐在这里了。"他看着我的最后一颗扣子说，我们都知道它不听使唤，"好吧，开车。"

我把车开过一个弯道。我们侧着身子，都从后视镜里看了看长颈鹿。它们也侧着身。我们的时速达到了每小时三十五英里。

"很好。就这样。"他命令道。我能感觉到老头仍然在盯着我那个狼狈可怜样，他的目光停留在我身上的时间长得让我坐立不安。

"你的家人怎么了？"他最后问。

"全都埋在地里了。"

"你的农场呢？"

"被尘土埋了。"我回头看了看红，我那微弱的希望再次燃起，"我能开全程。我可以的。我想去加利福尼亚。"

他怒气冲冲地说："你和其他俄克拉何马人一个样。"

"我不是俄克拉何马人。"

"你当然是。我听出你的口音了。"

"我是得克萨斯人。狭长地带。"

"一回事。"他说。在家乡，这些话可是会引战的。不过，如果你背井离乡在路上流浪，无论你来自堪萨斯州、阿肯色州还是得克萨斯州，你都是"俄克拉何马人"。"别做你的加利福尼亚美梦了。事情不是你想的那样。"他又瞟了我一眼，"你上次吃东西是什么时候？"

"我不饿，"我撒了个谎，以为他还在找借口让我走人，"我不怎么吃东西。"

接着他开始端详我手臂上的淤青、脸上的擦伤，还有我不停舔着的松动的牙齿。"你受飓风灾了吗？"

我点了点头，用舌头舔了舔那颗牙齿。

"你要是想让它掉下来，就继续舔。"

我停了下来。

"你脸上的痂也是飓风留下的吗？"

我点点头。

"看起来时间更久，"他说，"有点像子弹擦伤。"

我没有回答。我意识到他是那种只要有一点机会，就能在几秒钟内从你嘴里套出真相的人，而我还不准备告诉他真相。

"你叫什么名字，孩子？"

我的脑子还在想着"子弹擦伤"，厉声说："别叫我孩子。"我迅速咽下让我说出这话的愤怒，又补充了一个"先生"。

老头盯着我，就像盯着一只拍卖会上的名贵猪。于是我坐直身子，好好地回答说："我叫伍德罗·威尔逊·尼克尔。大家叫我伍迪。"

他斜眼看了我一眼，开始呵呵笑起来，"你叫伍迪·尼克尔？"

"不明白有什么好笑的。"我嘟囔着说。

但这句话似乎让他冷静下来。"我叫赖利·琼斯，"他说，"大家叫我琼斯先生。"说完，他把一只胳膊搭在敞开的车窗上，开始就运送长颈鹿发号施令，"好吧。听好了。每次开车不要超过三个小时，然后停下来让它们休息。找几棵树，把顶盖打开，让宝贝们伸伸脖子，吃点东西，等它们咀嚼反刍了，我们再离开。每天早上、中午和晚上，都要停下来给它们喂食喂水，哪怕穿过小镇被耽误了。在途中要检查它们的状况。它们会心血来潮随时从侧窗探出脑袋来，除非窗户锁上。所以，注意你的两侧，还有上方凸起部分。要是哪个宝贝的大脑袋给撞了，你就回马路去流浪吧。我们过下穿通道只有十二英尺八英寸的空间,所以过每个通道都慢点。时速不能超过四十英里,不管什么交通状况。注意车速,看好动物。都明白了吗?"

我点了点头,他不吱声了。我知道我也该安静下来,但我瞥了一眼后视镜,看见了我们脑袋后面枪架上的猎枪。"你昨晚会开枪打死那些小混混吗?"我听见自己说。

"如果他们需要的话。"他回答得有点快,让我感到不安,"不过我枪法不怎么样。"

我停顿一下。"这么说……你会为了长颈鹿杀人?"

他哼笑一声。"要是我不把它们安全送达,女老板会杀了我的。"接着他发现我不是在开玩笑,"我会为这些宝贝杀人吗?你还不如问我愿不愿意为这些宝贝去死。我猜明智的回答是不会。但你要是真想知道,我不觉得动物命不如人命值钱。生命就是生命。"

我从后视镜里盯着那两只巨大的非洲长颈鹿,它们正在嗅闻美国的空气,于是问了自从第一眼看到它们以来一直想问的问题:"它们是怎么到这儿来的?"

老头的脸上掠过一丝阴影。"它们过着自己的生活,长颈鹿群中年纪最小或动作最慢的成了狮子每天的午餐。直到带着步枪和大绳子的两条腿的'狮子'开着车来,整个长颈鹿群四散奔逃,掉队的就被抓住,或者更糟。一些捕猎者无所顾忌地射杀母兽,抓捕幼崽。死的留给鬣狗吃,或者到最近的村子当野味卖掉。"

"野味?"

"丛林动物的肉——野生的。"

"那儿的人吃长颈鹿吗?"

"那可是非洲。那就是该死的自助餐厅。"他说,"我们都是狮子,除了少数像宝贝这样的，上帝爱它们。"

我畏缩了一下，老头看在眼里，仔细打量我，好像知道我心里在想什么，而我知道他大错特错。"你不这么认为吗，小子？你从来没打过大野兔当晚餐吗？"

"当然打过，"我昂起下巴说，"我可以在四分之一英里远的地方把一只公鹿撂倒，然后就地处理好。"我的耳畔似乎响起爸爸的话，于是我补充说，"它们只是畜生而已。"

"你要是真这么想，你就不会坐在这里了。"老头回答说，"好吧，你会很高兴地知道，女老板最受不了捕猎者。她主要和世界各地的动物园做交易。不过这两只宝贝在被一个捕猎者抛弃后获救。不能再放生它们，因为它们是群居动物，长颈鹿族群不在了。所以她接到一个电话，它们就来了，因为每个人都想看长颈鹿。有些人有这个需要。你经历了这么多来到这里，看来你也是需要看长颈鹿的人。"

我心想，我需要的只是去加利福尼亚。

"哦，你说过你只想去加利福尼亚，"我还在想着，他就接着说，"但你也需要看长颈鹿。你只是不知道为什么，对吧？我来告诉你为什么——动物洞悉生命的奥秘。"

我唯一感兴趣的生命奥秘就是如何活下去。此外，我确信他在哄骗我，等着再嘲笑我一顿。不过，他带着我在检疫站看到的坚定和温柔注视着侧方后视镜里的长颈鹿，继续说："动物在它们自己的世界里，它们靠我们听不到的声音生活，它们的智慧远远超出了我们微不足道的认知范围。而长颈鹿，它们似乎懂得更多。大象、老虎、猴子和斑马，不管你在其他动物身边是什么感觉，在长颈鹿身边的感觉是不一样的。对这两只来说确实如此，虽然它们经历了那么多磨难。"

他仍然盯着长颈鹿，笑着说，"不过，你不必为这些宝贝担心。它们要去圣迭戈动物园，那里温暖如春，绿树成荫，全年都沐浴在海风中。在那里，它们永远不用担心吃不上下一顿饭，也不用担心受到狮子的伤害，整个城市的人都能通过我们了解它们、爱上它们。一定会的。这个世界充满苦难，人们迫切需要一些自然奇观，让我们了解生命的奥秘。"他瞥了我一眼，"现在两个宝贝就在你的车后面。你应该趁这个机会问问它们那些奥秘。"

一阵风从窗户吹进来，他摘下帽子，扇着我们之间的空气。"老天啊，小子，你得把自己洗干净。你简直就是个行走的猪圈！"前方几英里处，我们看到了第一个小镇。"好，停下来吃点东西，再从水泵接点水。然后我们再沿路给长颈鹿找个好地方休息休息。"

想到也许红会看到我开车拉长颈鹿的样子，我很兴奋，回头看了一眼。然而奇怪的是，帕卡德不在我们后面了。

接着老头自己也做了件奇怪的事。我们前面有一辆黄红相间的小型货车在铁路道口附近靠边停下，他紧张起来。我们颠簸着驶过铁路道口时，他盯着铁轨。

不过，那时我自己也盯着看。一辆巡逻车停在前面的城市限速标志旁，那车的型号和狭长地带治安官的型号一模一样。我僵住了，不等我看清那是镇上的警察，他就跳下巡逻车挥手示意我们过去。

警察又高又胖，哈哈大笑着朝我们走过来见长颈鹿。然后他带我们去了一家餐馆，里面的顾客匆忙出来，两个女服务员端着两个堆满火腿和鸡蛋的盘子也出来了。她们把盘子放在卡车引擎盖上，我狼吞虎咽地把两盘吃了个精光，这才意识到老头的那份也被我吃了。镇上报纸的编辑正摆姿势跟长颈鹿合影。野小子用蛇一样的舌头舔了舔那个胖警察,野丫头摘掉了他的帽子,人群欢呼起来。

老头等着再上一份早餐。他扬起眉毛问:"你吃饱了吗?"

我不好意思地点了点头。为了让他高兴,我绕到餐厅后面的水泵旁,稍微清洗了一下。不过,我还是个不相信会吃饱肚子的沙尘暴地区男孩,所以穿过隔壁市场回来的路上,我顺手牵羊把一个土豆装进了口袋。我坐到驾驶座上时,老头爬上副驾驶座,把一包干货和一个装满洋葱和苹果的麻袋放在我俩中间,又问道:"你吃饱了吗?"

我又点了点头。

"很好,"他说,"因为如果你再偷东西,我就把你丢在路边。我受不了小偷和骗子。别逼我再说一遍。"

"好的,先生。"我回答道,紧紧攥着口袋里的土豆,确信他会让我交出来。然而,他只是把那包干货推到我面前,"打开。"

我扯开牛皮纸。里面是一套工作服,一整套。全新的。

"穿上。"他说。

我盯着衣服,不知道该怎么做,就好像我不知道怎么穿衣服。问题是,我真不知道——不知道新衣服怎么穿。我十七岁了,还从来没有穿过一件新衣服,连内衣都没有,我这辈子只有别人穿过的旧衣服。我开始脱掉那件偷来的衬衫。

"天哪,农场小子!"老头抱怨道,"出去到后面换。这次你得用水泵好好洗一洗。"

于是,我找到一棵合适的树躲在后面,脱掉身上的破烂,用水泵彻底洗了个澡,然后开始穿我的新衣服。虽然它们只是工作服,但感觉就像百万富翁的华服。直到今天,我不知道是否还有过第一次穿那些新衣服时带给我的感觉。我匆匆脱下满是破洞的汗衫,穿上新的,想到我的皮肤是它第一次接触到的，十分享受。接着，我穿上新的棉质斜纹衬衫，一边扣好每一颗纽扣，一边抚平布料。然后穿上牛仔裤，把过长的裤脚挽起来，把新腰带勒紧。他甚至还给我买了一双新袜子。最后，我脱下靴子，穿上美丽的袜子，它们带给我一种罪恶又奢华的感觉。

我抱着所有东西，回到了卡车那儿。老头上下打量着我，嗅了嗅我们之间的空气。"好些了。"

我不会表达感谢，不知道该说什么好。"我会还你的。"我咕哝着说。这是我知道的最接近感谢的话了，老头朝我耸了耸肩，可能是他对别人说"谢谢"的表示。

我启动卡车。人群中响起一阵欢呼。

"当心，别被人骗了！"我们驱车离开时，那个胖胖的警察喊道。①

老头哈哈大笑。"太迟了。"他回敬道，一边瞥了我一眼。

但我不在乎。我正开着一辆了不起的大卡车，拉着长颈鹿，穿着新衣服。我，伍德罗·威尔逊·尼克尔。我挺直身子，回头瞥了一眼空荡荡的马路，暗自希望红能看到我现在的样子。

"记住，你只是把我们送到华盛顿特区。"老头说。可是那种美好感觉让我对这个事实充耳不闻。事实上，老头送的礼物开始触及我内心深处的某个部分，让我想坦白上次沙尘暴时发生的事情，那件成为我的噩梦，让我不得安宁的事。对一个平生第一次感到幸运的十七岁

---

① 警察喊的是：Don't take any wooden nickels，意思是提醒别人要小心谨慎，避免被骗。源自美国20世纪初的一种木制代币（wooden nickel），因其价值较低且容易伪造，因此成为警惕不要轻信他人的象征。而小说中的小伙子名字就叫Woody Nickel，发音很像，所以下文老头大笑。

孤儿来说，最微小的善意就会有此效果。然而我知道，因为内疚而坦白犯下的罪行，这对我是否有机会开车去加利福尼亚不会有好结果。因此我没有吭声。

我们前行了好几英里，途中老头一直在寻找一个适合长颈鹿休息的地方。发现路旁有一棵枝繁叶茂的大树，他示意开过去。我把车停下，他戴上软呢帽准备下车，我也跟着。"你觉得你能爬上去而不送命吗？"他问道。

"是的，先生。"我说。

"听好了，"他说，"这些是野生动物，不是农场动物。野生动物里面有捕食者，也有猎物。捕食者用爪子，猎物用蹄子。长颈鹿是猎物，会用四只蹄子踢，很是致命，它们能踢碎狮子的头骨，踢断狮子的脊柱。你要是惹恼了它们，它们的前蹄能要了你的命，后蹄能让你残废。所以不要惹它们。只要让它们紧张，它们就会乱踢，我还得处理那个夹板。明白了吗？"

"明白了，先生。"

"好的，去把盖子打开，让宝贝们好好吃一顿。"

等老头从驾驶室出来，我已经爬了上去，打开了顶盖。野丫头很快伸出了鼻子，可我没看见野小子。我往边上仔细瞅了瞅。只见它躺在地板上，庞大的身躯蜷缩着，两条腿压在身下，最糟糕的是，它的脖子绕到背上弯着。我跳到地上，喘着气说："野小子倒下了——"

老头打开野小子的活板门。长颈鹿就在那儿，一伸手就能碰到。老头伸出那只坏手的手指，放在野小子绕了圈的脖子上，开始抚摸。野小子很享受老头的抚摸，舒展开脖子，弹出舌头，立刻起身站到野丫头旁。

"这是个好兆头，"老头朝我说，"它们喜欢你开车。也就是说我喜欢你开车。"

我还是很紧张。"长颈鹿也会躺下来吗？"

他耸了耸肩。"在你们俄克拉何马老家的农场，你从没见过马躺下吗？"

我当然见过。可它们不是长颈鹿。接着我想了想老头耸肩的样子。"那你见过长颈鹿躺下吗？"

"不能说我见过，"说着，他打开野丫头的活板门，"事实上，动物园里少数养过长颈鹿的大人物会告诉你，它们不会躺下。除非要死。"

死？"那你怎么知道它们现在没事？"

"我能感觉到。"他说，"不过，就算它们中有哪个再躺下，我猜它们也永远不会同时躺下。至少野丫头的腿没好时是这样。"

"为什么？"

"因为狮子。总得有个放哨的。"他准备隔着活板门检查野丫头的夹板，侧着身子，准备好要跟它周旋一番。野丫头知道他在那儿，已经开始跺脚了。"退后。"他命令道。

"我可以帮忙。"我说。

"不用你。"他朝我说，他的肩膀完全暴露，野丫头踢了一脚。

砰。

他呻吟着，踉跄往后退去。

于是，不等他阻止我，我抓起驾驶室的麻袋，从一侧爬上卡车，拿出一个甜洋葱递给野丫头。它马上吃了个干净，等着要更多洋葱。很快，就像在检疫站第一晚那样，两只长颈鹿都在我身上嗅来嗅去，寻找美味洋葱。老头看了一会儿,然后小心翼翼地检查了夹板,野丫头继续吃洋葱,不再踢人了。因为野丫头有洋葱吃,公平起见,野小子也吃到了洋葱。

长颈鹿继续用鼻子推我,我能感觉到老头又在打量我。他从衬衫口袋里掏出一包好彩烟,拿出一支点上,然后靠着树蹲下,示意我下来。我跳到地上。他把那包烟伸过来。那时烟对我来说和口香糖没什么两样,甚至我那虔诚的妈妈也用手蘸鼻烟吸闻,那东西才真叫恶心。不过,我年轻时已经咳嗽得够多了,才不会蠢到去吸烟,等后来上战场才开始。我摇了摇头,他把那包烟塞回口袋,深吸一口,然后靠着树,两只胳膊搭在膝盖上。香烟在他残缺的手指间晃动。这是我第一次好好端详他的手指——一根手指只剩下一半,其他手指好像被什么凶猛的动物咬过,又吐出来,伤口痊愈后样子走了形。

"如果我让你帮我照顾这两个宝贝,"他说,"不管你做什么,别让我发现你跑到车厢里面。大的不识小的。① 它们可能会像爱妈妈一样爱你,但还是会毫无征兆地弄断你的胳膊或腿。不要被它们还小这个事实所迷惑。它们经历了那么多,再加上我们对它们有各种要求,你要是处在同样的情况下,也会受惊。听明白了吗?"

我点点头。

他吸完最后一口烟,把烟蒂弹到路上,抓起一个水桶,开始从卡车水罐中灌水。长颈鹿朝他弯下身子。他对着它们温柔地说起话来,我感觉自己仿佛在偷听私密谈话。

"你对动物很有感情,是吗?"我听见自己小声问。

他把装满水的桶递给我,我接过来。"没错,这是肯定的。"

---

① Big don't know from small。是一句习语。——编者注

"我爸说这是软弱的表现。"

"是吗?"老头说着,把另一只桶也灌满水,"你觉得我软弱吗?"

"……不,但他说动物是上帝放在地球上供我们使用的,这是自然秩序,一个成年人不服从这个就是幼稚,因为我们要么吃掉它们,要么杀死它们,才能活下去。"

"上帝知道你得活下去。"老头压低声音说。

"怎么,你同意他的话?"在农场我很少听人说讽刺挖苦的话。

"你说什么?"他心不在焉地问。

"你同意爸爸的话?"

"好吧,听着,"说着,他又递给我一个桶,"我确实说过我们都是狮子。狮子别无选择,只能永远做狮子。但我们有的选。顺便说一句,不管你和你爸喜不喜欢,你自己对动物也很有感情。"他朝上面的长颈鹿点点头,"宝贝们知道这一点。它们也知道厄尔这个狗娘养的,收拾了他一顿,不是吗?"

两只长颈鹿在轻轻跺脚,催我们把水桶提过去。我去了,老头坐在卡车驾驶室的踏板上,又点上一支好彩烟,再次开始打量我。我感到脖子后面的汗毛都竖了起来,他就像狭长地带平原上的一只美洲狮一样打量着我。时间越久,我就越后悔不该跟他说那么多。

最后,他说:"你知道屠宰场是什么吗?我的第一份工作就是在一个屠宰场,当时我还小,不到十二岁,不该在那种地方干。他们把被送到制胶厂的老马买下来,开枪打死它们,剥下它们的皮卖掉,把肉喂给动物吃。饲养员的工作就是让他们的动物健健康康地活着,老马肉就是干这个的。他们会带上大刀,割下它们的肉去喂老虎和狮子之类的食肉动物。"

"在圣迭戈动物园吗?"

"你能让我说完吗?不,不是动物园。我的工作是扮演犹大山羊①的角色,把马平静地带到屠宰场。很快,我就成了割肉喂食肉动物的人。不过我从来都不习惯,因为马是那么高贵的动物。可我当时还是个孩子,又不能不干,我就进行了一些哲学思考。我开始觉得这是一个高贵物种最后的高贵职责,告诉你一个秘密,很早以前,我就开始感谢每一匹马——就像鹰眼②一样。"

我不解地看着他。

他马上反问我:"鹰眼——《猎鹿人》《最后的莫希干人》……天哪,小子!这些都是书名,费尼莫尔·库珀先生写的书。你没在学校读过吗?见鬼,我就上了几年学,字母都没学全,还都读过呢。"他两眼放光,庄严地挥舞着手中的好彩香烟说,"一个人不管在哪里都不可以安享掠夺的乐趣。"

我很确定他是在引用一本书中的话,但我只听别人引用过《圣经》,而且我从没见过有谁拿着香烟打手势。

他朝我探过身子。"鹰眼是殖民时期的一名拓荒者,他擅长长步枪,是个传奇人物。他能在一百步外把一头跃起的雄鹿撂倒。那时候,"他挥舞着香烟继续说,"成群的旅鸽遮天蔽日。其他人为了好玩,为了拿它们的羽毛制作愚蠢的帽子,拿枪射杀它们,最后这些鸟永远消失了。不过那个了不起的老家伙不一样。鹰眼从不无缘无故杀

---

① Judas goat,是一种经过训练后可以与绵羊或牛交往的山羊。犹大山羊会将它们带领到特定的目的地宰杀,自己的生命却得以幸免。——编者注
② Hawkeye,美国小说家詹姆斯·费尼莫尔·库珀的系列小说《皮袜子故事集》中的人物,下面提到的《猎鹿人》和《最后的莫希干人》在这个系列小说中很有名。

生,每次他射杀一头鹿准备吃掉时,总是停下来感谢鹿保全了他的性命。"老头向后靠了靠,"这对小时候在屠宰场干的我很有启发。所以我开始效仿鹰眼。我现在还这样做。别人饭前会祷告,感谢上帝。而我,我会对我吃的东西表示感谢。感谢它的生命滋养我生命。"他停顿了一下,心不在焉地揉着那只看上去很可怜的手,"很快,我也会回报它们了,即使回报的对象只是虫子。最终,我们只不过是一块肉罢了。这是自然规律。我不再用这肉身时,还在乎它最终去了哪里吗?"说着他站起身来,"我也不介意别人对我表示感谢。"

说完,他吸了最后一口烟,用靴子踩灭烟蒂,然后爬进驾驶室。老头把所有杂活都留给我一个人做,要么是因为还沉浸在对鹰眼的思考中,要么是因为信任我。我猜是前者,但如果是后者,我会证明他这么做是对的。于是我把水桶放回水罐旁的位置,关上活板门,等我爬进驾驶室准备再次上路时,他正坐在那里凝视着前方道路。我启动卡车,他回答了那个我几乎忘了问过的问题。

"无论人还是动物,生命就是生命,小子,都值得尊重。"他说,"要是不明白这一点,那你就只是一具没用的皮囊。"然后,他朝前方的路挥了挥手,"动作快点,时间不早了。"

把车开回公路上时,我有些心神不定,没想到老头说了那么多。虽然从外表上看不出来,但老头和爸爸、库兹以及我认识的其他成年人都迥然不同。从外表上看,他和其他人一样是个粗人,但内心深处却让人惊喜连连。我不知道的是,他还会带来更多惊喜。事实上,我沉浸在老头的话里,开了一英里后才想起看看红有没有跟在后面。

路上仍然空无一人。

一时间我们都陷入了沉默。不过,当我们看到前方出现一个铁路道口时，我感觉老头又紧张起来了。我们靠近时，信号灯灭了，挡杆放了下来。一列火车开过来了。不是客运列车，甚至不是我跳过的那种货运列车。这是一列马戏团专列，车身刷成鲜艳的黄色和红色，和早上那辆平板货车的颜色一样。马戏团列车不可能有十二节车厢长，但在我看来，很是壮观。铁路道口在一片平坦的牧场上，我们中间只隔着几棵稀疏的树，我已经能看到火车车厢上的标语了。我们将要靠得很近，能跟里面的人和动物目光相接。

但是老头不同意。"停下，回到这里来。"他命令道。

于是我把车停在路边稀疏的树旁。几秒钟后，我不得不挥手示意两辆车绕过我们，一辆是挂新泽西牌照的奥兹莫比尔牌轿车，另一辆是破旧的雪佛兰。它们慢慢从我们身边经过，很快它们就会和马戏团的人目光相接了，这时火车鸣着笛朝铁路道口开过来。

火车豪华普尔曼车厢上写着"鲍尔斯和沃特斯巡回马戏团盛大演出"。先是一节马戏团的风琴车厢。接下来是一只狮子被关在一个花饰笼子里。再接下来是大象和马，很多马。不过没有长颈鹿。那时，除了在非洲，几乎没有人见过长颈鹿。时髦的东海岸动物园一直尝试引进长颈鹿，但因为天气太冷，它们很快就死了。马戏团也一直想拥有长颈鹿，可是旅途劳顿让它们死得更快。所以，虽然我知道长颈鹿很特别，但不知道它有多特别，甚至到了让人垂涎的地步，不过我马上就会知道了。

长颈鹿们伸长脖子，朝轰隆隆的火车观望，老头紧张得不得了。他猛地打开车门爬了出来，说："帮我把长颈鹿的头弄进去！我们可不想惹麻烦。"

我不太愿意这样做，而且现在再让它们的脑袋缩进去已经太迟了。火车已经开过来了。

就在那一刻,帕卡德也开过来了。

我爬上卡车一侧时,一抹绿色从我们身边掠过。在铁路道口,红把车停在其他车后面,从车里出来。她一头醒目的火红卷发,手拿相机,拍了火车和汽车的照片,然后转过身拍我们。看到我时,她非常惊讶,放下相机看着我看她。我当然在目不转睛地看她。

"快点,小子!"老头朝我喊道。

从那辆破雪佛兰车里下来一个男人,朝我们冲了过来。"真是见鬼,那不是长颈鹿吗,你们是和那个马戏团一起的吗?"

我忙着让野丫头配合我关窗户,没来得及回答。我试了几次想把它的大脑袋推进去,可它并不配合,我举起双手,回头看老头,好让他来弄,顺便骂我一顿。但是火车已经驶过铁路道口,他正眯起眼睛使劲盯着火车,眼睛里的血管都要爆开了。

奥兹莫比尔车上的一家人也来凑热闹。"我知道你们是谁!"那位妈妈大叫着,带着她的几个孩子朝我们快步走过来,"我在报纸上读到过你们的新闻。快看啊,孩子们!他们要去加利福尼亚!那些就是飓风长颈鹿!它们要去圣迭戈动物园,和贝尔·本奇利一起生活!我们在新闻影片里见过她,不是吗,孩子们?"她接着说。老头没在听。他的注意力全放在了马戏团列车的红色尾车上,后面挂着一条横幅:今晚华盛顿特区见!就在它消失在转弯处时,一个大腹便便、留着胡子的大个子男人从车尾后门大步走出来,使劲盯着我们看。

老头低声咒骂起来。

铁路道口的挡杆升起来了,只要我们不走,一长排的人就都不想离开,于是我们不得不绕过他们。长颈鹿把脖子往后转向人群,我们穿过铁轨,在同一个转弯处消失。我从侧方后视镜里看着红,直到她消失在我的视线之外。不知道老头是否注意到了她。不过他的心思似乎还停留在那列马戏团火车上。

道路一离开铁轨,老头就宣布:"我们今晚停下来过夜,明天再去华盛顿特区。"还有一个小时太阳才落山,这似乎又是一个十分奇怪的决定。不过我不想说,因为他还打算把我丢在华盛顿,而我需要更多时间想办法让他改变主意。

大约行驶了一英里后,我们把车停在一个叫"朗德路边汽车休息站"的小地方。那里很是简陋,四个摇摇晃晃的小屋,几把藤椅,围着院子里的篝火摆成一圈。一个身材丰满、戴灰色发髻的女人和她的两个成年女儿跟着老头出来看长颈鹿,她们三个人都在围裙上擦着手。看得出来,这个地方是她们一家人开的,路边的隔板房既是办公室,也兼作小咖啡馆,如果六把椅子一张桌子能叫咖啡馆的话。那位妈妈指了指角落里离一片美丽的橡树林最近的小屋,她觉得那儿最适合我们停放卡车。很快我们就安顿好了。等我们照顾完长颈鹿,也就是老头与踢人的长颈鹿周旋、贿赂它们吃洋葱、让它们吃树叶后,三个女人给我们端来了肉馅饼、土豆和椰子蛋糕。老头彬彬有礼,让我感到惊讶。我还以为他是那种狼养大的粗人,以粗野为傲。但你真该听听他跟那些女士说的甜言蜜语。"哎呀,朗德太太,真是有劳你了。""多谢你了,太太。"真是魅力无限。

她们离开了,他发现我用奇怪的眼神看他,于是挥手让我回小屋:"你先去睡。"

"还不困。"我说,我不想承认睡不着。

"好吧，我一会儿来替你。"然后我站在那里，双手插在新衣服口袋里，想知道我该干什么。他朝篝火一指，"去藤椅上坐吧。从那儿能看到长颈鹿。"

于是我走过去坐下。

天已经黑了。除了我们的车，那晚汽车休息站还停了另外一辆车。只有小院的篝火发出亮光，我看不太清楚那是辆什么车。我眯着眼睛看，然后直挺挺坐了起来。

那是一辆帕卡德。我越看，它就显得越绿。

我把椅子放在既能看到卡车，又能看到帕卡德的地方，然后等着。我整理了一下新衣服，让瘦弱的自己摆出一个神态放松的卡车司机的姿势。我看着星星一颗接一颗出来，等头顶上出现北斗七星时，小屋的门开了，她走了出来。

"斯特雷奇，是你啊！"红叫着走过来，"我可以和你一起吗？"她说着坐了下来。火光把她的头发照得通红，似乎马上就要燃烧起来。近前看，我发现她满脸雀斑，是那种红发爱尔兰姑娘用粉饼努力遮盖的雀斑。不过她没遮。此外，我看得出来，不管她的衣服多华丽，车子多漂亮，她不比我大多少。她不会超过十九或二十岁，不过看上去有些老成，这对她不利，在那一刻，对我也是。

"我真不敢相信开车送长颈鹿的人是你！"她说，"另一个人走了？"

我点了点头。

"我开车不怎么样。刚开始开。毕竟我是城里女孩。你肯定开车技术一流。"她说。

我挺直腰板，笑了。要是我再不开口说话，她会认为我是个哑巴。我清了清嗓子,开口了:"你在跟着我们吗?"我说话的声音有点大。

"你不介意吧?"

我摇了摇头。

她回头看了一眼卡车。我们可以看见长颈鹿伸出脑袋来啃树叶,她咧嘴笑了。"长颈鹿!你能相信吗?"

我又耸了耸肩,显得很自大,好像这没什么大不了。"它们只是动物。"

"只是动物!"她看我的眼神仿佛我长了两个脑袋,"它们只是动物,就像帝国大厦只是一座大楼。"然后,她的目光停在了我脖子上的那块胎记上,那块胎记有州博览会上得奖的西红柿那么大。看到我注意到了她的目光,她抬起手腕,原来她自己也长了一个小鸟形状的胎记。"你知道,胎记是好运的象征。"

"这个我不太清楚。"我在家乡只听说那是恶魔的印记,我当然不会这么说。

"嗯,我觉得你很幸运,"她说,"非常幸运。"我们看着长颈鹿,长时间尴尬的停顿,直到她看也不看我,问:"你为什么打莱昂内尔?"

我坐得更直了。"他抓你的胳膊。"

"我能照顾好自己。"她说。不过她的脸色变得柔和了,让我觉得——让我希望——她可能喜欢我那样做。

就在这时,长颈鹿开始咀嚼反刍,它们的鼻子从视野中消失了。"哦……哦,不。"红的脸色一沉,"有什么办法能让我见见它们吗?现在是不是太晚了?"

现在在这儿的人是我。老头不是也整天让人们见它们吗？再说了，我看过她的记事本。她想摸长颈鹿，而我有能力让她实现这个愿望。

我犹豫着，但她的脸像玫瑰花一样绽开了，我沦陷了。

我听着老头的鼾声，带她穿过篝火的阴影，来到卡车旁。我开始往敞开的顶盖爬。我刚把靴子放在踏板上，两只长颈鹿就把它们的大脑袋伸出窗外，我听到红倒抽一口气，那种声音你永远也不会听厌。我跳下去想帮她上来，但她并不需要帮助。她把一只双色鞋踩在脚踏板上，另一只踩在车轮边缘，伸手去够长颈鹿。她和长颈鹿相互熟悉时，她的腿一会儿伸向这边，一会儿伸向那边，我忍不住盯着她的裤子看。就像我发现她在看我的胎记一样，她也发现我在看她的裤子。

"斯特雷奇？"

我感到脸红了。"我从来没见过女人穿裤子。"

她笑着说："好吧，我不会是最后一个，这点我可以向你保证。"然后，她像猫一样敏捷地爬上敞开的顶棚，跨坐在两只长颈鹿隔间中间的木板上，向下朝我咧嘴一笑，好像在说：你还在等什么呢？

我扭过头朝老头的小屋看了看。他的呼噜还打得山响，于是我心一横，爬了上去。我在她对面的木板上坐下，长颈鹿们把脑袋从窗户缩进来，把我们围住，用它们的鼻子碰我们的膝盖。野丫头用力撞我讨要洋葱，我不得不抓住它的大脑袋才能坐稳。与此同时，红去摸野小子的角，被它喷了一身口水，大多数女人都会因此尖叫着跑回地上。但红没有。

她又笑了起来，一只手擦着脸和丝绸衬衫，另一只手轻拍野小子的大下巴，然后开始温柔地抚摸，此时她整个人似乎都放松下来。

"我在摸长颈鹿……"她发出一声叹息,那叹息如梦似幻,我以为她会飘走。"光是看着它们,就让人惊叹不已。我看到了非洲……看到了世界上所有的奇迹,都在等待我们去发现。"说着,她给了我一个无拘无束、洋溢着喜悦的眼神,我还以为她要吻我。尽管在车站时我每天晚上都幻想如何亲吻奥古斯塔·红,但这还是把我吓得魂不守舍。要不是野丫头这一刻把我撞到一边,或许我会知道答案。不过红没有吻我,而是把所有感情都转向野小子,她那轻轻的抚摸变成了爱抚。"它们让人难以置信,不是吗?"

看着她抚摸野小子,我努力控制自己不失态,拼命想说点什么,随便什么都行,这时老头警告我的话脱口而出:"小心点。大的不识小的——"

野小子舔舐着空气,红继续抚摸。"它们肯定没那么危险吧?"她问道。

就在这时,野丫头又用大脑袋撞了我一下。"它们的蹄子可以踢碎狮子的脑壳。"说着,我抓得更紧了。

红停顿一下。"你见过它们踢人?"

"见过这只,"说着,我朝野丫头点点头,现在它几乎把鼻子伸进了我的口袋,"它踢老头了,不过好像还不想送他去天国,至少现在还不想。"

"这么说它很厉害呀。很好。"红伸过手去拍拍野丫头,又回头看看野小子,"不过这只好像挺绅士的,对不对?"野小子把鼻子伸向红的裤裆,似乎是对她的回答,这让她扭动起来,我忍不住因为它的无礼拍打它。它抬起头来,她又笑了。"原来是个绅士流氓,那更好了。"她又沉思起来,用手指轻轻抚摸野小子下巴上的一个菱形斑纹,仿佛不太相信上面真长了这个。接着,她的声音变得温柔,梦幻一般。"你知道吗,你并不是第一个带着长颈鹿穿越全国的人。大约一百年前,埃及统治者送了一只长颈鹿给法国国王。他们把它装上船运过去,然后带着它步行五百英里才到达巴黎。你能想象吗?"她继续说,声音更柔和,更梦幻了,"整个国家都为它疯狂——女人梳起高高的长颈鹿发型,男人戴着高高的长颈鹿帽子。据说有十万人排在街道两旁,充满敬畏地看着皇家骑兵护送长颈鹿前往王宫。"她的手顺着野小子的脖子向下抚摸,野小子开心地颤抖起来,"在那之前几百年,一位埃及苏丹也送了一只长颈鹿到佛罗伦萨。其实,在佛罗伦萨城市广场和花园随处可见的壁画和绘画中,都有长颈鹿的身影!甚至还有一个星座以它命名。"她抬头看了看天上的星星,"据说在墨西哥北部的天空能看到。也许我们能在沙漠看到。"接着她又叹了口气,这次声音很轻很轻,我差点没听见,而我真的真的不想错过。

野小子又开始反刍,野丫头也停止搜寻洋葱,开始反刍,我的新衣服上到处都是它们的口水。我一边擦口水,一边对红说:"你对长颈鹿很了解。"

我回头一看,红正像老头一样盯着长颈鹿。"它们的身上有我从没经历过、从没见过的一切,除了书本上读到的。它们简直就像从天上的洞里飘到了地上——被飓风刮到了地上,落在了我面前。看到它们时,我就确切地知道我该做什么了。"说着,她伸手最后一次摸了摸两只长颈鹿,然后不等我找机会扶她,跳到了地上。

我也跟着跳下去,站在她面前,她似乎有些上气不接下气,手捂在心口上,但朝我露出灿烂的微笑。"太棒了,"她喘着气说,"哦,斯特雷奇,我——"她突然紧紧抱住我,我的断肋骨扎得我生疼。

然后她迅速退了回去，好像这个拥抱让她自己也感到吃惊。"对不起……但你不知道这对我意味着什么。太感谢你了。"她努力恢复平静。

不过我并不急于恢复平静，我仍然能感觉到她的身体紧贴着我时那种温暖的疼痛，非常庆幸老头让我去洗了澡。

我们朝篝火走去，她深吸一口气，最后又叹了口气。回到正题上，她拨开脸上的卷发，从衬衫口袋里掏出记事本，问我："琼斯先生知道我跟着你们吗？"

"应该不知道。"

"先不要告诉他。我想找个机会给他留个好印象。也许到时候你来介绍我们认识，好吗？"

"当然可以，可你是怎么知道他的名字的？"

"他上了报纸。所有报纸都在说长颈鹿的事。"红从记事本里抽出一张剪报递给我。就着篝火摇曳不定的光线，我发现这正是我在检疫站的笔记本上读过的剪报——《奇迹长颈鹿穿越海上飓风》，作者是"大记者先生"莱昂内尔·亚伯拉罕·洛。老头的名字，赖利·琼斯，就在上面。

"你留着吧。"她咧嘴一笑，"都上报纸了，所以它成了历史的一部分。你也会成为历史的一部分。"

我把剪报塞进新衬衫口袋，红兴奋地踮起脚蹦跳，连雀斑也跟着抖动起来。在十七岁的我眼中，她就像电影明星一样美丽动人。我感觉自己的脸又要红了，确信这回即使躲在影子里也掩盖不了该死的脸红，于是转过头去。我把重心从一只靴子移到另一只靴子上，心里默默咒骂自己，让自己冷静下来。

"斯特雷奇,给我讲讲你的故事。"我听见她说。

我假装在研究篝火,喃喃地说:"我没有故事。"

"你当然有。每个人都有故事。"

听了这话,我回头看着她。"那你的故事是什么?"

她的脸色变了。欢快的蹦跳也变了。她紧抿嘴唇,露出一个我完全看不懂的微笑。"没人喜欢听悲伤的故事。"她说,"我看得出来,你有一个很精彩的故事。你的脸好像沙尘暴照片上的人物,你是俄克拉何马人吗?给我讲讲你是怎么到这儿来的,我要把它刊登在《生活》杂志上。"

即使农场男孩也看过《生活》杂志,那是你能看到的最接近电视的东西,每一张光滑的全彩页面上,都是大千世界的照片,最棒的是还有美丽女人的照片。"你为《生活》杂志工作啊!"

"我在写一篇摄影专题,"说着,她用手比画了一个相框,"'当这个国家在经济大萧条和欧洲迫在眉睫的战争之间摇摇欲坠时,一对从海上飓风中幸存下来的长颈鹿乘车横穿美国,给国人带来迫切需要的鼓舞。它们要前往圣迭戈动物园,迎接它们的是动物园女园长贝尔·本奇利夫人。'"然后她像拍照一样按了一下相框,"但是照片才是关键。要是没有照片,就算是基督再临也登不上《生活》杂志。等我们到了那里,我还打算写一篇关于贝尔·本奇利的摄影专题。我要成为下一个玛格丽特·伯克—怀特。"

"谁?"

"《生活》杂志的第一位女摄影师,"她说,"你要是读过《生活》杂志,一定见过她的照片。她可是世界上最伟大的摄影师。"

我感觉到自己对世界的无知,就像在一大片玫瑰香料中脖子上挂了一堆马粪。我瞥见影子里那辆帕卡德,我让情况变得更糟了。那时候,女人是不会独自开车上公路的。正派女人绝对不会,从来不会。我听到自己脱口而出:"你一个人在路上不害怕吗?"

她停顿一下,端详着我的脸。"你为什么这么问?"

"这个嘛,你是个女孩。"我不假思索地回答道。

她迅速瞥了我一眼,眼中燃起的怒火仿佛有了生命一般,似乎在说:啊,斯特雷奇,不会吧,怎么你也这样。

我本该道歉。然而,我被那双燃烧着怒火的淡褐色眼睛迷住了,感到自己的脸颊又红了。我拼命想掩饰,喃喃地说:"我的意思是说,一个人在外面不安全。"

我越描越黑,她也知道这一点。我看着她眼中的怒火渐渐冷却,最后她回头瞥了卡车一眼,对我微微一笑。"好吧,那我现在不是一个人了,对吧?"她又变成温柔的城市女孩,抬起下巴说,"我们做个交易怎么样?帮我完成这个报道,你想要什么回报,随便提。"她伸出手,"一言为定?"她想跟我握手,于是我握了。她握起手来和男人一样有力。

"我们公事公办。"她又说,仍然紧握着我的手。

"好的。"

"公事公办。"她又说了一遍。

"好的。"

"我不需要被拯救,也不需要被保护。"她继续说道。

"好的。"我又重复道。

"那么我们一言为定。"她又说了一遍,我们停止握手。或者应该说她停止了握手。

我们站在即将熄灭的篝火余光中,我强烈感觉她要走,于是说:"我叫伍迪。"我没有告诉她我姓什么,生怕她和老头一样笑我。

"我叫奥古斯塔。"

"奥吉?"我说,我记得那个记者这样称呼她。

"只有一个人这么叫我,只是为了惹我生气。"她又抿起嘴唇微笑着说。说完,她朝她的小屋走去,她的卷发跟着一跳一跳,和她一样充满活力。我的心碎成了两半。"我们路上见,伍迪。"她扭过头说。

我想说些话,一个长颈鹿司机可能会说的话,或者克拉克·盖博①可能会说的话。然而我只是在她身后喊道:"我姓尼克尔。"

她回头看了一眼。"路上开车小心,伍迪·尼克尔。"她并没有笑。

我目送她消失在黑暗中。我拨旺篝火,坐下来又值守了几小时,满脑子都是女士裤子、花哨杂志、巴黎、古老的绘画和长颈鹿飘到地上的画面。时间过得飞快。我甚至好像又听到了长颈鹿的哼唱,就像我在检疫站时梦到的那样。我走上前去侧耳倾听,只听见风在树间呼啸,于是又回到篝火旁,继续沉浸在思绪中。

篝火只剩下余烬,星星不知不觉间也变换了位置。黑暗中出现了老头的身影。"你该去睡觉了,小子。走之前把顶盖关上。"他说着,把篝火拨弄得更旺了。

---

① Clark Gable(1901—1960),美国著名男演员,曾经与费雯·丽合作出演电影《乱世佳人》,饰演白瑞德一角。

第五章
睡眠

我来到汽车休息站的小屋，仍然能感觉到红的身体的余温贴在我疼痛的肋骨上，发现自己又重拾车站的回忆，在脑海中想象我们最为完美的一吻。然而，它并没有让我保持清醒，我很快就进入了梦乡，这是自检疫站在卡车那一夜以来我第一次真正睡着。梦中我正和野丫头一起漫步法国，我牵着它的缰绳，就像以前牵着我的母马一样，然后……

安静 / 别哭 / 睡觉吧，小宝贝。

当你醒来 / 你会拥有 / 所有漂亮的小马。

"小家伙，你在跟谁说话呀？"

苹果棕色的眼睛盯着我。

"伍迪·尼克尔，告诉我到底发生了什么，现在就告诉我！"

我知道我又做起了熟悉的狭长地带的噩梦……直到听到远处传来火车的声音，我站在明亮的阳光下，旁边是一片玉米地……干枯的玉米秆中猛地蹿出一只长颈鹿，套索在空中嗖嗖作响，它身子一歪，倒了下去……

我从小屋的床上跌下来，夺门而出。

外面仍然一片漆黑。

老头坐在卡车脚踏板上。看到我只穿内衣，光着脚，睁大眼睛突然冒了出来，他站了起来。我竭力不去想比拉姨妈，倚在卡车上，现在完全清醒了。我告诉老头我要留在这儿。他皱了皱眉头，说："好吧，但你不能光穿内衣。"

于是我去穿好衣服回来，老头又去小屋睡了几个小时，直到太阳出来，留下我、长颈鹿以及我关于玉米地的担忧迎接黎明。我坐在踏板上，睁大眼睛凝视着乡间的黑暗，这是我见过的最浓的黑暗。天一破晓，我就朝营地外的田野走去，以为会看到玉米地和铁轨。然而那儿除了松树什么也没有。只是看到了几棵树，我却从来没有这么高兴过。

这时我才想起红。我回头看看她的小屋。那辆帕卡德不见了。

圣迭戈自由报

1938年10月8日
运送长颈鹿的卡车正朝我们驶来!

好消息!南加州的第一批长颈鹿正从东海岸赶来。我们心爱的动物园园长贝尔·本奇利夫人说:"我向圣迭戈的孩子们保证过,他们会有长颈鹿,现在没有什么能阻止长颈鹿的到来!"

第六章
去华盛顿特区

记忆与事物紧密相连。不知从哪儿冒出来什么东西钻进你的鼻子、耳朵或眼睛里，然后你就置身于国家或世界的另一端，或者来到另一个年代，被一个有着天真无邪眼神的美女亲吻，或者被一个醉醺醺的伙计打了一拳。你控制不了，一点也控制不了。每次他们打扫我的房间，只要闻到尘土，我就回到狭长地带，眼前棕色沙尘暴飞舞。只要瞥见粉色牡丹花，我就回到二战时期的法国，站在一座新落成的战场坟墓前。

而只要听到一声老式警车的警笛声，我就回到驾驶卡车进入华盛顿特区的那一刻，我差点紧张得呕吐出来的那一刻。

就在一小时前，我们照顾好长颈鹿，准备离开朗德路边汽车休息站。不管老头对我昨晚的古怪表现有何想法，他都藏在心里没有说出来，对此我很高兴。我们一上路，就看到一个接一个"华盛顿特区"的路牌。见到一个写着"华盛顿特区，三英里"的路牌时，我们看到了前方的城市——正中间有一个又大又尖的东西。那就是华盛顿纪念碑。当然了，我并不知道，也不打算问老头。他在烦躁不安地摆弄他那顶软呢帽，不等我纳闷为什么，我就明白过来了。公路两边都加了一条车道，汽车把我们团团围住。就在这时，一辆警车鸣着警笛从路肩上疾驰而过，我猛地一打方向盘，老头就趴在了仪表盘上，他的软呢帽飞到了地板上。他骂骂咧咧，及时捡起帽子，差点没被甩到门上，因为接下来长颈鹿开始摇晃。我双手紧握方向盘，突然意识到我的理想变成了现实——我正驾车载着两只巨大的非洲野兽汇入大城市的车流。想到这里，我差点呕吐出来。

感觉胃里翻江倒海一般，我咽了下去。一辆辆汽车呼啸而过，长颈鹿还在不停地摇晃，我集中全部注意力，保持卡车稳定。

老头把他的软呢帽放在我俩之间的座位上，一动不动，用一种非常接近他用来安抚长颈鹿的声音说："好了。慢慢来。慢点开，稳住。别管周围的一切。"

我可以看到前面有一条河和一些路牌。很多路牌。其中一个箭头指向弗朗西斯·斯科特·基大桥①方向的国家动物园。车流越来越拥挤，但我还是像个老奶奶一样慢悠悠地开。一个华盛顿特区的摩托车警察闪着警灯从我们旁边开过来。老头看上去一点也不惊讶，他朝骑警点点头，骑警退到我们后面。

我知道，不出几秒钟，老头就会让我开到华盛顿特区动物园去。我瞥了他一眼，但他飞快地说："听好了。绝对不能让长颈鹿从卡车里出来，因为一旦它们出来了，我们就不能保证再把它们弄进去，它们就只有死路一条。你不能命令长颈鹿听你的。你得问。它们可能对你有好感，但要是过后它们决定不喜欢你了，那就没有任何意义了。

---

① Francis Scott Key Bridge，位于华盛顿特区，波多马克河中段的一座大桥，以美国国歌《星条旗》的词作者命名，1923年向公众开放，是美国非常古老的大桥之一。

它们不是你的宠物,也不是你在狭长地带的马。你要把它们当野生动物来尊重。明白了吗?"

我使劲点了点头,牙齿咯咯作响。看来我能去加利福尼亚了。

"那好吧,"他说,"你可以开车送我们去孟菲斯。"

我相信我的耳朵出了问题。"是加利福尼亚。"我纠正他说。

"孟菲斯,"老头又说了一遍,"去孟菲斯的路很顺,你开得很好,我们的进展不错。现在时间就是一切,那对宝贝的骨骼太他妈脆弱了。趁天还没黑,抓紧时间赶路。孟菲斯还有一家动物园,我可以提前打电话给那里,让他们安排一个新司机等着,这样我们就不会像在这里一样浪费一天或更长时间了。"说话的工夫,桥的出口出现了。

"我能开全程。"我赶忙说。

"接不接受随你便,小子。"老头朝桥点了点头,"现在决定。"

我接受了。

老头又把目光转回路上。"好吧。慢点。稳住。像你一直做的那样。"

又一个警察骑着摩托车来了,闪着车灯,鸣着警笛。老头对他做了个"往前"的手势,我们在城市继续前进,身后的车辆更慢了。在城市边缘,道路变窄,又成了两条车道,骑摩托车的警察突然转向走了,两只长颈鹿伸出脑袋看着他们离开,我则强迫自己保持冷静。我们驶进乡村,路上一切都安静下来,我朝后视镜看,希望能看到红,同时也想知道刚才发生了什么。"为什么警察不带我们去华盛顿特区动物园?"

"因为我从没打电话给他们。"

我琢磨了一下。"他们是怎么知道我们的?"

"女老板。"

我又琢磨了一下。"女老板就是本奇利夫人吗?"

"没错。"

"圣迭戈动物园的老板是个女人?"

"没错,"说着,他把胳膊支在车窗台上,"看上去像个老奶奶,穿得像个女老师,骂起人来像个水手,动物园里那些自命不凡的家伙都对她服服帖帖的,他们可都受过良好教育。"

"……她是怎么得到那个职位的?"

"我听说,第一次世界大战后,那位从动物展览起家开办动物园的男士打电话给政府部门,想招一个簿记员,他们没钱招饲养员,更不用说员工了。然后她来了,开始打点各种事情,从卖票到照顾生病的动物,最后管理动物园。

"然后她开始出现在广播节目和电影新闻短片中,讲述动物园的故事,出了名。但我可以告诉你一个事实,有一些故事,她是不会放到节目里讲的。"

"比如?"

"这个嘛,比如有一次她和一只逃跑的狒狒一起走进围栏。"

"故意的吗?"

"那女人可不傻,小子。我以前见过一只九十磅[①]重的狒狒把一个成年男子扔过后院。它并没有,它跑进猴子围栏后面,玩得正开心,上蹿下跳,把猴子笼子摇得嘎嘎作响,惹得猴子不停地尖叫。我到那里时,五个饲养员正挥舞着棍棒,大声喊叫,试图把它赶到围栏里。这些人靠得越近,那只狒狒就越害怕、越撒野、越疯狂。你是不知道

[①] 1 磅约合 0.45 千克。——编者注

狒狒发起疯来有多疯狂,那才真叫疯狂。我相信它会朝我们冲过来。然后,就在那个神圣的时刻,女老板从另一头出现了。她在办公室听到我们吵嚷,以为我们在捉老鼠,于是过来告诉我们不要打扰游客。我们大声叫她快跑,可是不等她采取什么行动,那只狒狒就朝她扑了过去。"老头摇了摇头,"我给你说,我当时做好了最坏的打算。女老板很清楚自己有生命危险。那只狒狒动动下巴,就能把她的脖子咬断。可她是怎么做的呢?那个女人没有跑,也没有躲起来。她强作笑颜,还张开了双臂。然后你猜那只狒狒怎么着?它跳进她的怀里,像个婴儿一样哭了起来!"

"那她接下来又做了什么?"

"她还能做什么?她把那只大狒狒抱回了它的围栏——六个大男人在一旁看着,都被这一幕惊呆了。我们做好了准备,以为她会训斥我们一番,但她气得整整一星期没和我们说话。"他接着给我讲了更多关于女老板的故事,比如有一次她亲手捡起一条逃跑的响尾蛇;还有一次她挎着篮子坐有轨电车回家,篮子里是一只生病的袋鼠宝宝;她还把跳蚤寄给东部某个跳蚤马戏团的人,直到邮局听到风声。

之后,他给我讲了一个又一个关于动物园生活的疯狂故事,听上去都十分刺激,直到我们来到弗吉尼亚州州界。"到了,小子。"他指着一个看上去很正式的路标说。路标上写着这条路的名字:李公路①。我们来到了老头说的横穿全国的"横贯大陆汽车路线",也就是他一直谈论的南线。我们在这条平坦的路上行驶得越远,我的命运感就越强烈,就越确信自己能到加利福尼亚。假如我有一张地图,我就会看到这条漂亮的公路有两个车道,穿过沙漠一直通往圣迭戈,它那混凝

---

① Lee Highway,公路名,以南北战争时期的军队将领罗伯特·李的名字命名。

土路面光滑平整，对于一个最多只开车到过离家最近的棉花厂的人来说，就像是明日世界。

但我也会看到别的——李公路并不向南。它已经在南边了。我听说过"南线"，想象过我所在的狭长地带以南是什么地方，那是路易斯安那州、得克萨斯州的墨西哥湾沿岸以及墨西哥边境地带。不过，再过一天，这条路就会转弯，然后笔直向西，正好穿过我的家乡得克萨斯狭长地带。但我不能冒这个险，至于原因，我不想让老头知道。

我不知道的是，被扔在孟菲斯可能会救了我。当我和飓风长颈鹿一起行驶在那条美丽的公路上，仍然紧抓我的加州梦不放，感觉全能的上帝和众天使又站到我这边时，我对坐在方向盘后面开车是在冒什么风险毫不知情。它远不止关乎一对珍贵的长颈鹿的脖子。它关乎我自己的性命。

没过不久，我们似乎在爬高——

◆────────────────◆

……"午餐时间到了，亲爱的！"

——把我从故事中拉出来，来到我房间的是油头男。

"我正写着呢，你打断了我！"我大喊道，他又一次闯进我的房间。

"可现在是午餐时间，亲爱的，一天中最美好的时光，而你连早餐都没吃。可不是个好孩子。"

"别把我当小孩子，小兔崽子！给我滚。你没看见我正忙着吗？"

他又抓住了我的轮椅把手。"走吧走吧。"

我踩下刹车。

他把刹车又拉上去。

我再次踩下刹车。我的铅笔掉了,我的心脏……不跳了。

"喂——"我听到油头男的声音从远处传来,"喂,喂——该死!你要死了吗?我去叫护士!"

他冲出门去,我的心又跳了起来。嘿嘿。

"呼。"我慌乱地揉了揉胸口,深吸一口气,环顾四周。窗口那边,野丫头正朝我扭动它那橡胶一般的嘴唇。"我本来可以要你帮忙的。"我不安地拿起铅笔,强迫自己集中注意力。

我听到了多米诺骨牌的洗牌声。

慢慢地,我转过身。坐在床上洗牌的是罗西。不过,比她更年轻,头发更亮、更长……没有一丝灰白。

我眨了眨眼。

她还在那儿。

一个游戏一个故事……她说……"然后你吃药。你为什么不给我再讲讲那个老头赖利·琼斯的故事呢?我喜欢有秘密的男人。或者是你和那个谁睡在驾驶室里的那晚!不,等等。山——那可太刺激了。是的,那一部分我最喜欢。"

然后她不见了。

"你也看见她了吗?"我问野丫头。

野丫头点了点它的大鼻子。

我又深吸了一口气。"哦,好。我还开始担心出现幻觉了。"说完,我回到拍纸本上,朝山的方向进发。

第七章
越过蓝岭山脉

没过多久，我们似乎开始爬坡了。

我能感觉到我们在爬坡，开始加大马力。尽管老头说孟菲斯这段路很平坦，但我清楚地知道，山脉隔在我们和平坦的田纳西州之间。我从没有见过山，更别说开车上山了——更不用说驾驶一辆载着两吨重的长颈鹿的卡车上山了。

不过，我告诉自己，至少山上不会有玉米地。

上午十点左右，我们在路边停了一会儿，让长颈鹿吃了树叶，舒展了脖子，检查了绷带，又被野丫头踢了，然后穿过一座石桥，那桥古老到像是乔治·华盛顿走过一样。然后开始爬坡。这一点确定无疑了。

在一个叫桑顿峡的小镇，双车道的公路变窄了，我们绕过第一个山头，然后又绕过一个接一个山头。我减速。加速。再减速。我开始感到脖子一阵冷一阵热。长颈鹿庞大的身体跟着卡车前后挪动。就连老头也紧紧抓住车门框。

然后开始出现一个个路牌。

第一个上面写道:"蓝岭山脉和谢南多厄国家公园入口。"

第二个上面写道:"风景如画的天际线大道——左转。"

换别的时间,我可能会觉得天际线大道是个值得一看的景点。但不是现在。

然后出现了第三个路牌:"李公路——前方直走。"

我的情绪高涨起来。

"跟着那个路标,"老头说,"这个地方我探查过。上去很容易,然后下来就又回到公路了。"

我的情绪更加高涨了。直到我们遇到了最大的路牌。

路中间,在天际线大道和李公路的交会处,有一个路障,上面有一个像达拉斯[①]一样大的绕行箭头,指向天际线大道。

"这是搞什么——"老头喃喃地说。

沿这条弯道前行大约五十码[②],有一条足球场那么长的隧道穿过山腰。一块指示牌告知了名字,好像人们挺为此自豪:"前方是玛丽岩隧道——打开车灯。"

我把车停下。老头跳下车,大步走过指示牌,来到前面的弯道处。眼前的景象让他咒骂起来,软呢帽都扔掉了。他捡起帽子,把它往下拉到额头上,开始在卡车旁踱来踱去,长颈鹿的脑袋也跟着他转动。最后他停下来,回头看着我们的来路。他在考虑掉头回去。要是真这样,我的卡车驾驶之旅就宣告结束了。

他爬进驾驶室。"侧边栏杆都不见了。"他抱怨道,"什么东西把它弄掉了,可能是山体滑坡,也可能是一辆开过来的汽车。"他摆弄

---

① Dallas,城市名,位于美国得克萨斯州。

② 1 码约合 0.91 米。——编者注

着他的软呢帽，然后转过身来直直地看着我，"你在山里开过车吗，小子？不要骗我。"

我不想撒大谎，所以撒了个小谎："没太开过。"

他盯着天际线大道的弯道，整个人都没了精神。他摘下帽子，啪的一下放在卡车座位上，我已经知道这表示他不想再考虑了。"我想我们应该把它们拉回华盛顿特区，在那儿等着，但是还得把它们从卡车上弄下来。这样一来，又要耽误好几天……也许还会更糟。"他转过身，直勾勾盯着我的脸说，"来，说说你的想法。"

老头还没有下定决心。他太想往前赶路了。他只是不想让我们掉下悬崖。我只需要说我能行就可以了。然而，我看着隧道，听见自己说：

"我们必须过去吗？"

他停顿了一下，我想答案是肯定的。"隧道足够高，"他说，"开过去不成问题。重要的是之后。"

"之后有什么？"

"回到李公路之前，有岔道口，之字形坡路，还有眺望台，够你换挡忙活的。"

"多远的路程？"

"你现在不用担心这个。"他说。

我不喜欢他这么说。

"一旦我们往前，就没有回头路了，也不会有第二次机会。"他接着说，"我们可以回华盛顿特区，这没什么丢人的，我还是会给你买张回纽约的票。我本来有机会找个有经验的司机，但我们行程挺顺，两只宝贝也喜欢你。所以我没找。都怪我，"他说，然后低声补充道，

"当然,要是我们掉到山脚下,那也怪我。不过真那样的话,怪谁也无所谓了。"

他就这样摆明了问题。他要么是相信了我关于驾驶技术的谎言,要么有什么瞒着我,后者更有可能。不过,当时我满脑子想的都是年轻粗野的自己自从离开港口码头以来一直在想的事——加利福尼亚。

我已经没有退路,一切希望只在前方。于是我心一横,带着一个自私男孩的狂妄自大,挺起胸膛说:"我能行。"

"但愿我不会为此后悔。"他咬紧牙关嘟囔着说,"好吧。接下来这样做。你慢慢把车开进隧道口,千万别撞到我们的乘客,也别碰到它们的脑袋。这条隧道很长,你首先会想贴着山的一边,但你看不到隧道边缘,所以你要做的就是沿着中间的黄线行驶,轮胎别离开中间车道。要是你觉得做不到这一点,那我们现在就得让它们把脑袋收进去。但是,如果这么做,一时半会儿可能找不到合适的地方再让它们伸出脑袋来,要是它们感到紧张,那可能会出大问题,因为在通过隧道,进入平地之前,一路都是连续弯道,它们什么也看不见。所以我们现在必须决定采取哪种方式——是把两只两吨重的野兽关在箱子里让它们看不见,还是把窗户打开,让它们能看到外面的情况,帮助我们保持卡车平衡。"

他说完后,我有点震惊地盯着他,然后回头看看长颈鹿,它们已经在挪动步子了,我们在前面就能感觉到它们的动静。

"是开着还是关上?"他追问道。

我把手伸进口袋,摸摸库兹的幸运兔脚。它不在那儿……我把它和老头给的一美元一起落到旧裤子的口袋里了。我差点要告诉老头,但闭上了嘴。我宁愿冒着从山上掉下来的风险,也不愿让他听到我把我们的未来押在一只兔脚上。于是我说:"开着。"

"那好,"他说,"你准备好了吗?"

于是,在没有库兹的幸运兔脚的情况下,我把车开上了天际线大道。来到隧道口边上,我深吸一口气,担心这将是我很长一段时间内最后一次好好吸气。我打开卡车前大灯,驶入了黑洞,只能看到隧道另一头发出的缕缕亮光。我们慢慢地、稳稳地进入黑暗中,紧靠中间的车道线,长颈鹿表现得不错,黑暗让它们安静下来。一辆汽车从隧道另一头开了进来,开了前大灯。我感到长颈鹿摇晃起来。前大灯越来越亮……最后汽车嗖的一声开了过去。我发誓我听见我们齐刷刷叹了一口气。

终于,我们从隧道另一头出来了,不过没有时间来庆祝。和老头警告的那样,道路径直拐进一个弯道。更糟糕的是,我们在外侧车道上,和下面的山谷之间只隔着一堆原木护栏。我使劲拉方向盘,我想坦白自己是个大骗子,而他是个傻瓜,竟然相信了我的话。然而为时已晚,我们已经置身其中了。很快,我就见识了什么是之字形弯道。我们沿着那条崎岖的山路不停地转弯。我紧贴路中间车道线,尽量不去理会路肩上的一个个小十字架,我知道每一个十字架都代表一具没能挺过去的尸体,而且我敢打赌,他们中没有谁开车载过紧张不安的长颈鹿。每过一个弯道,我都能感觉我们在摇晃。那么重的东西在弯道上,能怎么办呢?只能倾斜,尤其是你碰巧是一只长颈鹿的话。长颈鹿倾斜得越厉害,我换挡就越费力,就越忍不住瞎想,想象我们从一个岔道飞出去的情景,最后听到的是老头后悔的尖叫声。我放缓速度。限速标志上写着每小时十五英里,这是政府为弯道安全行驶设定的最高时速。我们甚至连每小时十英里都不到,我不断换挡,试着找一个适合的挡位,然后我找到了——真找到了。可以了——我们顺利转过下一个弯道,再一个弯道更顺利了。我已经在幻想我们下山的那一刻老头会怎么对我大加称赞,这时我听到后面传来发动机的噼啪声。

我还没来得及做什么,一辆车出现在我侧方后视镜里……一辆绿色帕卡德。

它的时速不可能有每小时十五英里。

但它比每小时十英里快。

然后……

砰!

帕卡德撞上了卡车后部,把我们往前甩去,两只长颈鹿也被推到卡车错误的一侧——靠山谷的那一侧。从老头那边的侧方后视镜里,我可以看到它们的脑袋正从悬崖那边探出来。整个卡车呻吟着,倾斜得厉害,不过没翻。

"停——停!"老头尖叫道。

我一个急刹车,长颈鹿稍微摆正了些,但还不够。它们吓坏了。卡车开始摇晃,悬在悬崖边上,长颈鹿们和稀薄的空气之间只隔了一根为汽车修建的栏杆。

在我们身后,红打开帕卡德的车门,跳了出来。

"你想把我们都害死吗?待在车里!"老头冲她大吼道,一边把我推出车门,"从边上爬上去,把长颈鹿引到你这边来,我来开车!"他命令道,然后跳到方向盘后面。

"可难道不该你……?"

"快点!你知道野丫头对我不满意!去靠山那一侧,跟它们说话,把它们朝你那边引！拐弯处有个岔路口，我们快到了，但你得叫它们摆正，不然我们到不了那儿！"

我还是第一次看见老头害怕，于是迅速行动起来。我爬上去，尽可能往摇摇晃晃的卡车的靠山那边后仰，开始呼唤长颈鹿，可我没有一个洋葱能助我一臂之力。我挥舞着空无一物的胳膊，用我知道的所有动物的叫声呼唤它们，不过是鸡咯咯叫和马咴咴嘶鸣，老头则加大油门。但卡车还是不停地在摇晃，长颈鹿还是惊慌失措——眼睛睁得大大的，充满恐惧，庞大的身躯告诉它们去踩踏，奔逃。我学着老头跟长颈鹿的口吻说话，但我的声音太尖了。卡车倾斜得更厉害了。老头更加用力踩油门，我的手松开了，不得不再抓好，长颈鹿苹果棕色眼睛里流露出的恐惧变成了我的恐惧。然后我不再和老头那样跟长颈鹿说话，而是开始乞求、哀号、恳求——求求你们，求求你们，相信我，啊，求你们了，求你们了，求你们了，求你们了——到我这儿来吧——求你们了。

"过来吧！"

它们过来了。

它们移动了位置，卡车摆正了，我们大伙儿避免了自由落体式的死亡。

要是我能松开抓着卡车的手，我一定去抱住它们的大脑袋。但我能做的只有紧抓不放，老头继续开车，带我们走过之字形路，绕过了弯道。

到了风景优美的观景台，勉强能有卡车宽的地方，老头颠簸着停了车，从驾驶座上下来喘口气。我也从车上下来，但冲上观景台，我的膀胱已经到了极限。我撒完尿，正忙着扣好我的新牛仔裤纽扣，那辆帕卡德慢慢开过来了。

我盯着红,她也盯着我,直到她在视野中消失。

"我们走吧!"老头已经回到副驾驶座上,"我得检查一下夹板,但在这儿不行。"

我急匆匆坐到方向盘后面,慢慢把车开回公路。还没结束。我们不仅还在爬坡,而且天上开始下起毛毛雨。

老头说得很快:"山峰之间有一块空地,那儿有个公共厕所和一个大停车场。再过两三个转弯,我们就到了……"

路面湿滑,我尽可能平稳缓慢地换挡行驶,转过第一个弯,然后又一个弯,瞥见了一块空地。

不过,我们转过下一个弯时,路两侧的狭窄路肩上站了一群铲土工人。看到这一幕,老头用手啪地拍了一下仪表盘,声音很大,吓了我一跳。他笑着说:"天哪,这是民间资源保护队[①]!动物园基本上就是公共事业振兴署[②]建的!"

他说,铲土工人是民间资源保护队的成员,这是罗斯福艰难时期计划的一部分,和公共事业振兴署一样,让失业人员到全国各地从事建筑工作。修路工人的年纪比我大不了多少,他们正在放石头和圆木,把休息站入口的边缘弄平整;另一组工人则在清理树木,铲平泥土,他们的铁锹在透过云层照向空地的几缕阳光下闪闪发光。为了让他们工作,另一个方向已经封路了,不过信号员没有发出太多信号,因为他正忙着张大嘴巴看长颈鹿。很快,公路工作人员全都跟着看起来了。看见我们载的货物,一把把铁锹像波浪一样停了下来,小

---

① Civilian Conservation Corps,简称 CCC,又译为"公共资源保护队"。

② Works Progress Administration,简称 WPA。

伙子们一个接一个用胳膊肘碰碰身边的人,队伍中传来一波倒吸气的声音。

我慢慢开车绕过那群工人,把车开进休息站的停车场。这里的建筑和原木餐凳都是全新的,你都能在风中闻到刚砍下不久的木头的味道。两只长颈鹿也把大鼻孔高高地伸向天空,不停地嗅闻着。

我在休息站附近的一棵大树下停了下来,这时毛毛雨越下越密,云层越来越黑。铲土大军朝我们这边走过来。我们尽快把该检查的全都检查了一遍。我检查了卡车,老头检查了野丫头的夹板。对我来说,在那段疯狂的路程之后,一切似乎都令人满意,然而老头甚至脸上都没有露出笑容。

这时,卡车完全被包围了,工人们全都挤了过来。他们的脸晒得黝黑,骨瘦如柴,有的穿卡其布工装,有的穿牛仔服,有的赤裸着胸膛,有的戴着帽子,所有人都拿着铁锹、镐头或圆头锤。老头示意我打开车顶盖,让长颈鹿在树荫下吃树叶,也让这些看客一饱眼福。我爬了上去,但不等打开顶盖,我就被眼前的景色震住了。从那儿,我可以看到山的另一边,太阳照耀着谢南多厄河谷,这儿比我在狭长地带见过的任何地方都更茂盛、更葱绿。宛如一个沙尘暴区农民心中的天堂。看上去就像加利福尼亚。

"顶盖,小子。"老头喊道。

我不舍地移开目光,把顶盖掀开,站在原地,想让长颈鹿安静下来。不过没有必要。尽管一路受到惊吓,也许正因为受了惊吓,两只长颈鹿已经在回头盯着这些看客了,上下摆动着它们可爱的脖子。

就在工人们为长颈鹿欢呼时,我看到照相机闪光灯一闪。红站在那里。她以最快的速度打开闪光灯,照亮了蒙蒙细雨中的黑暗,然后又从肩上的相机包里取出新的①。

咔嚓。咔嚓。咔嚓。

年轻的铲土工人们看到近前来了一个红发美女，都开始朝她靠近——在我看来，过于近了。我从车上跳下来，挤过人群，站在她前面，张开双臂。我以为那群小伙子会不高兴，然而不高兴的人是红。

"你以为你在干什么！"她不屑地说。

"你说过，你需要我的帮助。"我说。

她的脸变得和她的卷发一样红。"我说的交易不是指这个，我不需要别人拯救！"

"那好！"说着，我后退了一步。那群铲土工人又快速凑上去，再次把她围住，我甚至看不见她了。

不管她刚才说什么，我正要准备再冲进去，这时传来一声警笛，一名州警察骑着一辆鞍袋式摩托车缓缓驶来。他头戴一顶骑警帽，脚蹬长筒靴，在人群边上停下，下了车。工人们给他让出一条路，他朝老头走去，看都没看长颈鹿一眼。他经过红时，她也后退了，退出大老远，看上去很奇怪。单单那顶骑警帽就值得拍一张照片。

老头和骑警交谈起来，他朝我挥手让我上车。我回头寻找红。人群中看不见她的身影，有个声音告诉我往外面的大路看，我一看，恰好看见绿色帕卡德朝远方驶去的背影。

几分钟后，我们回到了天际线大道，骑警跟在我们后面，闪着警灯，毫无疑问这是老头要求的。又走了更多之字形坡道，我们把山间的细雨抛在了身后，我的呼吸也顺畅了许多，虽然心里仍然七上八

---

① 早期照相机用的闪光灯是用燃烧镁粉的方法来发光的，又称为镁光灯，镁光灯用的是一次性镁灯泡，照完一张照片后需要赶紧换新的。

下。我们下到山谷中,在一个叫卢雷的小镇附近出了山,骑警挥手道别,然后消失在天际线大道上。

我们在看到的第一家路边小店前停了下来,商店是个小木板房,只有一个加油泵,一个脏兮兮的山里人戴一顶满是树叶的宽檐帽,正在店门前拴好他的骡子。我开着大卡车绕过去,商店的纱门砰的一声打开了。一个留着圣诞老人式胡子的男人走了出来,他穿着我所见过的最新、最蓝、最硬挺的工装裤,身后跟着一个一头淡黄色蓬松头发的孩子,也穿着一条硬挺的工装裤。

"活见鬼!如今你永远不知道会有什么打这儿经过!"那人拍着膝盖说,"活生生的长颈鹿!就在我的店门前!"他冲回屋里,拿着一个小纸板盒相机出来,快速拍了一张照片。"这张照片要挂在墙上,放在正前方正中间的位置。"他一只胳膊搂着老头送他进屋,这时那个孩子跑过来给我们加油。

我坐在卡车脚踏板上,努力让自己镇定下来。屋里面,我可以看到老头把东西放在柜台上,然后伸手去掏钱,店主挥手表示算了。于是老头握了握大胡子男人的手,在一张明信片上草草写了些什么,递给他。然后,他两个胳膊各夹一麻袋洋葱,一只手拿一瓶软饮料,另一只手拿一瓶啤酒,从店里走了出来。

"这瓶沙士饮料①给你,"他对我说,"你还要开车,但我不用,谢天谢地。"他扔下麻袋,扑通坐在我旁边的脚踏板上,把软呢帽往后一推,喝了一大口啤酒。

不过我担心老头注意到我的颤抖,忍住没喝。我试着聊天。"你寄明信片了?"

---

① sarsaparilla,碳酸饮料,以墨西哥菝葜为主要调味原料。

他点了点头。

"寄给谁?"

"女老板。"

"你没有告诉她坏消息吧?"

"除非万不得已。"喝完啤酒,他抓起一袋洋葱,爬上梯子,把洋葱一分为二全都倒给两只长颈鹿,像是表示和解和感谢的礼物,同时温柔地跟它们说话,不停地说话。长颈鹿开心地吃起洋葱来,他下了车,透过活板门仔细检查野丫头的夹板,然后坐回我身边。

"它的腿还好吗?"我问。

他没有回答,而是说:"你干得不错,小子,不过请别见怪,都是我的错。我不该对你提这个要求。我没料到会绕那么多该死的弯道……但要是我们掉头回去……"他停顿了一下,打断了自己的话,"现在可以肯定的是,接下来的路程,我会在孟菲斯找个有经验的司机。"

不管是不是还在紧张,我差点大声反对。差点让我们翻下悬崖的人不是我,而是红和她的帕卡德。在那之前我一直开得好好的。不过,要是你差点跌下悬崖丧命,我猜你也会对那恐惧念念不忘,即使你是老头。

没准他还会改变主意。我看着那个山里人从商店走出来,对自己说。我深吸了一口气,心想,现在再糟糕,也不会比差点从山上摔下来更糟糕了吧?

就仿佛是对一个年轻傻瓜的想法做出回应一样,那个脏兮兮的男人号叫着:"把我的帽子还给我!"

他在朝野丫头吼。长颈鹿的长脖子完全伸出窗外,正在抽搐着,很不自然，从它的喉咙里传出可怕的声音，我对此记忆犹新，即使现在回想起来仍然起鸡皮疙瘩。长颈鹿噎住了。

帽子卡在了里面。

老头迅速穿上他的靴子，这时店老板跑了出来。"该死的，菲尼亚斯，你那帽子像树枝，它还以为那是棵树呢！"

这时我也站起身来了，但只能眼巴巴看着那扭动的脖子，几乎不敢相信自己的眼睛。它疯狂地扭动，费力地呼吸，无法把脑袋缩回窗户里面，让脖子伸直。

老头抓起油泵的水管，把它开到最大，然后迅速爬上去来到野丫头身边，试着把水管对准它的喉咙。"拿稳水管！"他朝下面大声喊道。我抓住软管后端，老头把水管推到野丫头舌头上面，软管里的水像一条湍急的河流沿着它的大喉咙下去，又像喷泉涌上来，帽子和所有东西都被冲出来了。

野丫头打了个大喷嚏，又继续反刍了。

山里人抓起他那顶吐出来的帽子，回到他的骡子旁边。

老头爬了下来，店主关掉水龙头。

而我仍然死死抓着那根水管，一屁股坐到脚踏板上，浑身湿透，大口大口喘着气。

"哈，"店主看着这片烂摊子，喃喃地说，"还以为会给它冲下去，而不是冲上来。对不对？"

老头扑通一声瘫坐在我旁边，长舒了一口气，然后马上站了起来。我以为我们要走，也跟着站了起来。结果他拖着脚步朝商店走去。"你去把两个宝贝安顿好，"他嘟囔道，"我去再来一瓶啤酒。"

往前走了几英里，又回到李公路。接下来的一个小时，我们在风景中穿行，一边是森林，另一边是翠绿的山谷，真希望我能有心情去欣赏这美景。我还没有完全消除紧张，所以当老头让我把车开进公路边的森林里的一个小木屋营地时，我很高兴。这地方看上去很偏僻，除了我们没有别人。在营地经理照例开心地看过长颈鹿后，我们开始照顾长颈鹿。不过这一次感觉不一样。老头盯着野丫头夹板看的时间比他在商店时更长，我知道为什么了。伤口组织从包扎的夹板里渗了出来。一路崎岖让它撞流血了。

身心俱疲的老头喃喃地说："去拿洋葱。"他从驾驶室里拿出动物园兽医的黑色包。我站在侧梯上，透过窗户把洋葱递给野丫头。起初它不肯吃。等它肯吃了，也只吃了一个。我继续把洋葱递给它，老头则轻轻解开包扎的夹板，从玻璃瓶里取了药粉轻轻涂在渗出血的伤口上，然后又把夹板包扎好。野丫头看都不看他一眼，任凭他处理，这时我明白他在我们进隧道之前没告诉我的是什么了。野丫头的腿比他说的糟糕得多。

老头把黑包塞到驾驶座后面，把软呢帽往后一推，茫然地凝视着夕阳。"剩下的交给你，好吗，小子？"他咕哝了一声，然后一言不发地拖着沉重的步子向小屋走去。

于是我爬上侧梯，把顶盖打开。看到长颈鹿安全地站在它们的旅行套间里，我紧张的神经本应放松下来。但当它们像在山上那样朝我走来时，那一刻又涌上心头……我正在转弯……红撞上了我们，把长颈鹿撞到悬崖那边……我紧紧抓住另一边，乞求——恳求——祈祷高大的它们能听到我的声音……相信我……

朝我走过来……

远离自由落体式坠崖……

我稳稳地抓着停着的卡车一侧，但我的靴子在抖，当你几乎要从山上摔下去，意识到濒临死亡这一事实时，你就会浑身发抖。我强迫自己呼吸，直到抓住卡车的手可以松开。但我没有往下爬，而是爬上敞开的顶棚。我需要空气，我需要天空，我需要陪伴，虽然我不愿承认这一点。我坐下来，跨坐在横板上，就像前一天晚上和红一起时那样。然而这一次，长颈鹿没有因为要洋葱而撞我。它们尽可能地靠近我，就像在检疫站第一个晚上彼此靠近那样。就像它们围着我周围的车皮转。我被这两个庞然大物包围着，本应颤抖，感到渺小，然而它们巨大的存在让我觉得自己变得强大、平静、安心，这种感觉难以形容，更难以抗拒。我更清楚这一点了，但我也发现自己对它们的感情难以抑制。

它们只是畜生，我能听到我爸爸的抱怨，你也不再是一个穿短裤的男孩了。

但是它们在山上朝我走了过来！我无法停止思考。它们过来了——我们得救了！

那是一个月圆之夜，满月照亮了黑夜，照的几乎和白天一样亮。长颈鹿把头伸向我们周围的树枝，我看着，也听着它们慢慢地啃咬，然后开始反刍。我躺在两只长颈鹿的旅行套间之间的木板上，一切都让我昏昏欲睡：长颈鹿近在咫尺，宁静安详，树林那么寂静，透过树叶的月亮又大又黄。我静静地盯着那轮明月看了很久很久，一定是打了个瞌睡，这令我羞愧和吃惊。

接下来我知道的是，我听见木头劈裂的声音，直接在黑暗中跳了起来。长颈鹿踢得很用力，足以把板条箱踢裂。有什么东西靠得太近了，它们觉得必须保护自己。

我鼓足勇气，朝边上看去。在我们下面有一头熊。它正在卡车轮胎周围嗅闻，然后后腿直立起来，粗壮的爪子扑通一声放在旅行车厢一侧。

长颈鹿们大发脾气。野丫头踢得那么用力，我敢肯定它把木板踢出了一个洞，但熊一动不动。我眯起眼睛，透过阴影想找点什么东西挥舞或弄出个动静，准备跳下去把熊吓跑。但这是我第一次见到熊，我不能硬来。就在我准备大叫，在长颈鹿造成真正伤害之前吓跑这毛茸茸的恶魔时，我看到一道闪光——一切都白得刺眼。

刹那间，我什么也看不见了，不过熊也看不见了。我听到它撞到营地的垃圾桶，跑开了，我抓住卡车，以免自己掉下去。我眨了眨眼睛恢复了视力。红站在月光下，咔嗒一声把相机里的灯泡取出来，拿在手里弹来弹去，直到它冷却下来。你会以为她刚参加了一场茶话会。

我仍然眨着眼，慢慢下来检查卡车的损坏情况。不出所料，木板被踢破了。老头一定会"喜欢"的。为了躲开红，我爬回横木。

"野丫头隔着木头踢那头熊！"红小声喊道，"它们没事，对吗？"

长颈鹿再次靠近我，我没有回答。

"我很抱歉在山上撞了你。"红低声说。

听到这话，我把一天积攒的可怕愤怒都对准了她。"你差点让我们送命。"我压低声音说，"我本来好好的！"

"好吧，别吼我！"她低声向上喊。

"我没有吼！"我小声说。

"不，你在吼！"她小声回答。

我们俩同时朝老头的小屋望去。

她叹了口气。"我想我活该被吼,你说得对。"她小声说,"我真的,真的很抱歉,伍迪。真的。你和长颈鹿……你表现得太棒了。我可以上去吗?"

没等我回答,她就放下相机,爬上来跨坐在横板上,正对着我,就和前一天晚上一样,不过这一次我一点点往后躲开她。长颈鹿挤上前来,它们的毛拂过我们摇晃的腿。我能感觉到它们的皮毛温暖地贴在我的牛仔裤上,我知道红也会有同样温暖的感觉贴在她的裤子上,我的怒火慢慢消退。"我刚才睡着了,"我听见自己坦白说,"我平时睡不着。"

她皱了皱眉头。"什么?你必须睡觉。"

我肯定不会把我的噩梦告诉她,于是我耸耸肩。

"我喜欢睡觉,"她说,"唯一比睡觉好的就是清醒。真正的清醒。"

我们静静坐了一会儿,直到野小子往后退了一点,盯着它错过的一根树枝。我看到红动了动,以为她要爬下去。

然而她把腿一甩,直接跳进野小子的板条箱里,砰的一声撞在垫着垫子的地板上,那声音就像从我头顶上传来一样。我惊呆了。她落在野小子蹄子附近深及膝盖的泥炭苔藓里,离开口另一边野丫头上了夹板的腿只有几英寸远。老头的话像爆竹一样在我的脑海里炸响……大的不识小的……它们可能像爱妈妈一样爱你,但仍然会弄断你的胳膊或腿……

"看看这些填充物,连墙上都有。"红低声说,"这比我的小屋还舒服。"

"你在干什么?"我朝下面低声问。

"我只是想看看这里是什么样子,写报道用。我知道它不会介意的。"

野小子拖着它的蹄子从红身边走开,野丫头摇晃着脖子,就像它在踢老头之前那样。红马上就要挨踢了。我试图警告她,但说不出话来。她把手伸进洞口,把左手放在野丫头的侧腹上,就放在我在检疫站时摸过的那个侧着的心形部位,然后用右手摸野小子,同时拍了拍它们俩。野丫头的脖子停止了摇晃,野小子的皮毛高兴地抖动着。

"将来有一天我要去非洲,"红说着,拍了又拍,"我会去那里的,你等着瞧吧。"她抬头看了我一眼,"我该怎么从这儿出去啊?哦,等一下。"

她砰地打开活板门,慢慢地走到地上,朝我微笑,就像刚才拍的是小狗。我爬下梯子,用力关上活板门,很想告诉她永远不要再这样做了,但她刚才的所作所为证明这种警告很是多余。

"伍迪,我撞上卡车的时候,你告诉琼斯先生我是谁了吗?"

我几乎没听见她说什么。"什么?没有。"

"很好。先别急着介绍我是谁……你知道,发生了那么多事,我想再等一阵子。"说完,她在我的脸颊上吻了一下,我僵住了。她拿起相机,消失在她的小屋里。

还没到老头接替我的时间,但不一会儿,他慢慢走了过来,一边拉上背带,月光下眯起眼睛看。"刚才半醒了,就再也睡不着了。宝贝们还好吗?刚才我好像听到了一阵骚动。"

"来了一只熊,"说着,我站起来不让他看见卡车上的裂缝,"跑了。"

"一只熊，嗯？"他一边说，一边抓起他那包好彩烟，坐在卡车脚踏板上，"它不会回来了。去睡一会儿吧。天亮我叫醒你。"

朝小屋走去的时候，我告诉自己，他要是没发现裂缝，我明天再指给他看。今天太糟心，我已经受够了。

我闭上眼睛，希望能睡个好觉，不要做噩梦。眼皮后闪过一丝熊的影子，我还感觉到红的嘴唇在我的脸颊上。我想知道哪个更危险，是熊、长颈鹿，还是一个穿裤子拿相机的红发女人。

1938年10月8日

翻山越岭一切顺利。长颈鹿不再反刍,但一下山又开始了。

R. J

航空邮件

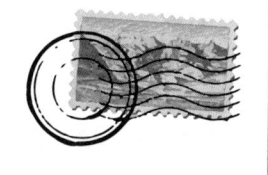

贝尔·本奇利夫人（收）

圣迭戈动物园

圣迭戈，加利福尼亚

……"尼克尔先生?"

罗西、油头男,还有那个护士站在我的房间门口。

"我们可以进来吗?"护士问。

"好吧,既然你这么客气地问。"我说着放下铅笔。

"我告诉你,他的心脏刚才停止了跳动。"油头男说。

"达里尔说你突然发病了。你现在感觉怎么样?"

"我很好,身体好着呢。"我说,瞥了一眼野丫头,它正不屑地冲着油头男喷鼻子。

油头男举起双手离开了。护士过来,给我量了量脉搏,听了听心跳,也离开了。

但是罗西没有动。"好吧,亲爱的,发生了什么事?我不会说出去的。"

我没有回答,转身回到我的拍纸本上。不一会儿,她叹了口气,也离开了,走的时候又捏了捏我的肩膀。

但接着我听到多米诺骨牌的声音,我转过身,看到更年轻些的罗西在我的床边洗牌。一个游戏一个故事,她又说了一遍……"那接下来呢!我知道了!我们就要见到摩西了,对不对?"

我的胸口一紧。

"哦,亲爱的……你为什么要这么逼自己?"

难道你就没有一个故事,想趁一切还来得及,把它告诉某个人吗?我揉着胸口,心想。

你告诉过我了,她说。

不，没有告诉你全部——而且你不是她。"我得告诉她。"我大声说。然而我在对着一间空屋子说话。我迅速回头寻找可爱的野丫头。它还在那儿，静静地舔着空气。于是，我舔了舔笔尖，重新上路。

巴尔的摩美国人报

1938年10月9日

桥太低了!

第八章
进入田纳西州

黎明时分,我穿上靴子,跌跌撞撞地走出小木屋,第一眼看到的是老头在检查卡车的裂缝,野丫头则在不高兴地跺脚。他举起双手说:"我们走吧。"

透过远处的阴影,我能看到那辆帕卡德还在那里。老头没有注意到,我们往前出发时,我发现红正从她的小木屋门口往这边看。

我们在路边第一家小店停下,加油、买食物。我一边检查长颈鹿的状况,一边留意红有没有跟上来。我盯着商店的"西联国际汇款公司"招牌,想知道老头是不是和他说的那样,要发电报给孟菲斯找新司机。我越来越沮丧,于是回到驾驶座上。

过了一会儿,老头大步走了出来,把食物袋和一张报纸放在我们中间的座位上。他咬着意大利香肠吃起了早餐,我记得我低头看了看报纸,上面用拳头大小的几个字写着:**希特勒入侵捷克斯洛伐克**,接下来是:**我们伟大的德意志帝国就此开始**。我几乎没留意这个,满脑子想的都是电报。他到底发了没有?

老头递过香肠。"来点吗?"

我摇摇头。

我把车开上公路时,他又咬了一大口,说:"顺便说一下,我已经发电报找新司机了。"

该来的还是来了。

"所以,你开车送我们去那儿,我给你买张火车票。你想去哪儿都行——"

我把从山上商店开始练习的话说了出来。"在我们被撞之前,我在山里面开得好好的!我能开全程!我能去加利福尼亚,我对天发誓我能行!"

老头轻声笑了。"给我听好了,小子。我说的是你想去'哪儿都行',我都给你买票。"

"哪儿都行?"

"这是你应得的,"他吞下最后一块意大利香肠,说,"即使是加利福尼亚,如果你一心要去的话。"

"不开玩笑?"

"不开。你会比我们先到那里。"

这么快,我就要去加利福尼亚了。太快了。我的计划成功了。我只需要先去孟菲斯,然后我就可以直接去那片奶与蜜之地了。

我感觉到那闪烁不定的希望之火熊熊燃烧起来。

接下来的几英里路程,我如在云雾之中。老头宣布的重大消息让我欣喜若狂,我很惊讶自己没有把车开到沟里去。我甚至没有回头寻找红的身影。事实上,我一点也不记得那一段旅程,直到来到田纳西州。我们穿过一个漂亮的小山口,来到雾山[①]另一边,至少在地理上

[①] Smoky Mountains,美国的一个大山脉群,横跨田纳西州和北卡罗来纳州。

最大的起伏已经到了我们身后。

很快,我们就进入和第一天上路时一样的节奏。但对我来说,现在情况大不一样了。我不再骑一辆偷来的摩托车,努力追赶卡车。我不再有什么企图,也无须谋划下一步如何行动。我只是悠闲地开车带大家上路,时间悄然流逝,路边的休息站如画般美丽,树木则给人带来纯粹的愉悦。我们经过一个养马场,里面的马沿着牧场长长的白色围栏跟着我们跑起来,尾巴嗖嗖作响,鬃毛高高飞扬。在这段路程中,野小子甚至躺了下来。到了下一个休息站,我打开顶盖,发现它又躺在旅行板条箱的地板上,它的长脖子有违常理地耷拉在背上。

这一次,我没有告诉老头,而是凑过去低声说:"喂——"

野小子伸直脖子,站了起来,像长颈鹿王子一样,仿佛在说:什么事?然后它从我身边挤过去,和野丫头一起去够树叶……一股苦乐参半的奇怪情绪涌上我的心头。行驶在路上,我从后视镜里瞥了一眼迎风而行的长颈鹿……同样的感觉再次涌上心头。我强迫眼睛直视前方,想象自己坐在开往加利福尼亚的火车上,我那闪烁不定的希望再次点燃。

上午剩余的旅途在纯粹的平静中度过,最令人兴奋的是我们路经的一些小小的缅甸剃须膏广告[①]:

最安全的规则

没有"如果"或"但是"

[①] Burma-Shave,剃须膏的品牌名,1925—1963年间美国常见的一种广告牌,按一定距离遍设公路两旁,使汽车驾驶者能连读阅读。

像其他人一样开车

否则就是愚蠢

缅甸剃须膏

他擦亮一根火柴

检查油箱

这就是为什么

人们叫他

没皮的弗兰克

缅甸剃须膏

最后一个广告我记得很清楚,因为老头看了哈哈大笑起来。事实上,下午到达第一个休息站时,我们都心情愉快,甚至老头检查野丫头夹板时它也没踢他。

然而回到路上,我们听到远处传来火车的声音,老头紧张起来。

从树林那边传来的声音越来越大。铁轨又离我们越来越近。我们竭力透过树看过去,眼前闪现出黄色和红色,老头低声咒骂起来。

"什么马戏团动作这么快,能跟上我们?"我问。

"廉价、不可靠的那种货色。"他回答说。

树木越来越稀疏,我看见一个拉牲口的车厢载着大象,大象都耷拉着耳朵。"它们看上去挺不开心。"

"那边没什么开心的事。"老头喃喃地说。接着,他朝窗外吐了一口唾沫。现在回想起来,这更像是突然想吐唾沫的冲动,更像是在表达不满。因为他接下来说:"别管他们的花招鬼把戏了。他们那样对待动物，你会希望上帝的愤怒降临到他们身上。"

火车在林木线的另一边慢慢行驶了一英里多，然后开始加速往前。透过树林，我们能看到红色车尾挂的新牌子，上面写着："今晚查塔努加见！"火车嘎嘎作响，驶出了我们的视线。

我们的好心情被打乱了。随着开阔的土地变成牧场，我不停地从侧方后视镜看长颈鹿，它们的公路普尔曼车厢看起来太像牲口车厢了。我注意到老头也在回头看，但不是看长颈鹿，而是看路，一连看了好几英里。马戏团的火车已经开过去了，所以我不太明白他为什么这样。我看了后视镜，担心他看到那辆绿色帕卡德，但路上空无一人。

然后他伸手一指。"开进去。"

我离开主路，开进一条穿过附近一片高大树林的砾石路。

"把车开进树林。"他的声音变得奇怪起来，"把长颈鹿的脑袋收进去。"

我照做了，长颈鹿也很顺从，这也很奇怪。

我们在那里坐了五分钟，然后是十分钟，就那么看着。我开始希望有车从此经过，来打发无聊。我瞥见了色彩……黄色……还有红色。

一辆小货车呼啸而过，消失在视线之外——就是我们在马里兰州看到的那辆小货车。

我斜眼瞅了瞅老头。我有很多问题想问他，但他咬紧牙关，我知道最好还是闭嘴。现在我们愉快的旅行心情不仅被打断了，而且简直是糟糕透顶。

我们又打开长颈鹿的窗户，接下来的几个小时，沿着蜿蜒曲折的公路穿过一个又一个小镇，路边时不时出现一个广告牌，比如"我愿意走一英里换一头骆驼[①]"，还有"上午10点、下午2点和4点，都要喝一口胡椒博士[②]"。甚至镇上爱开玩笑的人问"上面的天气怎么样？"也不能让我们振作起来。到了傍晚，空气变凉，于是我们摇上窗户，连长颈鹿也把脑袋缩了进去。老头说，距离过夜的地方还有两个小时的车程，所以不用等天气或心情变得更冷，我们就能到了。

这时我们来到天桥。我说天桥，其实是天桥的残余部分。

不知哪个人没能从底下通过。天桥中间部分被比长颈鹿的脑袋更硬的东西碰过，只剩下混凝土和铁丝晃来晃去。下面又是一个大大的"绕行"标志牌，随意放在公路的中间。

老头抱怨道："这下怎么办！"

我放慢速度，长颈鹿们探出头来看究竟。绕行箭头指向一条岔路，从那里有望很快绕回公路。不过，岔路本身看起来有点可疑。路面铺了，但破烂不堪，杂草丛生，而且没有路名，也没有编号。唯一的标记是一个自制的牌子，上面写着"有色人种小屋"，还有一个箭头指着方向。

"现在怎么办？"我说。

老头气呼呼地说："走这条路。"

我们顺利开了大约一百码，来到一个转弯处，我不得不踩刹车。前面是一个铁路地下通道，是那种古老的狭窄地下通道，路从铁轨下面穿过，而不是从上面穿过。看上去很低。

[①] 指骆驼牌（Camel）香烟，美国香烟品牌，创立于1913年。——编者注
[②] 胡椒博士（Dr.Pepper）是一种美国知名碳酸饮料，于1885年首次用于商业用途。——编者注

我说低，意思是非常非常低。

我们俩看一眼地下通道就知道，上方空间很紧张，宽度也只勉强能让我们通过。

如果有路肩的话，我会把卡车停在路边，但路向里斜，从铁路桥下穿过。所以我只能停在路中间。我们停下的那一刻，我感到有眼睛在盯着我。我以为是长颈鹿，直到我看到铁轨旁边有一个粉刷一新的平房。屋檐下的一个小窗户里坐着一个黑人小姑娘，不超过四五岁。我们离得很近，我可以看见她眼睛瞪得大大的，在看长颈鹿。

老头说话了："快去量一下，免得再有傻瓜追尾。"他伸手从座位底下拿出一个大金属卷尺，把它扔给我。我拿着卷尺就跑，来到地下通道下面，高高举起卷尺。

"十二英尺八英寸！"我喊道。

卡车就是十二英尺八英寸高，也许更高，因为路上轮胎充了气。

等我回到卡车旁时，老头站在前挡泥板附近，低头盯着卡车轮胎。"我希望事情不会发展到这个地步。"他一边喃喃自语，一边取下轮胎气阀杆的盖子。卡车前面是单轮胎，后面是双轮胎，在长颈鹿下面，帮助承受重量，如果有一个轮胎瘪了，还可以让卡车保持前进。转眼间他就给每个轮胎都放了一点气，轮胎发出轻轻的噗噗声，直到他来到最后的右侧双轮胎前，轮胎扎了一个钉子。老头别无选择。扎了也得放气。放了气，轮胎彻底瘪了。他狠狠骂了一通，深吸一口气。还好双轮胎还剩一个，可以让我们开到夜间停靠点，找加油站帮忙——如果能通过地下通道的话。

我又量了量。还是太近了。他不得不又给每个轮胎放了一点气。

就在他快弄完时，他的手指紧紧捏着轮胎气阀杆，一辆双座敞篷车在拐弯处飞驰,猛地转向避开我们,然后冲出了地下通道。我以前被一个转弯时看热闹走神的家伙撞过一次,现在像一只受惊的牛蛙一样跳了起来,重重撞在老头身上,他还捏着轮胎气阀杆的手指一使劲,把气嘴扭到了一边……噗噗噗撒气的声音被另一个声音取代……令人不安的轻轻的嘶嘶声。

而且声音停不下来。右侧的双轮胎眼看都要瘪了。我们面面相觑了一会儿,然后老头喊道:"就是停到路边,我们也必须先穿过去!让它们把头收进去!"

我花了整整一分钟时间试着让它们把头收回去,但往常听话的野小子不干了,野丫头就更不用说了。

"算了吧!"老头一边喊一边跑向拐弯处,看到老头跑本就很吓人,"没车了!"他大喊道,"走!"

我跳到方向盘后面,还是能听到那轻微的嘶嘶声。

"从中间穿过去,稳住但速度要快,它们需要时间把头缩进去,"老头喊道,"轮胎眼看就没气了!"

长颈鹿听到骚动,哼着鼻子跺脚。我把卡车挂上挡,一点一点向前挪动,我相信长颈鹿看到情况不妙,自然会将脑袋缩进去……上帝保佑,它们真这么干了。慢慢地,慢慢地,慢慢地,我们在锈迹斑斑的旧铁路桥下移动,卡车顶部发出刺耳的木头刮擦声,让人咬牙切齿。

卡车几乎就要过去了,就剩几英寸距离了。就在这时,剩下的右后轮胎突然噗的一声瘪了。车停了下来,把地下通道堵了个严严实实。

我从车上跳下来,从卡车和地下通道墙壁中间扭动身子过去,和老头一起目瞪口呆地盯着眼前悲惨的景象。右后的双轮胎都瘪了。我们立刻明白了。是长颈鹿的原因。卡车大部分穿过去后，可以安全探出脑袋来了，它们就立刻这样做了。两只同时。在同一侧。额外的重量让那个瘪了一半的轮胎难以承受，何况轮胎还在嘶嘶放气——当然，这个声音现在也停下了。

看到这一幕，老头把他那顶可怜的软呢帽猛摔在地上，一脚踩上去，连连咒骂，换作其他时候我一定会为之赞叹不已，那咒骂创意十足，像在风中吐出一个长长的螺旋。他可能感觉他的宏伟计划落空了。我知道他在想什么。我真想踹自己一脚。长颈鹿不让我关上一边的窗户时，我应该想办法哄着它们把对面的窗户关上——野丫头一边，野小子另一边——让卡车在我们需要它撑住的几秒钟内保持平衡。虽然为时已晚，我还是把所有窗户都关好，好让我们重新保持平衡，至少能让老头停止咒骂，想想下一步该怎么办。与此同时，我们现在几乎和在山里一样处于致命危险中。

于是我飞快跑回弯道，因为我们中必须有一个去阻止汽车撞上我们。

老头大声叫我停下。"给我回来！"

我转过身来想知道为什么，看见的是一个傻瓜在干蠢事。

在后轮轴下面，他架起了卡车自带的千斤顶。他要让我操作千斤顶。但我们只有一个备用轮胎，两个瘪轮胎，还有两只长颈鹿，更别提还有卡车上方最后两三英寸的地下通道了。我心里明白，这根本行不通。没有一个千斤顶能让一个人靠自己的力量把两个瘪轮胎和上面的长颈鹿抬起来。而且不管它们站在哪里，它们都重达两吨，这一点无法改变。

我知道老头看出了我是怎么想的，但他看上去很是绝望，都快疯狂了。他大步走过来，把我推到千斤顶前，命令我开始。于是我照做，直到听到老头用一种让我至今回想起来都觉得毛骨悚然，受到惊吓的声音低声说：

"嗯……小子……"

我顺着他的目光看过去。铁轨上站着一个穿蓝色工装背带裤的黑人。他身高绝对有六英尺半。我迅速站起来，不仅是因为那个人的样子，更因为他手里拿着的大刀。那是一把割麦子的镰刀，看上去很吓人的农具，在棉花和拖拉机来到平原后，我只见过它被挂在谷仓的墙上生锈。不过这把镰刀没有生锈。它闪闪发亮，锋利无比。就像鬼故事里穿着飘逸长袍的死神随身携带的那把镰刀一样。

那个人慢慢走到卡车前面。等他走近了，他把镰刀柄插进松软的地面，就像摩西的手杖①一样。他站在那里盯了很长时间，我和老头都心惊肉跳。

"我们一直在观察你们。"他最后说。

我环顾四周，没有看到他说的"我们"，也不想看到。

听到又多了一个陌生的洪亮声音，野丫头使劲用头撞闩上的窗户。闩松动了，窗户砰的一声打开了。

摩西皱起眉头。"你们拉的是什么动物？"

老头还没来得及回答，另一扇闩上的窗户也砰的一声打开了，野小子也想看看有什么好风景，两只长颈鹿又站在了同一侧，卡车倾斜

---

① 摩西是《圣经》中的先知，上帝赐予他吉祥奇迹以说服法老和他的人民，其手杖具有神奇的功能，比如摩西用杖击打磐石，使磐石出水，帮助以色列百姓渡过红海。小说下文就用摩西的名字指代那个本地人。

了,随着一声金属的呻吟,砰的一声,花哨的千斤顶散架了。

摩西盯着千斤顶。

然后是卡车。

然后是地下通道。

然后是轮胎。

然后是我们。"你们遇上麻烦了。"他说。

"是的。"老头回答道。

"试着给轮胎放了气,好钻过去。"

"是的。"老头又回答道。

"现在你们被困住了。"摩西接着说。

"是的——"老头重复了一遍。这些是显而易见的事实,听到对方一一陈述,他变得越来越暴躁。

摩西朝长颈鹿点了点头。"那些大家伙应该不会从那里面出来。"

"不会。"老头用力摇头,头几乎要摇下来。我们觉得摩西似乎对长颈鹿有些计划,但事实是这辆卡车不是一辆后装卸式运马车。所以,即便我们想这么干,也不可能把长颈鹿弄下车,除非先穿过地下通道,把卡车的侧面打开。

摩西又看了一遍,然后说:"我们可以做需要做的。但得先解决现在的麻烦。"

我不知道老头什么感受,不过听到这句话,我并没有高兴起来。

摩西把两个手指放在嘴唇上,发出一种介于被谋杀的乌鸦和被求爱的知更鸟之间的声音。不到一分钟的时间,出现了六个和他一模一样的人,只是比他更年轻、更健壮。他们一个接一个走过来,都和摩西一样穿工装裤,有的单肩,有的双肩,有的穿衬衫,有的没穿。所有人的大手掌里都紧紧握着农具。

他们走近卡车,有几个人甚至伸手去够长颈鹿,并不需要踩着什么东西就能够到。你可能会以为他们看到长颈鹿时,会和所有其他人一样叽叽喳喳,但他们如风一般沉默,都点点头,手放在屁股上,翘起眉毛,重复着摩西的动作,不浪费一点口舌,看看轮胎、地下通道、卡车,然后看看彼此。

然后回头看看我们。

与此同时,老头紧盯着那几个人粗大的手里的农具。我看得出来,他在担心事情会朝哪个方向发展,他的眼睛飞快地瞄向驾驶室枪架上的猎枪。"跟紧我。"他咕哝着对我说,好像如果真出了什么问题,我还能做点什么似的。

"最好把叔叔们也叫来。"摩西接着说,又把手指放到嘴唇上。这一次的鸟叫声不像是求爱,更像谋杀。不知从哪儿又冒出来六个魁梧的男人,比第一批来的人年纪更大,不过除了发量不同,简直长得一模一样。他们也加入其他人的行列,一言不发地打量着眼前的情况。他们这样持续了很长时间,我和老头都快魂不守舍了。

然后他们都转向铁轨,因为又来了一个人。不过这个人跟其他人不一样。他用锄头当手杖,留着白胡子,工装硬挺,蓝色的工作衬衫刚熨过,他在摩西旁边停下,眼睛只盯着长颈鹿。

我以前听说过大农场家族,甚至认识几个,但这个大农场家族几乎数一数二。把整个家族的人考虑在内,我猜白胡子一定是一家之主大爸爸,叔叔们都是他的兄弟,其余的一定是他们的儿子,摩西是儿子中的老大。

大爸爸继续打量长颈鹿,摩西朝最年轻的人点了点头——那人肌肉发达，不过个头不高——然后那个儿子走向弯道，站在那里把守，充当人肉路障。

然后大爸爸开口说话了："我们知道能为上帝纯净伊甸园里的这些高大动物做些什么。"大爸爸和摩西一时之间又不出声了，老头快忍不住了，我的情况也好不到哪里去，我在想，在被这些陌生人控制之前，为什么他不大声嚷嚷着听一听他们的计划。但我知道为什么。现在只能做一件事：把卡车挪开。我们都不明白，没有机械设备的帮助怎么能做到这点，更不用说把长颈鹿从卡车里弄出来了。

然后摩西开口了："挂上挡。"

我看了看老头，他已经在看我了。显然他不想这么做，但还是朝我点了点头。我钻进卡车，挂上挡，一个念头突然闪过我的脑海：长颈鹿去哪儿，我就去哪儿。这个想法令我吃了一惊，几乎让我乱了阵脚。我瞥了一眼后视镜，更慌乱了。

在拐弯处，一辆绿色的帕卡德被挡在路边，看上去它试图绕过充当路障的儿子，但没有成功。红穿一件男式风衣站在那里，紧抓着她的相机，人肉路障的大拳头抓着她的胳膊。

"准备好了吗？"

摩西的声音把我的注意力拉回到卡车。

我点了点头。

"踩油门。"

我之前说过，卡车在轮胎爆裂之前几乎已经驶出了地下通道。它只是没有完全通过，无法停靠路边。大爸爸家族接下来要做的，就是把我们往前推几英寸，从通道出来，停到路肩上。加上我的重量一点也不重要，我轻如鸿毛。两个爆胎也不重要。路是上坡也不重要。长颈鹿四处走动，把脑袋伸出卡车两侧看热闹，也不重要。我踩油门的同时，大爸爸一家推着我、两只长颈鹿、两个爆胎，以及大卡车其余部分，通过地下通道后，还要留出几英尺的距离。他们呻吟着、咕哝着、喘息着、使出最后的力气喊着，卡车终于停到了桥那边狭窄的路肩上。

我转动钥匙关闭引擎，摩西又吹起知更鸟求爱似的口哨。弯道处的充当人肉路障的儿子让开了，让四辆车缓慢通过地下通道，然后让红通过，不过红没有跳进那辆帕卡德，而是举着相机朝我们飞奔而来。等我从车上下来时，老头站在那儿，张大嘴巴，我从没见过他如此目瞪口呆。红已经在那儿了，不停地咔嚓咔嚓拍照。

老头瞪着她。"你是谁？"

红伸出手。"你好，琼斯先生，我正在为《生活》杂志记录你的故事。伍迪会为我担保的，对吗，伍迪？"

"哦，看在上帝的分上……"老头呻吟着，"就是你差点害我们从山上掉下去丧命！走开，姑娘！"他转过身不理她，但这丝毫没有阻止她。她转过身，把镜头对准儿子们和叔叔们。然而，这时人肉路障又回来了，他把他的大手放在她的照相机上。

红倒吸一口气。

"老七觉得拍照前先问一下才礼貌，小姐。"大爸爸翻译道。

红听到这话愣了一下，盯着老七放在相机上的大手。"哦。对不起。我可以给你拍张照吗？"老七听后似乎满意了，把手放了下来。

与此同时，摩西一直在检查瘪了的后轮胎。"你有一个备用轮胎，"他说，"你没有两个。你需要两个。"

这是个显而易见的事实，老头忍住没回答。他问："你有这种尺寸的轮胎吗？我们可以掏钱买。"

摩西摇了摇头。

"你有没有电动泵，可以拖过来，让我们把那个备用轮胎装上去？"老头又试了一次，"我们必须在天黑前上路。"

摩西又摇了摇头。

老头想不出别的办法了，朝我这边瞥了一眼。情况看起来不太妙。

"你确定那些大家伙不能下来吗？"摩西说。

老头犹豫了一下。"如果它们不能，你们还能帮忙吗？"

大爸爸和摩西交换了一下眼色，然后摩西慢慢点了点头，一家人转过身，大步离开了。

我们剩下的人别无选择，只能等着，老头在生气，长颈鹿在抽鼻子，红则专心摆弄她的相机，修理旋钮，转动圆环，仿佛其他一切都不重要，甚至连她停在路边的漂亮汽车也不重要。然后她突然抬起头来。摩西拿着一个看起来和他一样秃的卡车轮胎回来了，儿子们成群结队跟在他后面。一组扛着两根劈开的长树干——有一个人的胸膛那么粗，另一组拖着一根长长的钢筋，还有一组滚动一块巨石——石头一面是平的，另一面是圆的，上面有一个树干大小的凹槽，他们把它平放在卡车后面几码远的地方，平的一面朝下。

儿子们的动作看上去很是娴熟，好像这事以前干过多次。他们用树干夹住钢筋，把它推到卡车底下，横跨在后轴上，然后把它的另一端放在巨石的凹槽里，做出了一个你见过的最奇怪的临时跷跷板。

然后，像唱诗班一样，所有儿子和叔叔们都齐刷刷爬上了悬在空中的圆木夹层末端。钢筋发出呻吟声，木头裂成碎片，卡车吱嘎作响,整个车身抬起了两英寸,足够摩西把两个瘪了的轮胎换成卡车的备用轮胎和他自己的秃轮胎。

摩西擦了擦手,儿子们和叔叔们一个接一个从跷跷板上下来,把长颈鹿和卡车缓缓放到地上,轮胎触地后弹跳一下,然后不动了。之后,跷跷板上的所有部件都回到带它们来的人手上,这些人默不作声,神情庄严地将它们搬了回去。

老头和我被这一勇气和肌肉的新壮举惊呆了。老七拍了拍老头的肩膀,把那顶压扁的软呢帽递给老头,老头接了过去,他也走上铁轨,不见了人影。

老头心不在焉地掸掉帽子上的灰尘,缓过神来能说话后,转向大爸爸。"我们该付给你多少钱?"

大爸爸转动着他的锄头,现在回想起来,我觉得他这是在展示家族的骄傲。"不要你的钱。"

"那么,我们该怎样感谢你呢?"老头问。

老七肩上扛着猎枪棚窗户里的小女孩,从铁轨上回来了,大爸爸脸上露出了微笑。

"小蜜蜂想见见这些动物,"他说,"如果你愿意的话。"

小蜜蜂在他耳边低语。

"小蜜蜂想知道它们的名字。"大爸爸补充说。

我看得出来,老头被迷住了。他朝我瞥了一眼,说:"嗯,小蜜蜂小姐,他们没告诉我们它们叫什么名字。不如你叫这一只'野丫头',另一只'野小子'吧。你觉得合适吗?"

于是,小蜜蜂有了自己的私人观众,老七把她举得足够高,让两只长颈鹿用鼻子好好跟她熟悉一番。

然后，大爸爸对老头说："这个旧轮胎走不远。我们明天可以把你们的两个轮胎修好。天快黑了。我们会安顿好你们。我们有个汽车旅馆。"他指了指前方大约三十英尺处的一条土路，那条路通向松树林，路旁又竖着一个"有色人种小屋"的牌子。"而且，"大爸爸接着说，"小蜜蜂希望你们留下来。在这儿可是小蜜蜂说了算。对吧，小蜜蜂？"

小女孩点点头。

"你们为我们做了这么多，还要款待我们，我们不胜荣幸。"老头说着，伸出手和大爸爸握手，大爸爸握了。老头露出灿烂的笑容，跟着大爸爸和摩西朝土路走去，他又变成了我在朗德汽车休息站看到的那位和女士们在一起时迷人的琼斯先生。

"你最好也来，小姐。"大爸爸回过头来喊道，老七和小蜜蜂走在红前面。

红的目光在"有色人种小屋"的牌子和老七之间来回扫视。"哦，嗯，不，谢谢……"

可是大爸爸已经走了，他一边走一边和老头说话。于是，随着小蜜蜂咯咯的笑声，我把车挂上挡，开上那条土路，老七用空着的手捡起瘪了的轮胎，领着红朝同一个方向走去，她的大风衣拖在尘土中。

我们朝三个小屋前行，它们被树林边上一排漂亮的枫树隔开——那就是大爸爸的汽车旅馆。第一间小屋前停了一辆闪亮的蓝色奥兹轿车，保险杠上系着一双旧鞋子[①]。我们经过时，一对穿着时髦的黑人夫妇走了出来，呆呆地看着我们。

来到第二间小屋，摩西安排红住在这里，留她一个人站在狭小门

[①] 美国新婚习俗之一，也有度蜜月的新婚夫妇车后拴易拉罐，都是在预示好运。

廊上,紧紧抓着相机。

然后,我们前往更远处的第三间小屋。我们经过一条岔路,岔路通往一栋粉刷成白色的两层楼房,房后的谷仓有房子两倍大。老头示意我先等一下,除了我和长颈鹿,其他人都朝那儿走去。几分钟后,摩西和老头回来了,我把车开到第三间小屋,老头跳上副驾驶一侧的脚踏板,打开门,上了车,开始飞快地说:"我突然想到,有些得克萨斯的农场男孩可能不愿意在这些好心人的有色人种汽车旅馆过夜。你是这种人吗?"

我摇了摇头。

"如果你是,你会告诉我吗?"

我又摇了摇头。

"很好。我也希望你不是。我还是希望你来守着卡车。儿子们想晚上轮流守夜,我肯定不会拒绝。他说派二儿子来值第一班。不过你要和长颈鹿待在一起。我告诉他们这是你的职责。"

"所以有一个儿子拿着大镰刀站在那里?"我朝那人点了点头——我猜那就是二儿子了。我停下车时,他已经站在一棵大枫树旁了。

"对,"老头边下车边说,"你可以睡在卡车驾驶室里。要是出了什么差错,我不好向女老板解释,还得多费一番口舌。所以不要离开。现在,安妮·梅太太和儿媳们正在准备一顿我从没见过的大餐,"说着,他朝那座大房子歪了歪头,"我们可以大吃一顿了,我去那儿,你在这儿。"

等我把卡车停在第三间小屋旁边,打开顶盖,喂长颈鹿喝了水,老头和安妮·梅太太的食物来了,老七把它们放在一个大盘子里端了过来，小蜜蜂仍然骑在他的肩膀上。他把盘子放在卡车引擎盖上，然后去找红。

红在拍小蜜蜂喂长颈鹿吃煎饼的照片，我享受起美味大餐来。真是太好吃了，能吃上这些，被困在这里也值了。这就是奖赏，没错。红放下相机，狼吞虎咽地吃起来，吃得比我还快。我们几乎把盘子舔了个净光，长颈鹿开始啃树，小蜜蜂把最后一块煎饼递给我，说来惭愧，我把它也吃了。太阳落山了，小蜜蜂和老七转身离开，顺便送红回第二间小屋。两只长颈鹿心满意足地咀嚼反刍，老头剔着牙，看上去无比满足，他朝第三间小屋走去，准备休息睡觉了。

就这样，夜幕降临，我们——我和长颈鹿——停在一家偏远的有色人种汽车旅馆。我回头最后看了一眼站在树荫里的二儿子，关上顶盖，对两只长颈鹿道了晚安。我的胃从来没有像现在这么饱，这么舒坦过，尽管我被困在树林里的一辆卡车里，不远处还站着一个拿着锋利镰刀的人，但是我感觉睡意袭来。我摇上车窗抵御寒冷，在驾驶室的座椅上伸开四肢，让自己舒服地睡了过去。副驾驶座的门把手嘎嘎作响。

我立马坐起身来，看着门把转动，车门开了。

红坐到我的座椅旁，仍然穿着那件大风衣。

她喘着粗气，锁上车门，用手捂着心口。"我想来看看你和长颈鹿……如果可以的话。"她环顾四周，像是在寻找老头的身影，接着说，"你还要在这里待一会儿，对吧？"

"一整晚。"我说。

她来了精神。"一整晚？"

我点了点头。

她拍拍胸口，回头望着月光下拿着镰刀站岗的二儿子的剪影，接着伸手锁上我这边的门。"我……我没怎么和黑人打过交道。你呢？"

我瞥了二儿子一眼，不知道该怎么回答。事实上，在爬上投奔库兹的火车之前，我从没见过黑人。如果我生活过的狭长地带有黑人，我也不知道他们在哪里，这让我觉得他们比我认识的所有白人都聪明。这并不意味着他们会受欢迎，尤其是在经济困难时期，许多人失业，失业的人需要有人比他们过得更惨。

红更用力地拍胸口的声音把我从思绪中拉了出来……她还在费力地喘气。"你害怕了？"我说。

她摇了摇头，我这个想法让她生气。她的呼吸仍然不正常。我以为惹恼了她，开始道歉，接着她喘得上气不接下气。她用手捂着胸口，喘着粗气——急促、绝望、空洞地喘着，自从妈妈和小妹妹的尘肺后，我再没听到过这种喘息声了。我以为再也听不到这样喘气的声音了，吓得一动不敢动。

她的喘息变慢，然后不再喘个不停。她把头发从脸上拨开，重重叹了口气，瘫倒在座位上。

我目瞪口呆地看着她。

"我有时会喘不过气来。"她说。

我还没有从眼前的景象中回过神来，仍然目瞪口呆。

于是红又叹了口气，说："我的心碎了。"

我知道她说的不是失恋，不由感到一阵恐惧。"你是什么意思？"

"我的意思是它真的碎了。"

我往后一仰。"这可不好笑。"

"这还用你说。"她喃喃地说。

我不知道该怎么想，更不知道该怎么做，而且肯定看上去也手足无措，因为她抓起我的手，把它放在她心口上。放在她丝绸衬衫的上面。放在她柔软圆润的胸脯上。

"风湿热。在我还是婴儿的时候得的，"她说，"心脏有问题，不是有节奏地跳动。感觉到了吗？"

我最后才感受到她的心跳。"什么？"我喃喃地说。

"我的心脏。你感觉到了吗？"

我强迫自己集中注意力，等待她的心跳。但没有动静。现在我把所有注意力都放在等待上。心跳开始时，节奏是这样的：怦怦……怦……怦怦怦……停顿……怦……停顿……停顿……停顿……停顿……怦。

我吓坏了，想更紧地抓住她的胸口，仿佛这样就可以强迫她的心脏好好跳动。"你是说它会停下吗？"我哽咽着说，"你会死？"

"也许吧。"她紧抿着嘴唇给了我一个微笑，"不过今晚应该不会。"

不知为何，我突然很生气，把手抽了回来。"那你跑到这儿来干什么？"

她歪着头，平静地说："伍迪，你难道没有太想得到什么，愿意不惜一切代价，甚至不惜搭上性命吗？"

我知道我有。就在两天前，我也这么想过。

但这不一样。

她凝视着车厢。"你知道野生长颈鹿最多只能活二十五年吗？它们的心脏衰竭得太快，我猜是因为心脏要不停地泵血到那么长的脖子上。它们不知道这一点真是很幸运。但是哦，它们那双眼睛真高啊。

它们见过世面。"

她那颗心脏怦怦跳动的声音还在我耳畔回响,我似乎失去了理智。她又开口说话了。

"什么?"

"我说,昨天在山上工作营地可真有意思啊!"她换了话题,不再谈论她可能马上会死的事实,仿佛我们在谈论天气,"多有趣啊。真像是一群伍迪啊!我觉得自己更像玛格丽特·伯克-怀特。你看过她拍的沙尘暴照片吗?啊,斯特雷奇,你长的这张脸,真像从照片里走出来的一样。"说着,她俯下身,用手捧起我的下巴。这一次,我确信她要亲吻我的嘴唇。不过她没有,而是全神贯注地看着我,仿佛用眼睛给我拍照一样。我像中了铅弹一样呆住了。从来没有人这样看过我,当然更没有人在月光下这样看过我。当时的我还不知道那是什么样的眼神。现在我知道了,那是一种"人类之爱"。但是,就像任何一个十七岁的男孩,尤其是一个被太多感情搅得不安分的男孩一样,我错把它当作个人感情,就像从我被捧在手中的脸涌向皮带扣下面强烈的兴奋一样。整件事令人困惑,让我脸红,我感谢全能的上帝,天太黑,她看不见。

"你是怎么到这儿来的,伍迪?"她轻声说,"你是怎么在沙尘暴和飓风中幸存下来,然后来开车运送长颈鹿的?"我没有回答,她笑了笑,放下双手,"幸好是你。我不知道在路上能相信谁,但我相信你,伍迪·尼克尔。"她朝长颈鹿那边瞥了一眼,"我想我们今晚不能去看它们了。真想它们啊。"她把头靠在窗户上,叹了口气,闭上了眼睛。

我坐在方向盘后面,除了月光树影下二儿子的身影,我看不见她那边的窗外有什么。不过,借着夜色遮掩,我可以很清楚地看着红。我盯着她看了似乎很久,当我开口和她说话时,我意识到自己还从来没有叫过她的真名。我差点脱口而出:红?

"奥古斯塔?"我低声说,这个词在我舌头上,感觉怪怪的。

我只听见她缓慢而稳定的呼吸。她睡着了。就在那一刻,我很想吻她。我想把她拉到我身边,把我的手放在她那火红的卷发上,像个成年男人一样吻她,好像这一吻可以结束我从车站开始练习的所有幻想的吻。但接着,红像只死虫子一样蜷缩在座位上,她的红色卷发散落在我的腿上。我僵住了,一动不动,努力去听她的呼吸。听不到时,我把手指放在她的鼻子下面,去感受她的气息。可没有感受到,我惊慌失措,伸手穿过她的卷发去摸她的脖子,等待她的心跳。仍然没有什么动静。心没有跳动……然后跳了。然后又没了。每次心跳漏过一拍,我就屏住呼吸,直到感觉到下一次心跳。就这么一次又一次。很长一段时间,我一动不动。我一定累坏了,最后睡了过去,因为接下来我不是专注于听红下一次呼吸声,而是听到我妈妈在叫我——

"小家伙,你在跟谁说话呀?"

……然后我在光天化日之下跑过我爸爸的耕地,我的靴子下面的泥土变成一片玉米地。

……我看到长颈鹿的脑袋从茎秆上面探出来。

……我听到奔流的水声。

……我听到步枪的枪响——我的步枪——不断回响,直到变成一个小女孩咯咯的笑声。

我猛地醒了,发现老七和小蜜蜂正透过窗户盯着我。天亮了,红不见了。

我的心狂跳着,从卡车里出来。老七朝红的小屋看了看,冲我笑了笑,这一幕让我不安。我从他们身边过去,打开活板门,忙着照顾长颈鹿。它们都在轻轻跺脚,仿佛纳闷我去了哪里。我把它们的水桶装满水,塞进活板门,然后爬上去打开顶盖,让它们够树叶吃。

我站在那里思绪万千,几乎无法动弹。我的玉米地噩梦又回来了,这已经够糟糕了,而我还因为红激动不安。我指的不是一个红发美女把你的手放在她隆起的胸脯上时任何一个男孩都会感受到的那种激动。我说的是因为感觉到红不正常的心跳而激动。听她喘息让我想起患了尘肺的妈妈,妈妈就是这样喘着,直到最后发出临终喉鸣。我看着生命的火花渐渐从妈妈眼里消失,那是唯一一双带着纯真的爱看向我的眼睛。

直到奥古斯塔·红也那样看着我。

听到下面有人说话,我才缓过神来。

"下来吧,小子。"

老头站在下面,手里提着一个麻袋。

"让宝贝们吃点吧。"他朝上面喊道,"他们修好了轮胎,得抓紧时间了。你要是在找那个姑娘,她已经走了。"

听到这话,我觉得自己的脸要红了,于是强迫自己不去想红,慢慢从车上下来。

一个儿子把满满一盘食物放到卡车引擎盖上。"来点安妮·梅太太做的香肠、粗玉米粉和肉汁吧,"老头说,"他们让咱们在这儿好好休息了一晚,我谢过他们了。有机会,你也该去谢谢他们。要有礼貌。"他打开车门,把麻袋扔进去,"杰克逊先生从他的花园里弄了一些洋葱,给我们'上帝纯净伊甸园里的高大生物'路上吃。"

"杰克逊先生?"我说。

"那是旅馆主人的名字,小子。你脸色不太好。快吃吧。吃了就好了。"

于是我吃了起来,安妮·梅太太的食物给了我莫大的安慰,让我平静下来。

长颈鹿们还在不停地啃树叶,大爸爸全家都来了,摩西还带了两个看上去完好的轮胎。他们重新架起跷跷板,很快就把轮胎安到了车轮上,连长颈鹿都没有把注意力从早餐上移开。

小蜜蜂的叔叔们安完轮胎后,我感觉她的目光又落在了我身上。我低头一看,她就在那儿,站在离我脚踝几英寸的地方。她咯咯地笑了,抓住我的瘦腿。

老头呵呵笑着拍拍我的背。"她一定以为你是只长颈鹿,你脖子上有个斑纹,"他指着我的胎记说,"是不是,小蜜蜂?"小蜜蜂点点头,老七又把她举起来,让她和真正的长颈鹿最后聊一聊。

然后老头和我爬到座位上,长颈鹿把脑袋伸出窗外,我们开始向绕行道路驶去,大爸爸全家人跟在后面列队欢送。

我们开车离开的时候,侧方后视镜出现了这些年来最让我难忘的画面——长颈鹿伸长了脖子看着坐在老七肩膀上挥手告别的小蜜蜂,大爸爸和所有儿子站立一旁,送我们安全上路。

……我的眼睛开始疲惫。

铅笔也开始变短了。

可是我停不下来。

我回头瞥了一眼窗户，看看野丫头还在不在。

它还在，上帝保佑。宝贝长颈鹿伸过脑袋，用它的大鼻子推了我一下。"好吧，好吧。"我说。我削了铅笔，深吸一口气，继续写了起来……可我还是忍不住纳闷。

你的眼睛在看这些文字吗？

你喜欢这个故事吗？

想到这里，我那颗苍老的心又揪紧了，让我无法好好思考。我知道我问的问题毫无意义，但在将近九十年后的今天，努力写下这些的同时，我也感到好奇。天知道我活了一个世纪之久，做过许多更可耻的事。就算把它们都写下来，也不会让我踟蹰不前，反正我已经这么老了。与一个人的战争经历相比，这不过是小事一桩。然而，直到今天，与长颈鹿同行的日子仍然深深刺痛着我，这有点不合常理。红的心已经破碎了，我却是一个没心没肺的人，我幼小的灵魂更是如此。我只能猜测，当你和两个"上帝纯洁伊甸园里的高大生物"一起在路上时，你将第一次发现真实自我的恶劣之处。无论你今后做什么来弥补，都永远不会忘记它。

我回头看了一眼窗户里可爱的长颈鹿，叹了口气。

对不起，姑娘。

我还是，真的，很抱歉。

第九章
穿越田纳西州

在查塔努加的这一边,沿着公路安静地行驶了几个小时,我们把车子开到一家德士古①加油站兼杂货店,周围是一片树叶肥美的小树林。检查了轮胎,正如老头所料,状况良好。所以,等那个穿着花哨的德士古星星制服的家伙见过长颈鹿,给我们加满油箱后,我就把车停在路边,让长颈鹿吃东西,然后爬回驾驶室。过了一会儿,老头从商店回来了,手里拿着一份香肠、几瓶苏打水和一份新报纸,把它们放在我们中间。

报纸头版上用黑体大字写着:**希特勒仍然选择宣战**。我的目光落在了那天的日期上——10月10日。

明天是我的生日。

我马上就十八岁了。

就在这时,一辆县副警官的车鸣着警笛呼啸而来,吓得两只长颈鹿开始摇晃,我也和往常一样紧张起来。

"嘿,你知道吗,"大腹便便的老警官说着,下了车,拉起裤子,

---

① Texaco,《财富》500强公司之一,总部所在地美国,主要经营炼油业务。

"我还认为那个公告是开玩笑呢。上面说要留意一个开一辆绿色帕卡德的女人,她跟在一辆载着非洲顶级动物的卡车后面。原来它们就在这儿啊。"

我退缩了一下。

"你说有个公告?"老头问。

"没错。"警官走到我的窗前,一只靴子踩在卡车脚踏板上,"大老远从纽约过来。我看过很多公告,但那篇最是出彩。说一个离家出走的妻子开一辆偷来的车追赶长颈鹿。"

"你说一个离家出走的妻子?"老头说。

我又退缩了。糟了。

"没错。开的是她丈夫的帕卡德。"

听到这里,我不得不握紧方向盘,以免握紧拳头。

"而且那女的连驾照都没有,"警官接着说,"可能夫妻两个半路发生了口角,但这不重要。一个女人独自在路上本身就让人生疑,真正正派的女人做不出这种事。没准她在和另一个男的幽会呢。"他不无正义感地哼了一声,"如果这样的话,我们这儿仍然支持《曼恩法案》[①],这个法案是关于,小伙子,"老警官说,"任何男人为了不道德的目的和一个女人跨越州界。"他离我很近,我都能闻到他嘴里的鼻烟味,"是的,我打赌她找了个有钱的老头。女人总是这样,尤其是漂亮女人。从公告的描述看,她是个真正的美女,一个一头红发的

[①] Mann Act,美国1910年6月在国会通过的一项法案,又名《白人奴隶运送法》。联邦政府打击卖良为娼和卖淫活动的警事法令。由伊利诺伊州众议员曼恩(James R.Mann)提出,故名。法令针对各州之间贩运妇女为娼的活动日益猖獗的状况,禁止在州际贸易中出于不道德的目的运送妇女和女孩。

荡妇。"

"那不代表她就是个荡妇!"

我没管住愚蠢的嘴巴,脱口而出。

警官把鼻烟汁吐到了肩膀上,用袖子擦了擦嘴。"这么说,"他朝我下流地抛了个媚眼,"我猜你见到她了。"

我垂下眼睛,我知道这和我脱口而出一样愚蠢。

"你可以说我们碰到她了,"老头说,"对不对,小子?"我咬着舌头,耸耸肩。

"她一个人吗?"警官问。

"好像是。"老头说,"她拍照片,说她是《生活》杂志的。"他停顿了一下,"对不对,小子?"

我又耸耸肩。感觉警官的眼睛还在盯着我,我很担心接下来会发生什么。

"你叫什么名字,小子?"警官问。

老头插嘴说:"他叫伍德罗·威尔逊·尼克尔,警官。"

"这个名字听起来有点耳熟。我们见过面吗,伍德罗·威尔逊·尼克尔先生?"

我摇摇头,现在确信他读的公告里一定有一则关于狭长地带的内容。

"他的名字是跟一位总统的名字起的。也许是这样,"老头又插嘴说,"警官,他已经给我们开了好几天车了,干得很好。"

"虽说是这样,也许我应该趁着在这儿,检查一下他的驾照。拿出来看看,小子。"

然而,就在这时,我看见一辆绿色帕卡德开了过来——方向盘后面闪过红色卷发。我努力不去看。上帝知道我努力了,但我还是看了过去。我看的时候,警官也看了。

"什么鬼……是那个荡妇吗?"大腹便便的老警官转身速度太快,差点摔在地上。帕卡德加速行驶,在拐弯处消失了。"待在这里!你们都别动!"他用嘶哑的声音朝我们喊道,爬上他的巡逻车,开始追赶红。

"当我们是什么了,"老头说,"我们走。"我急忙把车开到路上,老头一直用空洞的眼神盯着我,"关于这个姑娘,你有什么要告诉我的吗?"

我摇了摇头,摇得有点太快,太用力。

虽然我对红一无所知,但我表现得好像我知道什么而心怀鬼胎似的,但我知道的更多的是关于我自己的。就算她抢了银行我也不在乎,因为我自己干的事也是半斤八两。我才不在乎她是不是离家出走呢,因为要不是爸爸妈妈死在我前面,我自己可能也会离家出走。

但她是个"妻子"?这才是我在乎的。上帝保佑,这个比她那颗垂死的心脏更重要。但我听到自己说:"要是她再出现,你会告发她吗?"

"我见了很多漂亮女人都会着迷,所以我知道你的感受。"他回答说,"我们的麻烦够多了,小子。所以没错,我会告发她。要是那个姑娘没撒谎,她就会没事。要是她撒谎,我们没有她更好——"可是老头还没把话说完,嘴里突然发出一长串咒骂,声音大得足以把我吓得魂飞魄散。他朝我身后张大嘴巴。公路经过铁路站场,公路和铁轨之间的空地上正是那个马戏团,他们结束了查塔努加的表演后正在收拾行李。这回长颈鹿无处躲藏了。在离我们不到三十码的地方,两个男人正把一块新牌子挂在红色车尾上:"今晚马斯尔肖尔斯①见!"

老头只看到了马戏团,而我却目不转睛地盯着铁路站场。这是我去投奔库兹,路上花光了妈妈玻璃罐里的钱后第一次跳上货运列车的地方。当时我在车站周围四处寻找食物,不知道干什么,还碰到和我年龄相仿的扒火车的人。那时候,成千上万的流浪儿跟无家可归的流浪汉一起搭乘货运列车。现在我的耳边还回响着他们一些人大喊的声音:这是自由,伙计!耕田养牛是傻瓜才干的事!于是我加入他们的队伍,身为农场小子的我正是那个感觉。自由。我们现在离马戏团很近了,我努力不去听,但还是无法忽视可恶的喧闹声——动物的咆哮声、哀号声、男人的怒吼声和鞭子的抽打声。

"加速!"老头喊道。

但就在我加速时,那位大腹便便的警官又出现在我们面前,示意我们靠边停车。

我把车靠路肩停下,我感觉老头要崩溃了。对面就是令人撕心裂肺的喧闹声,笨重的牲口车离我们只有一箭之遥。

警官把巡逻车开到近前,喊道:"你们看见她了吗?那个荡妇掉头回来了没有?"

我们摇了摇头。

"这次待在原地别动!一动也不许动!"他将巡逻车掉头,又走了。

于是我们原地待着,随着吼叫、哀嚎和鞭子抽打的声音越来越大、越来越响、越来越刺耳,我们也越来越痛苦,最后老头火冒三丈。"看看那些狗娘养的是怎么对待他们的大象的!"他喊道。

---

① Muscle Shoals,城市名,位于美国阿拉巴马州。

我不想看。老天知道我不想看。可是我看了，之后就无法移开视线。工人们用带尖的杆子戳大象，把它们赶上牲口车，大象们发出凄惨的号叫。

"你知道马戏团的人怎么称呼这些了不起的动物吗？他们叫它们橡皮牛！"老头气急败坏地说，"看到他们一直戳'橡皮牛'的杆子了吗？那叫牛钩，上面有三英寸长带刺的长钉！你可以把牛钩刺进大象身体的一些部位，让它们疼痛，非常疼痛。像这样的廉价马戏团，总有一些卑微的小人从寻找这些部位中得到变态的快乐。"接着他的声音低沉下来，变得冷酷，"以至于你希望大象能像狮子一样，扑上去撕扯他们……以至于它们不这样做，你会感到撕心裂肺的难受……以至于一个有良心的人只能眼睁睁看着一个卑鄙小人愉快地使用钩子，直到有一天他也让这个小人尝尝牛钩扎在他卑鄙可怜的皮肤上是什么滋味。"我还没来得及琢磨刚才听到的话，他又说："不，那边就是那样阴险的马戏团，说不定他们还打算弄几只长颈鹿呢。让那个警官见鬼去吧，我们离开这里！"

我这个笨蛋这才恍然大悟，老头是怎么知道这一切的。他在马戏团工作过，甚至可能小时候就从家里跑出来加入了马戏团。加速驶出铁路站场时，我很确定这一点，差点开口问他。他还在瞪着大象，想着我不想听的心事，满脑子都是我不想知道的马戏团的事，而噩梦、无力的心脏和离家出走的妻子已经让我无力招架了，以至于当我看到几个流浪汉和扒火车的家伙跑着跳上一列缓慢行驶的货运列车时，我真希望自己也能跳上去，离开这儿。

自由，伙计！

然而，我看到一个背着一口煮锅的流浪汉在铁轨上绊了一跤，他拼命挣扎着爬起来避免被撞到，这时我看到了他的脸。这是所有流浪汉的脸……饱经风霜、污渍斑斑、愁眉苦脸……就像我之前在火车上看到的那个被抢了鞋子扔下摔死的流浪汉的脸。

那段压抑在内心的记忆差点让我把车开出路面，长颈鹿的脖子摇晃不稳，老头被甩到仪表盘上，情况比在华盛顿特区时还糟。我还以为老头恨不得把我吃掉，然而他的心思还在马戏团上，只是斥责了我一句。

走了五英里我才恢复了平稳驾驶，又过了五英里，我才摆脱那张流浪汉的脸。那时我们早就驶过查塔努加，周围再次出现了农田，路边是商店的广告牌，兜售果酱和果冻、高粱糖浆和苹果酒、皇冠可乐[1]和贾克斯啤酒[2]。

在我这边，公路沿着铁路延伸，只有一小排松树作为分界线。一英里又一英里，老头一直盯着那排树，我真希望自己不知道他为什么那样做。我们能听到一列火车驶来的声音，几秒钟后，一列快速行驶的货运火车从对面呼啸而过。火车咔嗒咔嗒，声音很吵，两只长颈鹿都把脑袋伸到火车那边，力道太大，以至于卡车离开了路面。我把身体朝另一边倾斜，好像这样就可以阻止重心过高的卡车撞到树上。老头也这么做了，他在喧闹声中大喊，示意我靠边停车。于是我使劲刹车，把车开到路肩停了下来。货运火车呼啸向前，老头抓起大爸爸的麻袋，爬上远离火车的一边，开始把洋葱一个接一个扔进长颈鹿的窗

---

[1] RC Cola，世界上最早的可乐，百事可乐和可口可乐后来居上，占领了软饮料市场。
[2] Jax Beer，贾克斯酿酒公司（佛罗里达州杰克逊维尔的一家地区性啤酒厂，运营时间为1913年至1956年）出品的啤酒。——编者注

户。他这是在尝试让长颈鹿把头缩进去，它们照做了。虽然我们现在知道窗闩对长颈鹿来说毫无作用，但他还是闩上了窗户。长长的火车驶过，我们的耳朵仍然嗡嗡作响。老头和我坐在卡车驾驶室里，一动也不想动，直到回声渐渐消失。

"铁轨还要贴着公路多长时间？"我鼓起勇气问。

"一整天。"老头回答道。

接下来的一个小时里，我们开着车，看着铁轨和后视镜。长颈鹿在车里很安静，天空变得灰蒙蒙的，我们的心情也一样。我不停地回头寻找红。漂亮的公路上有许多车，但唯独没有那辆绿色帕卡德。如果她在那里——我知道她还在——那表示她很好地躲过了警察和我们。

最后，我们又听到一列火车驶来的声音，这一次是从我们身后。后视镜里闪烁着黄色和红色，我们知道这是马戏团的火车。载着大象、马和狮子的火车车厢上贴着海报，上面是小丑和一个戴高顶礼帽的马戏团指挥，它们一点一点靠近我们，直到与我们并肩行驶。

这一次没有路肩可以把车停下来了。我别无选择，只能继续前进。老头焦急地看着前面的路，寻找岔路口，可没有找到。

火车现在离我们很近了，那些狮子差不多就和在我们卡车驾驶室里一样。唯一令人欣慰的是长颈鹿仍然安静地待在卡车里，没有伸出脑袋。

"加油，宝贝们……待在里面不要动。"老头不停地低声说着，每隔几秒钟就回头看一眼关着的窗户，"千万不要动。"

但接下来马戏团的一只狮子吼了一声，长颈鹿们探出脑袋寻找狮子。就这样，长颈鹿被发现了。第一个注意到它们的是一位坐在卧铺车窗旁边的络腮女人①。接着，一个大腹便便、留八字胡的男人掀起窗户，把半个身子探出窗外看。那人就是马里兰州那趟火车车尾的家伙。

我以为老头要原地爆炸了，他指着前面一条乡间小路大喊起来，那架势很是疯狂。我一个急转弯，转得太快，几乎只用了两个轮子，一直往前开，直到我们看到红色车尾经过，车尾上新的标语迎风招展："今晚马斯尔肖尔斯见！"

等我们沿着蜿蜒曲折的小路回到公路上时，火车轨道已经转向，马戏团肯定一路去了马斯尔肖尔斯。

接下来在李公路上的二十英里风平浪静。我们已经默不作声行驶过很多英里，但这次沉默很是响亮。天空越来越暗，我们开进一片低洼地，一场小风暴正在酝酿，突然间浓雾弥漫。我们后面的车辆就和消失了一样，什么也看不清了。

在长达十分钟的时间里，我们行驶得极为缓慢，希望其他车辆也一样。

雾中，一个路牌一闪而过：

耶勒现代游客营地
前方100码

"把车开到那里，"老头命令道，"我们会想办法，明天趁他们忙着装车，躲过那辆火车去孟菲斯。时间把握得好的话，我们能抢到他们前面到达他们的掉头站，就这样。"

"他们会掉头回来吗？"

---

① 指长有胡须的女性，通常在马戏团或猎奇展览中进行特殊表演。

"这是个南方巡回马戏团,"他说,"除非情况有变。而情况是不会变的。"

前方 100 码,那个路牌又出现了。

耶勒现代游客营地
你已到达

我们能辨认出入口处高大的松树,树干被粉刷成亮黄色。我把车开向那块红色"办公室"霓虹灯招牌,它像雾灯一样在树林中央闪闪发光。

这是个拖车式活动房屋营地,不是汽车旅馆。除了房主的拖车和一些看起来像是租来的拖车外,似乎在我们之外没有别的客人,不过因为大雾我们也不确定。耶勒本人见过长颈鹿,我们吃光了他摆在拖车桌子上的食物后,他点上灯笼。

"你们能在大雾中看到我们的招牌,对那些家伙来说真是太好了,"耶勒朝长颈鹿点了点头,"马斯尔肖尔斯这一带方圆几英里只有我们这一家。"

他打着灯笼,我们跟着他穿过大雾,来到我们租的拖车三十码外,他示意我把卡车停在营地边上一排枝叶繁茂的树下。大雾越来越浓,发黄的树干环绕着我们,仿佛把整个世界框了起来。耶勒把灯笼挂在一棵树上,挥了挥手,朝办公室的霓虹灯走了回去。

雾中的黄昏有些怪异。我们照顾长颈鹿时,周围的光线从灰白变成灰,又变成灰黑,最后只剩下散布在荒凉的营地周围的灯笼发出的光。老头宣布他和往常一样先去睡觉,然后去了我们的拖车。

不过我没有和往常一样。我没有爬上卡车,躺在两只长颈鹿之间的木板上伸开四肢，遥望星星。那天晚上我不会去看星星，但不是因为下雾。事实上，长颈鹿一反常，不等它们靠近我，我就关上了它们的窗户和顶盖，也关上了我的心门。我坐在脚踏板上，心烦意乱，疲惫不堪，心里想着被杀害的流浪汉、橡皮牛和离家出走的妻子，不知道应该先为什么烦恼。我不得不提醒自己，我们明天就到孟菲斯了。再过一天，这些都无关紧要了。我就要踏上去加利福尼亚的旅途了。我不停地重复着，很快我就沉浸在自我满足的遐想中，幻想自己坐上一列豪华的卧铺列车，开往奶与蜜之地，在那里我将像国王一样生活，从树上摘果子，从葡萄藤上摘葡萄，啜饮清澈凉爽的河水。

我只需等明天到来。

我准备熬过一个比往常更漫长的夜晚，环顾四周，等待红的身影出现，然后才想起我并不太希望她出现。不过这并没有阻止我期待她的到来。事实上，我是那么充满期待，以至于看到有什么东西在动时，我站起身，前去迎接奥古斯塔·红。

然而并不是红。从暗处出现一个高大的身影，那人像是在树林里悠闲地散步。不等我看清他的脸，他来到了我跟前。从雾中首先出现的似乎是他的八字胡。他就是火车上那个大腹便便的男人——穿黄色燕尾服套装，系红领结，脚蹬及膝长筒靴，就像是从火车海报上跳下来的，马戏团指挥变成了活人。他甚至还戴着高顶礼帽。接着我注意到他手里的东西。是一根象牙柄手杖。我听别人说过这种手杖里能藏枪。真希望老头的猎枪在我手里。

"珀西瓦尔·T. 鲍尔斯随时为您效劳，"他说着，轻轻碰了碰他的高顶礼帽，"不知您是哪位？"

"不关你的事。"我说，我的眼睛盯着他的手杖。

他把双手放在手杖上。"你看上去是个不错的年轻人。也许你见过我们的马戏团列车,鲍尔斯和沃特斯巡回马戏团盛大演出。"他继续说,露出土狼一样的牙齿,我猜那是微笑。

"我见过。"

他用胖胖的手指敲打手杖顶端。"你话不多,是吗?这是聪明人的表现。你喜欢马戏团吗,孩子?"

"别叫我孩子。"

"啊。一个聪明人,还是个讲究人。佩服,佩服。"他继续说下去,"我们就在这条路上。今晚有两场演出。你也看到了,我正往那儿赶。"他朝自己的衣服点点头,接着从胸前口袋里掏出几张票,补充说,"这里有一些免费入场券,如果你愿意加入我们的话。马戏团指挥的豪华套票。"

"我不要。"

他又露出土狼一样的微笑。"一点也不怪你。你这儿就有个马戏团,对吗?"

他把票放回胸前的口袋时,把礼服外套打开一角,我发现了他屁股上的枪套。

他看见我看见了。

"啊。"他用手指摸了摸,"我是不是忘了说,我还是驯兽师?你知道,一个驯兽师永远不知道什么时候得杀死一头野兽。"他把一只手放在另一只手上面,越过我盯着卡车,"你干的这份工作真不错。"

"不是工作,"我说,"只是开车拉它们。"

"好吧,听着,我给你提供一份工作。我正要雇人。很快我自己也要有长颈鹿了。"

我脖子后面的汗毛直竖起来。这是过去我在狭长地带灌木丛中打猎时常有的感觉,就像一双野兽的眼睛在注视着我。我眯着眼睛向周围的浓雾看去,这时马戏团指挥把手杖放在一只胳膊上,又从胸前口袋里掏出一个东西。他把它放在掌心,然后张开拳头,朝我递过来。这是一枚 20 美元面值的双鹰金币[①],我还是第一次见,树上的灯笼发出的光让它看上去越发金灿灿的。

"接住!"说着,他把它扔给我。

我接住它,使劲忍着才没有紧紧攥住那金币。"感觉不错,是吗?"说着,他伸手从我掌心里拿走金币,"你打不打赌?我相信你会同意五成赔率相当不错,对不对?你喜欢这枚双鹰金币吗?只需要猜对正面或反面,它就是你的了。"他把硬币翻过来,啪的一声拍在手背上,"猜。"

我没有听他的,他歪着头说:"来吧,年轻人。哪一面?正面,还是反面?要是你赢了,不拿走也行。就是好玩。"

我停顿了一下:"正面。"

他抬起捂住硬币的手。是反面。接着,他咧着嘴笑了,那笑容油腻极了,人都可以在上面滑倒。他把硬币翻过来……另一边也是反面。

我猛地回过神来。"你在耍什么花招!"

[①] 1933 年版 20 美元面值的金币称为"双鹰币",在收藏界素有"硬币中的蒙娜丽莎"之称。这种硬币一面为自由女神手持火炬和橄榄枝,另一面为一只飞翔的老鹰。双鹰币铸成之后,不等进入流通领域,就被施行新政的罗斯福总统叫停使用,流传民间的少数藏品极为珍贵。

"好把戏,是不是?回回奏效。你听有人说过'反面朝上'①吗?"他把硬币递过来,"这是你的了。像你这样聪明的年轻人,会好好利用它的。"

"我不要。"我喃喃地说,"我不喜欢玩把戏。"

"啊,还是一个诚实的人呢。"他抖了抖手腕,掌心里出现了两枚金币。他又抖了一下,只剩一枚了。"年轻人,我保证不要花招。只提供像样的服务。这是一枚真正的20美元双鹰金币。拿着。好好看看。"

我把它在他手掌里翻过来。这次没错,有两个面——一个正面,一个反面。

"你只要让我看一眼飓风长颈鹿。"他朝卡车点了点头说。

"你是怎么知道的?"

"哎呀,你可是很有名的,年轻人。你在路上的事上了所有报纸。我猜你就会走李公路,我猜对了。你觉得怎么样?就看一眼,这枚金币就是你的了。"我没有马上抓过来,他就用粗大的拇指和食指捏住它,伸出来,那东西在灯笼的照耀下闪闪发光。

真正的金子就摆在我面前,我完全忘记了那枚变戏法的硬币,忘记了老头在铁路边看到马戏团时的情绪发作,几乎一切都被抛到了九霄云外。那个年代五分钱就能买一个热狗和一瓶汽水,拥有二十美元金币简直就和成为大富翁约翰·D.洛克菲勒没什么两样。我不仅想要,而且确实需要它。在艰难时期,对一个穷苦小子来说,没有什么

---

① 扔硬币有两个面,反面朝上是 tails up,正面朝上是 heads up。另外 heads up 还是常用的表达,有提醒别人注意、当心的意思。前文说到的"接住!"原文即为 heads up,语意双关。

交易比这种出卖灵魂的肮脏交易更诱人了。我喝过风滚草汤,垂涎过饥肠辘辘的流浪汉用火桶煮的浣熊内脏。直到在军队服役多年以后,我才不必再担心明天能不能填饱肚子。到孟菲斯我就得靠自己了,不是吗?我盯着那枚金币对自己说。就算有了一张去加利福尼亚的票,我很快就是个饿肚子的穷光蛋了,不是吗?这时,我这个年轻的傻瓜开始琢磨如何既能得到那金币,又不伤害长颈鹿和老头。我不知天高地厚,相信自己一定能做到,但我不知道,没有人能在跟魔鬼的交易中两全其美,世间的一切都要付出代价,要么是天堂,要么是地狱,没有中间地带。

我伸手去拿双鹰金币。

他把它藏在手里。"先让我看一眼。"

于是我踏上挡泥板,打开长颈鹿的窗户。听到我靠近的声音,两只长颈鹿主动把脑袋伸了出来。

"啊啊啊啊啊。"马戏团指挥开心地哼叫道,眼睛闪闪发亮,"它们是这么高贵!而且那么年轻!完美,完美。"

然而,两只长颈鹿看了他一眼,就把脑袋缩了回去。

他呻吟道:"不,不,不,让它们出来!"

我早就知道你不能让长颈鹿做任何事情,而他似乎不知道。我以为这样就行了。"你看到它们了。咱们说好了的。"我说,眼睛盯着他紧握的拳头。

"但我必须看到更多。"他伸开拿着金子的手掌,"再多看一会儿,它就是你的了。我向你保证。"

我在金币和卡车之间来回扫视,盘算怎样最不费力气拿到那枚金币。考虑到他已经看见长颈鹿的脑袋了,于是我打开活板门,露出两只长颈鹿的下半身,希望这样就足够了。

然而并非如此。

"来吧,你可以做得更好。"我的想法只是打开顶盖让他往下看一眼。我爬上侧边梯子,以为那个胖墩墩的马戏团指挥会跟在后面。

"年轻人,"他一边揉着肚子,一边朝上喊道,"肯定还有别的办法。"见我没有立即行动,他又朝我挥舞着那枚金币。我想不出还有什么别的办法。他现在把金币放在张开的手掌上弹来弹去,让它在灯光下闪闪发光。那只双鹰就在那里,金灿灿的,闪闪发光。等着,等着我。"这是你的,小子!难道你不想要吗?"

我强迫自己将目光从硬币上移开,环顾四周,我的目光落在我手边的一个大夹钳上,这是四个重重的"斜坡"夹钳中的一个,能让整个侧面竖起来。也许我可以把侧面放低一点,只是一点,我想。我以前没碰过这些夹钳,也不知道侧面有多重,这都没关系。诱惑无论大小,都很糟糕。我告诉自己,就放下一半——最多到这一步。

我先打开顶盖,然后开始处理侧面的夹钳。老头安得很牢固,以便撑完整个行程,我必须松动它们。你可能以为这会给我一些时间思考我这是在做什么。但是那枚金币仍然让我相信,我可以智胜一只让我变聋变哑失去辨别能力的肥猫①。除了金币,其他我都顾不上了。最后一个夹钳打开时,我抓住中间部分,一只靴子踩在挡泥板上——我只打算到这一步——放下板条箱一侧。自从长颈鹿被装进板条箱后,这还是第一次。珀西瓦尔·T.鲍尔斯先生看着我的一举一动,我简直和画了张怎么操作的演示图差不多。这比傻瓜做蠢事还糟糕,这是自私和致命的行为,我马上就后悔了。我从上面下来,在被雾气

---

① 原文 fat cat,指有钱有权的富豪。考虑到此人的体形,保留"肥猫"译文。

打湿的挡泥板上没有站稳，仰面朝天摔倒在泥地上，整个车厢一侧都倒下来压在了我的胸部。

突然之间，长颈鹿和我们之间什么都没有了。它们惊慌起来，后腿站立，摇晃卡车，准备好去踢任何靠到近前的人。而我就在近前。我和它们目光相接。

它们那充满信任的棕眼睛充满了恐惧和困惑，我感觉我的心都要碎了。我仿佛瞥见了它们宽宏大度的长颈鹿灵魂，而它们，上帝保佑，它们也瞥见了我那副可怜样，因为它们开始把脆弱的腿离开侧面，离我远远的。长颈鹿已经看出我的真实面目——一头"狮子"。它们随时都会像对待狮子一样对待我，它们会从车厢里下来一脚把我踢死，我罪有应得。

如果我不快点做些什么，我们就都完了。

我慌忙爬起来，把全身重量都聚集到那块倒下的车身侧板下，设法把它推了起来，又跳回到挡泥板上，把这个沉重的东西从头顶上推过去，把它快速夹紧，直到顶部和两侧都被紧紧固定住。

我跌坐在地上，盯着长颈鹿的窗户，祈祷它们出现。然而我却听到了那个我希望永远不要再听到的声音——那个小混混出现之夜长颈鹿发出的恐怖号叫。我爬上侧边梯子，开始隔着板条尽我所能学着老头的样子跟长颈鹿低语，我害怕，我也知道，它们再也不会信任我了。然而，令我震惊的是，我继续低语时，它们的呻吟声开始变小。我提高了音量。几秒钟之内，两只长颈鹿都安静下来，然后它们朝我走来，原谅了我的背叛。

这太让人受不了了。刹那间，我在它们的眼里看到了我的母马那双充满信任的苹果棕色眼睛，回忆起促使我投奔库兹的确凿罪行，我想对长颈鹿大吼一声:你们不要原谅我,不许原谅!然而我倒在地上,弯下腰以免昏过去,我知道我躲过了一颗自己射出的子弹。

"冷静点,小伙子,"我听见鲍尔斯说,"它们只是畜生。"听到他的嘴里冒出和我爸爸说过的一模一样的话,要不是还感觉到雾中有一双注视着我们的眼睛,我真想一拳朝他的胖脸揍过去。"你得提醒它们谁是老大,就是这样。"他继续说,"来,我们再试一次。"

我坐直身子,强迫自己把目光从他攥着金币的拳头上移开。"你要是还想看,别找我了。"

他打量了我一会儿,现在灯笼的光线让他看上去就像恶魔撒旦。"啊,那我找谁呢?"

"琼斯先生。"我喃喃地说。

"这位琼斯先生在哪儿?"

"我不想吵醒他。"

"那好吧。"他龇牙露出土狼一样的笑容,"这枚20美元金币还是你的,还会有更多。年轻人,我们生活在一个充满机遇的时代。记住,想得到什么就去努力,这对你有好处。这个工作邀请仍然有效。珀西瓦尔·鲍尔斯是你的好朋友。"他回头看看卡车,"真可惜,不是吗?这些动物这么难得,死得又快,而且它们死前从不繁殖。但是,天哪,只要它们活着,就有钱赚。给你。"

在听到"这枚金币还是你的"之后,我就听不见别的了,过后我才意识到他说了什么,以及他的话的真正含义。因为就在那时,他张开了拳头。我的双鹰金币就在那里。我抓起它,迅速看了看两面,不等他改变主意,就把它塞进了我的口袋。

"我明天早上再来跟你的琼斯先生谈谈。"他用手碰了碰那顶傻乎乎的帽子，然后消失在雾中。即便没有一个穿黄西装，戴高顶礼帽，穿黑靴子的人被吞没其中，光是这雾就已经够吓人的了。

我坐在脚踏板上，拿出那枚金币，就着灯笼的光打量它。我一定盯着它看了很久很久，因为当老头从雾中出现接替我时，我还在盯着它看。我赶紧把它塞到口袋里。

"一切都好吧？"老头说。

我点点头，匆匆从他身边走过，去了租来的拖车，扑通倒在折叠床上，凝视着黑暗。我花了几个小时等着夜晚结束，用手指摸着我崭新的金币，脑子里只想着到孟菲斯之后的车票，就这样一直到天亮。

但到了黎明时分，我一定睡着了，因为我似乎又听到了从遥远的地方传来长颈鹿恐怖的号叫，就像在梦中一样。

我坐起来倾听，可是我听见的声音好像是……是红。

"伍迪！伍迪——！"

我只穿着内衣和靴子，急忙打开拖车门，透过树间的雾气看过去，眼前的景象令我不寒而栗。

一片玉米田。

"伍迪！"

三十码外，红正站在卡车旁。卡车整个侧面大开着，面向田野，她张大嘴巴，目瞪口呆。看着旅行车厢。

我飞快地跑过碎石和松果，朝她看的地方望过去，眼前的景象差点让我跪倒在地。野小子勉强还算在车厢里，身子朝前倾斜得厉害，重力的作用很快会让它做出下一步动作。

但野丫头不见了。

身后，我又听到长颈鹿恐怖的号叫，这一次声音又大又长。我猛地转身，看到田野另一头一片骚动，到处是被压扁的玉米秆。野丫头就在那儿，长长的脖子从干玉米秆上面伸出来。两个男人朝它走过去，一个在拉套在它脖子上的套索，一个手里转动着另一个套索……而它在踢……踢这些"狮子"。

如果这景象还不够恐怖的话，老头就站在我和他们中间，摇摇晃晃地像个醉汉，拿着猎枪瞄准他们。要是他用那样的枪开枪，更有可能击中野丫头，而不是来偷它的恶魔。我必须阻止他。

但我听到野小子在我身后跺脚，于是迅速转过身来。它在用蹄子刨倒在地上的车身侧板。它得去找野丫头。我再一次使出全身力气，把这块嵌板竖起来，竖到它面前，红也帮忙推，然后我从卡车驾驶室抓起步枪，向老头冲去。

我刚跑到一半的地方，就听到猎枪枪响了。

我惊呆了，趔趄了一下，步枪掉到玉米秆里。我准备好迎接看到的景象。

但老头没有打中。他跪倒在地。

玉米地那边，那两个人知道老头现在阻止不了他们了，于是又开始行动起来。一个人在弄缠在野丫头脖子上的绳子，野丫头把他像玩偶一样甩来甩去，最后后腿站立。另一个人的绳子套住了目标——它的前腿。他把绳子拉紧，现在野丫头的腿张开了，他们正在逼近。

我盯着眼前的景象看了一会儿，除了自己剧烈的心跳声，什么也听不见。然后我拿起步枪，站起身，瞄准，开枪。

那个用绳子套长颈鹿腿的家伙倒在被压扁的玉米秆上，另一个家伙躲了起来，我只听到噩梦中步枪的枪响……因为这不是我第一次开枪打人了。

两个家伙消失在玉米地里，紧接着，我看到黄色和红色条纹在玉米秆中间飞驰而去。

他们的卡车呼啸而去，我盯着眼前令人心碎的景象。野丫头在玉米秆中间慢慢晃悠，脖子上挂着一根绳子。

老头吃力地站起来，跟跟跄跄朝野丫头走去。我的心都提到了嗓子眼儿，我一字不差地记得他在华盛顿特区说过的话。

绝对不能让长颈鹿从卡车里出来，因为一旦它们出来了，我们就不能保证再把它们弄进去，它们就只有死路一条。

老头又跌倒了。我跑过去。血从他的脸上流下来。他试图站起来，但没有成功。我抓住他的一只胳膊，努力把他扶起来。这时红也过来了，脖子上的相机晃来晃去，她抓住老头另一只胳膊。

"去把卡车开过来。"我们扶他站起来时，他喘着气说。

我跑向卡车。起动机后面的电线晃来晃去，我把它们塞回去，发动引擎，拉着野小子进了玉米地，玉米秆一路倒在地上。

我们在老头身后停下，他现在蹲在地上，对着二十码外的野丫头低语。野丫头晃动着细长的腿，绳子也随之摆动，好像做好了迎接更多狮子的准备。

"让它看见野小子，小子。"老头回头喊道。

我打开野小子的活板门。野小子探出了脑袋，一看到野丫头，便开始撞击卡车一侧，想接近野丫头。

"放轻松……放轻松，野丫头。"老头轻声说着，一边低声朝我的方向说，"把侧边放低，我们得把它弄回去。"

"可是野小子不会出去吧？"

"除非它摔下来。它会想下来，但自己下不来。除非野丫头开始跑开。那我就不知道它会怎样了。但那不会是好事。"

野小子的脑袋还露在外面,它使劲地撞车厢,整个卡车的骨架都在颤抖。

然而,看到野小子,野丫头的摇摆慢了下来,踉踉跄跄地向我们走来。老头低声咒骂起来,我明白为什么了——它伤腿上的夹板开了一半。血淋淋的。它现在用三条腿保持平衡,尽量不用那条受伤的腿。

老头朝它走去,它踢了一脚。很是无力,让人心碎。这一踢,绷带更松了。再踢一脚它可能会摔倒在地,一旦摔倒,可能就再也站不起来了。

"洋葱——"老头低声朝后面说。我抓起一个洋葱,塞进老头等着的手中,然后后退。

野丫头的鼻子闻到了洋葱。老头又试着向它走过去,把洋葱伸过去。它仍然不肯接,准备再踢出无力的一脚——也许是最后一脚。

老头迅速后退,放下洋葱。

一秒钟过去了。我往前凑近一些,想看得更清楚。野丫头的脖子随着我动,老头看见了。

"再近些。"老头低声对我说。

我又走近一些。

野丫头前后摆动着脖子,上下打量着我。

"再近些!"老头低声说。

我强迫自己再往前挪动。我已经够近了,它可以踢到我。老头又一次伸出洋葱,这次是递给我。我本应接过来,但我的身子不听使唤了。相反,我在努力抵制自己也想消失在玉米秆里的冲动,这样我就不用成为老头拯救上面那只惊恐万分的长颈鹿的救星了。

"拿着!"老头命令道。然而我还是一动不动,他爬到我身边,把洋葱塞进我的口袋,把我往前一推。

野丫头翕动着鼻孔,摇摇晃晃地向我走来,离我很近,那根没用的绳子晃来晃去,一伸手就能够着。然后,就像在检疫站的第一晚一样,它低下脖子去嗅我的洋葱。我从口袋里掏出洋葱,举起来。它的舌头一卷,脖子一抬,洋葱就咽下了肚。

老头侧身靠近,把大爸爸的麻袋丢在我脚边,低声说:"把这些给它!"我从麻袋里拿出一个洋葱递给它,这时身后传来扑通一声。老头放下了车厢一侧,把野小子暴露在外面,然后他从车厢下面抽出一块又长又宽的木板(我甚至不知道它在那里),把它像一座桥一样放在板条箱里,想让野丫头细长的腿踩在上面通过。

他示意我过去。

我开始小步后退,手里拿着麻袋,每走几步就往口袋里塞一个洋葱,等着野丫头过来吃。它的步子很慢。但终于走起来了。每次它走近,我就给它洋葱,它用舌头把洋葱一卷,越过嘴唇,塞进喉咙,我则再往口袋里塞一个新的。

我们这样做了一遍又一遍,直到来到卡车近前。

我走上木板、嵌板,进了旅行板条箱。

野丫头停了下来。

野小子开始抽鼻子,在泥炭苔藓上跺蹄子。然而野丫头不停地朝我摇晃脖子,仿佛在权衡下一个洋葱的味道有多好,值不值得过来吃。

洋葱袋几乎空了。我从它的车厢套间朝它走去,把洋葱袋朝它挥了挥,然后回到板条箱里。

它做出决定了。

一条腿,两条腿,然后是三条腿。它那条缠着绷带的腿挣扎着寻找最后一点木板。我几乎不敢看下去。然后它站在踏板上了,整个身体倾斜着……下一秒,它要么朝前走,要么朝后以无人能阻止的速度跌到地上。

我把剩下的洋葱扔进泥炭苔藓,然后爬到野小子旁边的横木板上坐下,手里拿着最后一个洋葱。

野丫头向前伸着脖子,长长的舌头伸到洋葱堆里,一个一个地叼了上来。接着,它的长脖子向上伸、向上伸,追随着我手里最后一个洋葱的气味,直到它的四条腿都踏进了泥炭苔藓。

野丫头进来了。

老头以不可思议的速度迅速把侧板竖起来用大夹钳夹紧,然后一屁股坐在脚踏板上喘气。我很想坐到他旁边,但我动不了。野丫头把它的大脑袋伸到我的腿上。在侧板竖起并夹紧的那一刻,它越过我去嗅闻野小子。然后,它把颤抖的身体靠在板条箱上,把重重的鼻子放在我的大腿上,闭上眼睛,鼻孔里发出一声雷鸣般的叹息。我把手放在它颤抖的脑袋上,从我紧闭的内心深处,迸发出一股被遗忘的情感之泉。那是我在从山上下来后那一晚短暂想起的孩童时的感觉。然而现在,野丫头可爱的脑袋放在我的腿上,这种感觉在我全身的每一寸涌动,我的心充实又温暖,纯洁又善良,我已经完全忘记它还能有这种感觉。我沉浸其中,那澎湃的温柔让我喘不过气来。

野丫头睁开眼睛,看上去跟我那母马的苹果棕色眼睛太像了。温柔的感觉变成我噩梦中秘密的痛苦,我把它脖子上的套索取下来,远远扔进玉米秆中。

之后我们花了一段时间才上路。卡车仍然停在玉米地中央,看上去并无大碍,这已经出乎意料。我回头看了看拖车营地,寻找红的身影。然而,她又一次消失了。我还是只穿着内衣和靴子站在那里,看着老头透过活板门把我们剩下的磺胺全都涂在野丫头的伤口上,现在伤口不仅流血,而且化脓感染了。它累极了,靠在板条箱上,任老头涂抹。他尽可能把夹板重新包好。我们屏住呼吸,只见它摇晃了一秒钟,然后四条腿又站直了。

老头关上活板门,一屁股坐在卡车脚踏板上,这才抬起一只手检查自己的伤口。他头上的伤口已经不再流血,但看起来仍然红肿。看着这一切,珀西瓦尔·T.鲍尔斯先生的事重重压在我的胸口,口袋里的那枚金币滚烫。我没有向老头预警。如果现在不告诉他,我会永远觉得自己是个来自狭长地带的犹大。可是告诉他又有什么好处呢?不等到孟菲斯,他就会把我丢在路边,我提醒自己。

我必须说点什么,于是我说:"我能帮你清理伤口吗?"

他没有回答。他看了看自己不能完全弯曲的变形手指,骂了它们一顿,然后摸了摸被割破的太阳穴,也骂了它一顿。不管发生了什么,他都不想跟我分享。

我把重心从一只靴子挪到另一只,又试了一次。"野丫头会没事的,对吗?"

听了这话,他站了起来。"我们很幸运,不用在这片该死的玉米地里埋葬一头长颈鹿尸体。希望我们的好运能让我们弄到更多磺胺,否则没准我们还得埋它。"

对于接下来肯定会发生什么，我做好了心理准备：叫来警察，还有随之而来的一大堆问题。不过这并没有发生。老头把两支枪重新装上子弹，放回枪架，说："要是有人问起来，小子，就说枪是我开的。你差点打死一个人，我不希望这事安到你身上。"

我皱起眉头。他似乎是在质疑我的开枪技术，我感到不解。"我是故意打伤他的，"我说，"要是我想打死他，他早就没命了。"

老头高高扬起浓密的眉毛，好像不太明白我的话是什么意思。有那么一会儿，他又用凹陷的眼睛盯着我，但后面闪烁着一种我无法形容的光。"去穿上你的衬衫和裤子，"他最后说，"越快越好。我们得走了。"

"你……不报警吗？"

"你没听见吗？我们得去孟菲斯，"他回答道，"现在就走。"

我真想说那是我们最后一次见到珀西瓦尔·鲍尔斯，但事实并非如此。回到公路上，我们看着远处的铁轨慢慢靠近。当我们到达马斯尔肖尔斯时，公路又一次把我们带到火车站旁边，我们无处可藏了——马戏团正在收拾东西准备离开。

在小镇另一边大约十英里处，铁轨又一次紧贴公路，路边有个商店，门廊上坐着许多老头。自从前一天晚上吃了耶勒的剩菜后，我们就再没吃过东西，车也快没油了。不吃东西我们可以走，但没油走不了。我们不得不停下来。

我把卡车开到加油泵旁。坐在前廊凳子上的老人们走过来看长颈鹿。老头戴上他的软呢帽，把它拉得很低，盖住伤口。"我知道你有问题想问，"他朝我的方向说，"但首先我们得把你和两个宝贝送到孟菲斯。"他紧张地回头看了一眼路，下了车，大步走进商店。两只长颈鹿看着他离开。

服务员盯着长颈鹿,用我见过的最慢的速度给车加油,这时一辆小货车在油泵另一侧停下。是一辆黄红相间的小货车。鲍尔斯从副驾驶座上下了车。这次他没有戴高礼帽、穿靴子,也没有穿马戏团指挥制服,胡子又密又乱,丑得像个魔鬼。

他要泄漏我的秘密了,我边想边回头寻找老头。我深情地看了一眼长颈鹿后,眼睛盯着铁轨,想着真到了那一步,我得找个地方跳货运列车。然后我捏着口袋里的硬币,向鲍尔斯和他的司机走去。我想说点什么,什么都行,只要能阻止接下来我认为会发生的事。我甚至做起思想斗争,想把金币还给他,如果这样能结束这一切的话。

不过珀西瓦尔·鲍尔斯对一枚微不足道的双鹰金币不感兴趣。他和他的司机朝我走过来,从胸前的口袋里掏出一叠钱。那是一卷一百元钞票,用一根橡皮筋捆着,有他的肥大拳头那么大。

在我这个孤儿的眼里,如果拥有一枚金币感觉像是成了大富翁约翰·D.洛克菲勒的话,那么拥有那卷钞票就仿佛坐拥诺克斯堡[①]。这可不是一枚贿赂傻小子的双鹰金币……这是对一个成年男人的贿赂,是足以收买任何一个人的大笔财富。不过,且不说长颈鹿比他手里的钱更值几千美元,也不说那天早上他的手下走狗想偷走长颈鹿,鲍尔斯以为可以收买老头,错误地把赖利·琼斯先生当成艰难时期和我一样的笨蛋。

几十年过去了,鲍尔斯说的那个"充满机遇的时代"的彻头彻尾的欺诈已经被人们淡忘。此时此刻,你可能会以为,有人相信他们去

---

① Fort Knox,位于美国肯塔基州最大城市路易斯维尔市,是美国国库黄金存放处。

贿赂，甚至偷走两只长颈鹿，然后逃之夭夭，那也太愚蠢了。我们知道，长颈鹿这种动物很难隐藏。不过，老头称那人的马戏团"不可靠"是有充分理由的。那个时代还充斥着卖假药的骗子、《圣经》推销员骗子和其他各种各样的骗子，他们常常在夜幕掩护下离开小镇，其中就包括只停留一夜的巡回马戏团。生活在战前的人们相信，为了自己想要的可以不择手段，尤其是在好人也会变坏的艰难时期。和他遇到的每一个饥肠辘辘、贪婪的人一样，鲍尔斯这样的肥猫就是靠这一点生存，而他当时也吃准了人们的贪婪和饥饿。

"又见面了，年轻人，"他说着，向我亮出了那卷现金，这时那个壮硕的司机绕过卡车前面，站在他旁边，"我有个提议给你的约翰逊先生。希望你仔细听好了，因为他要是不够聪明，自己不要，那它可能就是你的了。财产就是法律的十分之九①，像你这样聪明的小子应该清楚，而且，毕竟方向盘掌握在你手里。"然后他把那卷钞票在我眼前晃了晃，"你明白我的意思吗？"

在那笔小小财富的诱惑下，我丧失了那天早上恢复的理智。我的眼睛紧盯着钞票，我听到自己喃喃地说："琼斯。"

"嗯？"

"不是约翰逊·琼斯，"我喃喃地说，"是赖利·琼斯。"

他猛地后退了一步，那卷钞票也跟着后退。"你刚才说他叫什么名字？"

"赖利·琼斯。"我又说了一遍。

他的神情大变，就像见了鬼一样。他接下来说的话让我将一切都

---

① 原文为：Possession is nine-tenths of the law. 这是美国的一句谚语，意思是在发生所有权争执时，物品占有者往往会在判决中占上风。——编者注

抛到九霄云外。

"年轻人，"他喃喃地说，"你是和一个杀人犯在路上啊。"

几乎没有什么话能让我把目光从那一大卷钞票上移开，如果有，这句话肯定是其一。

他的目光朝我身后瞥去："你最好小心点，开着这么可笑的车，拉着这么娇弱的动物。你跟我一起会过得更好。至少我知道人命比动物命更宝贵。"

身后传来商店纱门砰地关上的声音。鲍尔斯把那卷现金塞到我胸前，撒开了手，我只好拿着，免得它掉到地上。一切发生的就这么快，我从来没摸过这么多钱，以后也不会再有。有人为了比这少得多的钱丧命。那一刻，我明白了为什么。

我很想写，我有高尚的道德品格，从未动摇过。我很想写，我没有忘记他们偷长颈鹿的恶行并且开枪阻止他们，昂起下巴把那卷现金扔了回去。别以为我不想这样讲这个故事，用橡皮擦了又擦，改了又改。但你知道事实并非如此。我当然明白，珀西瓦尔·鲍尔斯先生期望所有拿了他钱的可怜人都为他好好办事，不管钱是不是硬塞给他们的。不过，处理肥猫的任何附加条件都得等一等。因为我的手一碰到那卷钞票，它就不是肥猫的事了。它也无关老头，无关长颈鹿，甚至无关对错。它只是关于一个沙尘暴地区的孤儿和一大笔钱。我做了你预期我这样的男孩会做出的事。我把那笔财富深深塞进右前口袋里，放在金币上面，手指紧紧抓着。

"小子！"

老头站在纱门旁边，仍然穿着那件血迹斑斑的衬衫。接着他加快步伐朝我们走来，一只手拿着一袋洋葱，另一只手拿着一袋日用物资。他没有理睬肥猫和司机,而是把那袋物资扔进打开的驾驶室窗户,打开副驾驶的车门。"上车,小子。"

"等一下,"鲍尔斯说着,朝老头走去,"我只想和你谈谈。"

老头转过身去,背对着他们俩,手里还是紧紧攥着麻袋。但随后那个司机走过去,一只手摁住了老头肩膀。接下来是我之后再没见过的组合拳。只见老头抡起那袋洋葱,狠狠打在司机脸上,又在鲍尔斯的双下巴上打了一拳,把他一屁股打翻在地。

"走!"老头喊道。

我们跳上卡车,以最快的速度疾驰而去,我从侧方后视镜里看到散落一地的洋葱、看热闹的老人,还有马戏团司机正试图把圆滚滚的马戏团指挥从泥地上拉起来。

当然,我们的逃亡有一个很大的缺陷。一辆没载着两吨长颈鹿的小货车可比一辆载着长颈鹿的头重脚轻的卡车跑得更快。我把车开得比老头命令的还要快,长颈鹿在里面颠来颠去,它们的脑袋撞到了窗户。然而,货车很快就追了上来。他们跟在我们后面追了一英里,铁轨转弯时离公路更近了,有时还不到十码远。马戏团的货车经常开到对向车道,直到来到一段空旷的路段,它开到我们旁边,好像要超车,但它没有。它与我们并排行驶,忽前忽后,离我的车门仅有几英寸距离。

"他到底在搞什么鬼?"老头喊道。

鲍尔斯在试图引起我的注意。他的手里又攥着一沓钞票,胳膊搭在窗台上,用眼神示意我:靠边停车,年轻人。只要照做……钱就是你的了。如果你靠边停车……还有更多。

你可能以为,我只身一人活着很容易,一沓现金肯定足够了。然而，对于一个流浪儿来说，永远没有足够的时候。如果一笔钱能让我永远免于饥肠辘辘的绝望，那么另一笔钱就能让这个"永远"更长久。我从来没有想过，如果我选择再拿一卷钱，他们会对老头做什么，更不用说对长颈鹿做什么了。这世上有许多救赎是在教堂之外的，而我当时需要一种救赎把自己从自己手中拯救出来。因为在这儿，我不仅开始领悟到我摇摆不定的年轻灵魂发出的第一股恶臭，而且领悟到命运是一种流动的东西——你做出的每一个选择，以及你周围的人做出的每一个选择，都可能使它朝这个或那个方向扭转，让你有无数不同的命运。我必须做出一个选择。然而当我不断朝那新一卷现金瞥去时，拿到肥猫这些钱后能够带来的未来对我来说变得不可抗拒。那是只有一个孤儿才能看到的令人眼花缭乱、闪闪发光、丰盛无比的景象。此时此刻，我内心深处知道，我的选择决定着我的命运，也决定着我的、我们全体的毁灭。

路上的一个颠簸，把我从中救了出来。

我们撞上了一个坑，我的目光从那卷钱上移开，落到鲍尔斯的另一只手上。那只手正抓着他旁边座位上的什么东西。那是他枪套里的手枪，一把老式手枪，我爸爸从第一次世界大战中带回来的那种。他紧紧抓住枪，那姿势表明他会用它。鲍尔斯有一个备用计划。如果我不停车，他会开枪。也许瞄准我们的轮胎。或者瞄准长颈鹿。或者瞄准我。别管他说的什么人命更宝贵的高调鬼话。

这让我暂时不再去想跟魔鬼的交易，有足够时间去琢磨我接下来要做什么，我们接下来要做什么，会有怎样不同的命运。我一只眼睛盯着珀西瓦尔·鲍尔斯的手枪，看见老头从枪架上取下猎枪。时间一分一秒地过去，我们的车占了空荡荡的公路的两个车道，未来正在等着我选择一种命运。然而选择和计划一样糟糕，你已经知道，我非常非常不擅长计划。如果我停下，一切会一团糟。如果我不停下，还是会一团糟。

我无法做出决定。

我一直做不出决定，一直不安地扭动身体。我越扭动，裤兜里的钞票就越往外滑，直到最上面的钞票在微风中飘动——老头看到了。

他伸手抓过那卷现金，把它拿了出来。

我扭过头，看见他用受伤的目光盯着我，那目光说明他知道这笔钱是从哪里来的。我等着他把猎枪对准我。然而他盯着我的脸，把钱一把扔出窗外，钞票随风飘散。我没有时间喊叫和惋惜，因为接下来就到了清算的时刻。

我的左边是拿着手枪和一卷现金的魔鬼，右边是拿着猎枪的老头和全能上帝的审判。未来等着我做出抉择。

然而，有生以来第一次也是最后一次，无法做出选择才是正确的选择。

那个肥猫的计划也有其缺陷，它正朝我们驶过来。一辆伐木车出现在坡道上。司机轻踩刹车，想把车开到卡车后面。他没有看到的是，我们后面又来了一辆车。一辆轿车从一户农舍的车道上驶出来，在我的侧方后视镜里进进出出。那是一辆帕卡德，开车的是个女人。我眨了眨眼睛，怀疑自己出现了幻觉，以为那是红，但这辆帕卡德是棕色的，开车的是一位老奶奶，戴着白色钩针手套和帽子。她把车开得很近，张大嘴巴看长颈鹿，野丫头的头朝一边伸，野小子的头朝另一边伸。她似乎不知道发生了什么，更糟的是，长颈鹿也不知道。野小子的头伸得太往外了。

伐木车司机按响了喇叭。

马戏团的货车司机猛踩刹车。

鲍尔斯的手枪掉在了地上。

上帝保佑，野小子把脑袋缩了回去。

开帕卡德的老奶奶猛踩刹车，但马戏团的货车已经来不及打方向盘绕到她后面了。伐木车已经和我们相遇。鲍尔斯的司机做了他唯一能做的事。他朝左猛打方向盘，弹跳着穿过杂草，避开树木，重重撞在铁轨上，我们能听到四个轮胎发出砰砰砰的爆裂声，紧接着伐木车尖声鸣着大喇叭呼啸而过，开走了。

我吓得全身发抖，放慢了车速，棕色帕卡德从我们身边驶过，老奶奶吓得脸色惨白，毫无疑问我也一样。幸运的是，火车轨道开始转向，我振作起来，挂挡加速。然而，老头仍然紧握猎枪，眼睛盯着路。我几乎不敢看他，我害怕看到他脸上的表情。我想解释一下。然而，一切的背后是关于一个流浪儿的真相，我该怎么解释呢？我自己都不太清楚。我能做的只是脱口而出："我没有……我不会……"

"就这些吗？"他并不看我。

"是的。"我撒了个谎，即使在那时，我也舍不得口袋里的那枚金币。

我们默默前行了好几英里，然后看到了孟菲斯的路牌。老头还是把猎枪放在腿上，仍然不看我，我对他接下来要做什么做好了心理准备。我确信自己已经和去加利福尼亚的车票说再见了，我也知道他会打算把我交给孟菲斯的治安官，我不能让这件事发生，因为我还有自己的秘密。

前方出现了"孟菲斯限行"标志。

我减速。

"继续开,"老头说,"要赶在这群狗娘养的掉头之前,彻底结束这一切。如果宝贝们允许我们保持这个速度,再过四个小时就到小石城了。"

我不太明白。"我们不停车了吗?"

"继续开。"他回答说。

转变来得太快,我不会在孟菲斯离开了。然而老人的宝贝货物还在我这个谎话连篇的无赖手中。我想知道,他为什么不趁这机会把我从驾驶座上拽下来?难道他要在半路上策划天降正义吗?年轻不知所措的我接下来更加不安,还有四个多小时来思考这一天可能会以怎样糟糕的方式结束,以及它将如何影响接下来的日子——包括鲍尔斯听到老头名字时说的,他是个杀人犯。

好像这一切还不够麻烦,当我们经过路边一个水果摊时,一辆绿色帕卡德开了出来。

有什么东西在老头那边的地板上被微风吹动。我低头一看,是他昨天在查塔努加买的报纸。

明天变成了今天。

今天是我的生日。

我十八岁了。

圣迭戈日报

1938年10月11日

长颈鹿旅途顺利

圣迭戈——10月11日（特别版）。南加州的动物爱好者们都翘首以待，等着迎接首批长颈鹿的到来。本周日，我们的动物园园长贝尔·J.本奇利夫人在圣迭戈动物园星期天生日派对上宣布，这两只长颈鹿穿越全国的卡车冲刺"正按计划进行"。根据动物园管理员赖利·琼斯先生最近从田纳西州发来的关于最新进展情况的电报，她很高兴地说这次行程"一切顺利"……

……"老爷子?"

不知是谁又在敲我的房间门。这一次,敲门声把正在写字的我吓了一跳。

"看在上帝的分上,别来烦我了!"我拍着心脏喊道。护理员像其他人一样大步走了进来。

我喘了口气,强迫自己从孟菲斯旅途的回忆中出来,好好看一看他。"你是黑人。"

"你眼神很好,老爷子。你一整天都没吃东西了,他们叫我来看看你。"

"你是谁?"我问道。

"啊,老爷子,你每天晚上都这么问。"

我才不是谁的老爷子,当然也不是他的。但他让我想起了老七,所以我没有冲他吼。"我以前住过一家黑人汽车旅馆,"我告诉他,"很不错。"

"好吧。"他说。

"长颈鹿也很喜欢那儿。对不对,野丫头?"我对着窗户说。

他皱起眉头。"你是看见了以前的女朋友吗,老爷子?"

"不,是我的朋友,野丫头。"

"你指的是你女友吧。"

"不是。野丫头。"我回头指着它。

"好——吧。"他又说,目光穿过野丫头,就像它不在那儿一样。

"它是一只长颈鹿,"我说,"你现在正盯着它看。就在窗户外面。"

"老爷子——"他皱起脸,好像傻了一样,"可我们在五楼。"

"是吗?"我停顿了一下,"是啊。"我转向窗户。

野丫头不见了。

"听着,"他说,"不管你在忙什么,也许你该休息一下了。到了你这个年龄,你得适度放慢节奏。"

我这个年龄?我低头看着刚写下的东西。

今天是我生日。

等一下。不,不对。

曾经是。

我想起来了,心又一次突突直跳。

我已经一百多岁了……

"你要是保证不去袭击新电视,你愿意的话,我们可以让你到娱乐室去。没有什么值得你拼命,对不对,老爷子?"

我回头看了一眼空空如也的窗户,又开始写了起来。

比以前更快了。

第十章
进入阿肯色州

以前我认识一个人，他连自己的生日都不知道。他是个幸运的家伙。他每天和其他人一样过日子，从不知道自己的年龄，因此也不知道生日是一年一度的暴行。我已经过了太多太多生日，可以不过生日了，谢谢。关于生日这个事，就是你晃晃悠悠活在世上，一天又一天，成为你会成为的人，从来不加考虑，直到有一天，你真正认识这个世界。然后无论发生什么，不管是好是坏，你将永远把它放在记忆中，连同时间嘀答作响的流逝。日历上的这个日期迫使你回首过去，却无法对过去做出任何改变；展望未来，却无法预知未来会发生什么。回顾那个载着长颈鹿在路上的生日，这就是十八岁的我站在密西西比河岸上的感觉。这条河太宽，如果你想过河，根本看不到你要去的地方。我不知道前方会有什么，也没有时间去思考身后有什么，只是盲目地前行。

甩开肥猫的追逐后，我们刚刚穿过孟菲斯。长颈鹿闷闷不乐，绿色帕卡德要么躲了起来，要么又上路等着了，我仍然惶惑不安。穿过城市时，我们看到一个个指向孟菲斯动物园的路标，我为错失的加州车票而痛心，眼瞅着老头，希望他能改变主意，同时担心他以自己的方式进行报复。老头手持猎枪不停地回头看，直到我们看到前面的桥。他示意我过桥前先把车停在岸边。

老头把猎枪夹在腋下，开始检查卡车。两只长颈鹿伸出鼻子，张开鼻孔，嗅着水的气息。但我动不了。我只能站在那里，凝视着那座窄桥消失在河上，就仿佛它从世界的边缘坠落一般——我感到我的胃也一样。路标上写着"哈拉汉桥，全长4973英尺"。差不多一英里。我去投奔库兹时走过这座桥，不过是晚上乘火车从中间穿过。我看到汽车和卡车在两侧的单车道上穿行，这些车道不过是木板铺就的轨道。

"我要开车过桥吗？"我咕哝道。

"别无选择，"老头说，"还有，路不太平。帮我把它们的脑袋弄进去，希望它们能乖乖待在里面。"

别无选择。然而，我的直觉告诉我，如果我把车开过那座桥，我就是在做一个选择，一个我不太理解的选择。不过我还没有做好准备。还没有。也许永远不会。

就在这时，一只长颈鹿踢了车厢一脚，老头跳上一侧，亲自去闩上窗户。"我们走吧。"他大喊道，他的声音和长颈鹿跺脚声还有鼻息混合在一起。

我只是怕水……和长颈鹿一样，我一边爬到方向盘后面，把车开进通往大桥的车流，一边不停地对自己说。老头回头最后看了一眼，然后把猎枪放回架子上。

我启动车，车颠簸了一下，我们出发了。

每个轮胎都在打战，我的每颗牙齿都在咯咯作响。我们缓缓向前挪动。我这一侧是伸到中间的铁轨,我努力不去想假如一辆火车开过来会发生什么。老头那一侧是水,水,更多的水,唯一阻止长颈鹿、卡车和我们坠入泥泞的密西西比河的东西,就是凸出来的桥墩。

"稳——稳住……"我们颠簸着向前行驶时,老头说。后面的汽车多了起来,随着时间过去,车越压越多。

桥中间的牌子上写着:"欢迎来到阿肯色州。"

"稳住——"老头不停地说,"稳住——"随着最后一次震得骨头叮当作响的弹跳,我们来到了桥那边,再次行驶在结实的路面上。两只长颈鹿打开窗闩,探出脑袋,嗅闻泥土。

目之所及,两边是三角洲,老头开始露出放松的神情。猎枪放到了架子上,他也不再回头看。他重重叹了口气,靠在椅背上,把那顶软呢帽从头上摘下来,放在我俩之间的座位上。很快,铁轨再次消失在视野中,我们又恢复了之前的行驶速度和舒缓节奏。再没有什么比那顶软呢帽静静地躺在我们中间更让人安心了。

我们默默行驶了几英里,看着黑色三角洲从这里一直延伸到远处的棉花田。我可以看到,大片大片的摘棉花的人弯着腰,拖着"整整9码"的超大棉花袋,只有几个靠近公路的人直起身子,恰好看到长颈鹿从此经过。老头的衬衫上是干涸的血渍,太阳穴上有一道结痂的伤口,看上去仍然很可怜。接着他在公路旁的土路上发现一家卖杂货和干货的店,命令我停车。我绕过一个驾着摇摇晃晃的骡子车的农民,把车停在了商店旁边。

老头下了车,打开野丫头的活板门。它仍然筋疲力尽,老头去碰重新包好的夹板时,它甚至没有踢他。

"喂它们水喝。"他命令道,一边把门轻轻关上,一脸严肃地走进商店。等他回来时，穿了一件新衬衫，头上的伤口也清理干净了。他还拎了一麻袋洋葱，来替换打司机的那个麻袋。

"我给小石城那边打了电话，"我们回到驾驶室时他说，"到他们的小动物园过夜。"接着他说："小子，我答应过你关于孟菲斯的事，我没忘。但情况有变。我们今晚再谈。"

我把手伸进口袋，想摸摸那枚双鹰金币。不过，我看了看老头，转念一想还是算了，把车挂上挡。

接下来的几个小时里，老头陷入了沉思。不知道他在想什么，我很担心。那是十月，但空气湿热无比，让人以为还是炎热的八月。不过，长颈鹿们似乎很喜欢，自从过了孟菲斯大桥，它们一直把脑袋露在外面。

太阳开始下山，我们已经离小石城很近了，蜿蜒的公路被松树林环绕。我们接近一个小镇时，似乎一切正常，这个小镇看起来与我们经过的其他小镇没什么两样……直到我们看到一块巨大的自制牌子：

黑鬼，太阳落山前快滚

以前坐火车时，我听说过"日落小镇①"，那里有告示牌警告"有色人种"游客天黑后不要去那里。现在我亲眼看到了一个。我目不转睛地盯着那牌子，卡车差点撞上前方不到二十码远的一辆破车上。

就在那儿，掉头斜冲着公路，有一辆锈迹斑斑的 A 型卡车，车的侧面潦草地写着"出售山核桃"几个字。

一头死去的大公鹿的整个脑袋卡在前格栅里，散热器正在往外冒

---

① sundown town，指的是美国历史上曾出现的会将非白人（最常见的是非裔美国人）在日落前驱离的小镇，是美国种族隔离的一种形式。——编者注

粉红水。我及时打方向盘,避开那辆车,可是撞上了公鹿的屁股。鲜血、鹿的内脏和山核桃飞到公路上。我们经过时,鹿内脏和山核桃嘎吱作响,一个戴草帽的黑人匆忙向树带跑去。

老头和我都回头看了看。我盯着被压扁的鹿内脏,老头却一直盯着树带。

"靠边停车。"他命令道。

我以为他想检查卡车前保险杠。可是他下了车,走到树带那里,喊了些话,喊的什么我没有听清楚。一定没有人回应,因为他又开始喊了起来,这一次他指了指小石城,又指了指那个告示牌,然后指了指夕阳。这一次,卖山核桃的人手拿草帽慢慢从树林里走了出来。他们谈了一会儿,然后卖山核桃的跟着老头来到卡车前,一会儿看看路,一会儿看看长颈鹿的大脑袋。两只长颈鹿都转动大脑袋,以便好好看看他。老头打开车门,指了指他和我之间的长椅座位,卖山核桃的人摇了摇头。

"不,先生。"他说。

老头试着和他讲道理,但卖山核桃的一直摇着头,朝路那边看。

"不,先生。不,先生。"

直到我们听到一辆汽车开过来,情况才发生了变化——卖山核桃的人跑回树林中了。

汽车开过去了,老头生气了,拿起位于车厢和驾驶室之间的一个水罐,把它塞到他的座位下面。然后,他指着驾驶室后面空出来的水罐位置,又朝那个卖核桃的人喊。

卖山核桃的人偷偷看了看。他把草帽往头上一戴,冲向他那辆破车,从里面拿起尽可能多鼓鼓囊囊的麻袋,然后匆匆跑回卡车,把自己挤进驾驶室后面空出来的水罐位置,怀里抱着他的几袋山核桃。

老头挤回自己的座位,两腿岔开跨在金属水罐上,我挂上挡,把车开到大路上,一边从后视镜瞅了瞅那个卖山核桃的人。野丫头把脑袋伸出前窗,用长长的舌头舔那人的草帽,卖山核桃的人扭来扭去躲闪着,直到另一辆汽车呼啸而过,他才把草帽拉得尽可能低。

进入这个偏僻落后的小镇,我记得我的额头冒出了汗。年轻的我没少害怕,但这次害怕与以前不同。我们带着两只长颈鹿,不可能悄无声息地穿过小镇,如果这个该死的镇上有人,哪怕有一个人,注意到那个卖山核桃的人,那代价就大了。太阳还没有下山,不过快了。老头把猎枪从架子上拿下来放到膝盖上,我并没有因此感觉好受些。

镇中心只有四个街区长,比公路上宽的地方大不了多少。我们缓缓穿过时,不出所料,从店里出来几个人盯着我们看,全是白人。我回头瞥那个卖山核桃的人。

他不在那儿。

"停车!"老头喊道,我踩了刹车。

一个穿着破旧的黄褐色制服、腰间挎一把旧手枪、脸色红润的乡巴佬,径直走到还在开动的卡车前,举起一只手。他盯着我们沾了血的前保险杠,走过去从老头那边的窗户往里看。在他的制服上,看起来像是漏水的蓝色钢笔写着:"日落和平官"。不难想象他穿另一种制服的样子,带兜帽的那种……我暗自希望大爸爸家族能带着锋利凶狠的镰刀来。

"你们在制造危险,先生,"乡巴佬抱怨道,"你们拉的到底是什么鬼东西?"

"长颈鹿。"

"啊哈。你们是嘉年华的人吗？我们这儿可不喜欢什么嘉年华。不三不四的人太多了。我们喜欢日落后的宁静小镇，"说着，他轻轻拍了拍制服上的墨迹头衔，"而且眼看太阳就落山了。"

"我们只是打这儿路过，麻烦让我们通行，"老头说，"我们打算天黑前赶到小石城动物园。"

"啊哈。"他看着老头头上的伤口，朝卡车前部点了点头，"你的车保险杠上有血迹。"

"我们在前面一英里的地方撞上了一只公鹿。"老头说。

"日落和平官"走到保险杠前，轻轻弹掉一块血淋淋的鹿皮。与此同时，从我的后视镜中，我可以看到野丫头伸长脖子，嗅闻着卖山核桃的人刚才躲藏的地方。乡巴佬抬头看了看野丫头。"那动物为什么这么激动？"

"那头鹿把它惹毛了。"老头说，"仅此而已。"

那个邋里邋遢的警官抓了抓痒，然后一只手放在手枪握柄上，他一定是跟西部片里的治安官学的这个姿势。他朝野丫头嗅闻的地方走过去。

这时，老头把猎枪枪口举起来放到窗台上，刚好高到日落和平官可以看见的位置。"你知道的，警官，"老头说，"我要是你的话，我会离远点。它们可是很危险的动物。真的非常危险。"

那乡巴佬停下来，来回看着枪管和老头脸上的表情，手慢慢地从手枪柄上放开了。

"我说过，"老头接着说，"我们要穿过这里，争取日落之前到达小石城。我们该走了。"

"那好吧……我并不想耽误你们这些好心的白人，"他喃喃地说道,然后后退一步,挺起胸膛,挥手示意我们过去,"你们可以走了。"

我们加速驶上开阔的公路,这时我听到风噼里啪啦抽打着什么,似乎是卡车上收好的防水油布,那是为寒冷的夜晚和暴风雨准备的,目前为止我们还没有遇到过这种天气。我从后视镜里看后面,视野中出现了防水油布,接着是卖山核桃人的脸。他把油布拖了出来,盖住他和他的山核桃,那顶破草帽成了唯一的牺牲品。直到我们将小镇远远甩在后面,他才把油布放回原处,坐了起来。野丫头舔他,轻推他,对他表示欢迎。

老头和我一句话也没说。没什么可说的,至少我们俩都不想说什么。于是我们保持沉默,每隔几秒钟就回头看一眼那个卖山核桃的人。很快,他坐得足够高,伸手去摸野丫头的鼻子,仿佛他拿不准他摸的东西是真的。

到了小石城郊外,卖山核桃的人敲了敲后窗。我把车停在一条土路旁,他跳了下去,整理了一下他那顶破草帽,抓起山核桃袋子,扬起下巴,把其中一个袋子举到老头那边的窗前。我看得出来,老头真不想要那人的山核桃。但人有权利还人情,他没有理由拒绝。于是他接下了麻袋。卖山核桃的人朝我们点点头,回头看了长颈鹿最后一眼,消失在黑暗中。

我们在那里坐了一会儿,看着他消失的地方越来越暗,连长颈鹿也在努力想看最后一眼。然后老头把猎枪放回架子上,说:"我们走吧。"

我挂上挡,听到一辆车从我们后面呼啸而来。

我回头一看,愣住了。

那是一辆小货车……一辆黄色小货车……

货车呼啸而过，车上的牌子写着"阿肯色晚报送货上门"。我把提到嗓子眼的心咽了下去，松开离合器，继续前行。

不一会儿我们经过市区，看到一个指向"菲尔公园动物园"的指示牌。它把我们引到一座古老的鹅卵石桥上，穿过一个铁路道口，进入城市公园，直奔动物园入口。动物园只有一个建筑，看起来就像我在山上看到的石头建筑，毫无疑问也是由公共事业振兴署建造的。入口处建在一个小斜坡上，围绕着动物园的公园里挤满了人。不过，情况不是你想的那样。放眼望去，到处都是运气不济的人，他们四处躺着，有的在长椅上，有的在临时搭建的棚屋里，有的在雨洞里，就像我在纽约中央公园经过的那些追逐长颈鹿的人。

"待在这儿，"老头边下车，边命令道。他绕过一名正把一个流浪汉从入口处撵走的巡警，走进动物园。

"我们要有长颈鹿了！"一个孩子尖叫着从他妈妈身边挣脱，朝我们跑过来，"长颈鹿！长颈鹿！"他不停地边叫边跳。

一群人围了上来，两只长颈鹿俯下身来让人抚摸，人们发出阵阵惊呼。我看得出来，在我们度过了艰难的一天之后，这仿佛是献给长颈鹿的甜美合唱，我也不由自主地心情变好。

老头回来了，示意我把车开到动物园高高的石栅栏的一扇门前。等我们在敞开的门口追上他，他已经在和一个戴金属框眼镜的矮个子男人说话了，那人西装革履，戴圆顶礼帽，比你想象中的任何动物园工作人员都时髦。我们一进去，那人就关上大门，领着我们朝后墙一棵枝叶茂盛的梧桐树走去，那儿最适合长颈鹿饱餐一顿了。

和老头说的一样，动物园很小。即使暮色渐浓，我也能从停车的地方一览无余。左边，前门入口是一个长长的建筑，里面是猴子笼子，通往一条有顶的过道，再往前通往我们右边的室外围栏。一只水牛在大围栏里漫步，乌龟和草原土拨鼠在干涸的河沟出没，还有孔雀、几头骆驼、一头狮子、一匹斑马和一只棕熊。就这些了。

我上去给长颈鹿打开顶盖，老头和戴圆顶礼帽的动物园管理员站在卡车前聊天。我跳下来时，老头挥手示意我过去。

"我为大门口的麻烦向你道歉，"戴圆顶礼帽的动物园管理员说，他的嗓门和女人一样高，"和大多数城市一样，我们美丽的公园也受到胡佛村①问题的困扰，不论我们怎么努力，在关门时情况总会变得更糟。这位是谁？"

"这是伍德罗·威尔逊·尼克尔，我的年轻司机，"老头说，"今天早上我们在田纳西州遇到了点麻烦，希望在河这边能睡个安稳觉。也没有早通知你，所以提前感谢你的盛情款待。"

"本奇利夫人的任何朋友在这里都受欢迎，"戴圆顶礼帽的人说着，目光从我身边飞快掠过，投向那些已经在啃树的长颈鹿，"你家是哪里的，尼克尔先生？"

家？我没有家，至少没有想谈论的家。

老头开口了。"我们在东部遇到年轻的尼克尔先生，他可帮了我们大忙。"

不过那个戴圆顶礼帽的男人并没听进去，在长颈鹿的魔力面前，他也顾不上社交礼节了。他抬头盯着它们，叹了口气说："为了长颈

---

① 美国31任总统胡佛（全名赫伯特·克拉克·胡佛）在位期间，美国发生了经济大萧条，无数工厂倒闭、工人失业，全国流浪者众多，各大城市出现流浪者的聚居地，人们为了嘲讽政府的无能，称呼那些贫民窟为"胡佛村"。

鹿,我们有什么不愿意做的呢。你确定不想让它们多待一阵子吗?"

老头甚至没有回答这个问题。我大脑一片空白,直到他们俩都放声大笑起来。

"本奇利夫人会给我们俩涂上柏油,粘上羽毛①的!"戴圆顶礼帽的人高声大笑着说,"不管怎样,我已经叫了兽医,来看看野丫头那条腿。兽医会高兴坏的。我想他这辈子还没见过长颈鹿呢。啊,他来了。"

这个动物园的兽医跟布朗克斯动物园穿白大褂的兽医很不一样。他穿着脏兮兮的卡其裤,身上散发着大粪的味道,眼睛瞪得大大的,和我第一眼看到这两只长颈鹿时的表情不相上下。他强迫自己把注意力集中在野丫头的腿上。"你说它一直都在车里?那你们一路走来肯定遭了不少罪。看起来它一直在猛烈地跑动和踢打。"

老头没有回答,我犯了一个错误,也看了看它的腿,差点呕吐出来。那条腿比在玉米地时还糟糕,到处都是血和脓。都怪我,我想。是我把侧门放了下来。是我拿了那枚20美元的金币。是我没有提醒老头,害了野丫头。我喘不过气来,感觉有重重的东西压在我的肺上,就像珀西瓦尔·T.鲍尔斯先生把他肥胖的屁股坐在我胸口一样。

"拿洋葱来。"老头说。

我抓起麻袋,从一侧爬上车,开始以野丫头能接受的速度喂它吃洋葱。兽医给它上药,重新包扎,我不停地喂它,直到兽医说"万事大吉",可以上路了。"不知能不能把它留在这儿,等它的腿痊愈。"他说。

---

① 英国历史上的酷刑,受刑人全身被涂上灼热的柏油,再到羽毛堆上滚,脱下羽毛难免受皮肉之苦,表示惩罚严厉。

老头摇了摇头。

"好吧,不用我多说,最好能尽快让它来到坚实的地面上。"兽医说,"明天早上你们出发之前,我会早点过来给它检查一下,再给你们多备些磺胺和路上的补给品。这是我的荣幸。"

听到这里,戴圆顶礼帽的人拍了拍老头的背,好像大家都聊得很开心,说:"我们去给本奇利夫人发个电报吧。"

"你先去,我随后就到。"老头告诉他说。两个动物园的人走了,他示意我从车上下来。他把软呢帽往后一推,双手放在屁股上,等着我站在他面前,然后直盯着我说:"我知道我对你承诺过,到孟菲斯之后让你离开,但为了两个宝贝,我必须做出选择。现在这个情况,看来还需要你继续开车。否则,我们就得困在这里更久,野丫头的腿撑不了太久。如果我们能躲开更多坏运气,大约再有三天时间,就能去加利福尼亚,就像你想要的那样。"他停顿了一下,"伍迪,你没意见吧?"

这是老头第一次叫我伍迪。他不会把我交给警察了……而我还能去加利福尼亚。我说不出话来。我能做的就是点头。

"那好吧。"他笨拙地拍了拍我的肩膀,这也是他以前从未做过的事,然后说:"这里很安全。我们两个都该好好睡一觉。前方的路跟我们走过的路大不一样。不过你已经知道了,"他补充说,"因为我们要经过你以前生活过的地方。"

这句话像晴天霹雳一样击中了我。"什么?"

"公路,"他说,"穿过俄克拉何马州和得克萨斯州的狭长地带,通往西部。"

"但我们要走南线啊。"我喃喃地说,"是你说的,走南线……"

"这就是南线。"他歪着头说,"我们现在在阿肯色州,小子。你以为我们要走经过新奥尔良的路线吗?"是的!我是这么以为的!我想大喊出来。那才是南线!我咒骂自己这个傻瓜太笨,不知道该怎么办才好。我不能回到狭长地带!甚至不能靠近——在我做了那事之后,风险太大了!我不停地思考,我的脑子也跟着尖叫。可我不能告诉老头。他会让我告诉他原因,而我不打算这么做。我甚至想,他会不会已经知道了。他发现我口袋里的钞票后还让我留下来,是不是也因为这个——为了带我回狭长地带,交给县治安官算总账?

可他不可能知道……

一个可怜的人在悲惨的一生中第一次得到一点恩惠,尤其这恩惠居然来自一个自称受不了骗子的人,他很难认识到这到底算不算恩惠,也不知道要不要接受,甚至难以置信。我知道如何应对指责,因为我年轻时有过这方面的体验。然而,如果这是善意,这种程度的善意只会令我感到刺痛,甚至有点害怕,因为我没有忘记珀西瓦尔·鲍尔斯在提到老头名字时警告过我的话。

老头接着说:"你从没来过动物园,是吗?别给那个时髦的四眼狗说,虽然这儿的动物看起来活蹦乱跳,但跟圣迭戈动物园比起来,这个动物园就是个余兴节目。"他朝前面挥了挥手,"你愿意的话,可以四处逛逛,但是不要让宝贝们离开你的视线。我要跟女老板的这个矮个子伙计好好吃顿饭,一小时后给你带些吃的回来。我尽量早点来替你,保证你的睡眠。离开这儿后,谁知道我们还能不能睡个好觉呢。"

说完他就走了。

我站在那里,感觉像中了铅弹一般。我抬头凝视着长颈鹿,自耶勒营地之后，因为内疚，我再也没有用这种目光凝视过它们。两只长颈鹿的大鼻子从顶上探了出来，它们把舌头伸向梧桐树枝，这一景象让我感觉如此纯净，我的膝盖都软了。我不得不把一只手放在卡车挡泥板上，稳住身体，看着两只高贵温柔、永远宽宏大量的长颈鹿，过去两天发生的事让我羞愧难当……

……它们值得拥有比我更好的人。

有些东西在不经意间消失了，发生了变化。我几乎认不出自己了。收下珀西瓦尔·鲍尔斯的双鹰金币和那一大笔钱一点也没让我惊讶。我不假思索地就干了。为了保护野丫头不受走狗的伤害而开枪，这个我也不假思索就做了，就像是保护我自己的东西一样。然而它们不是我自己的。它们不属于我，就像红不属于我一样。现在我要冒风险回到狭长地带，就为了两只不属于我的动物？我前后晃动着身体，像一头小牛一样容易受惊，我知道这一次必须逃走了……然而，每看一眼长颈鹿，就像一把刀子扎进我的心脏。我不想再过流浪狗一样的生活，但是这不比我开车回到狭长地带面对过去更好吗？

就在这时，仿佛一个信号一般，我听到货运列车的声音。它正朝这边开过来。

我强迫自己把目光从长颈鹿的身上移开，朝小动物园正门走去。还在动物园里面叽叽喳喳的人全都在朝出口走。我鼓起逃跑的勇气，盯着出口，拳头紧紧攥着口袋里的那枚金币。我可以自己找到去加利福尼亚的路，我告诉自己，我还有那枚 20 美元的金币……我会没事的。长颈鹿不需要我。它们也会没事的……它们甚至不会注意到我走了。老头呢？他会气得一脚踩在那顶破软呢帽上，然后那个戴圆顶礼帽的家伙会给他找个真正的司机，顺顺利利把长颈鹿送到本奇利夫人那里去……非常顺利……

人们从我身边走过,从出口消失。我深吸了几口气,加入了他们的行列。然而,我走进人群时,有人抓住了我的胳膊。我和平常一样做好了打架的准备,转过身来。

是红。她一手拿着相机,一手挽起我的胳膊。

"斯特雷奇,你在这儿!"她说,"长颈鹿没事吧?昨天那些可怕的人是谁?我在雾里差点跟丢了你,然后看到了那个场面,然后——"

"你去哪儿了?"我打断了她的话。

她的眼神让我想到被车前灯照射时的母鹿。"没去哪儿。我有点事耽误了。"

"我还以为再也见不到你了呢。"

她捏了捏我的胳膊。"天下没有不散的筵席,伍迪。但不是我们,还不到时候。来,告诉我发生了什么事!那些人想偷长颈鹿,对不对?你朝一个人开了枪——我看见了!你本可以打死他的!"

"我打伤了他,"我抱怨道,我不明白为什么每个人都在质疑我的开枪技术,"要是我想打死他,他早就没命了。"

红给了我和老头一样奇怪的眼神。"警察怎么说?"

"他们什么也没说。他没有报警。"

"琼斯先生没有报警?为什么呢!快把一切都告诉我!"

可我不太想这么做,我更想聊的是警察的公告和离家出走的妻子,而不是肥猫和马戏团的走狗。于是我说:"你当时为什么不留下来自己看呢?"

她停顿了一下。"我确信琼斯先生会报警,所以我想最好还是别掺和进去。"

"为什么不？"我追问道。

她松开我的胳膊，换了个话题。"外面的景象难道不令人伤心吗？"她朝出口外面公园的胡佛村点点头，"看，我给门口那个人拍完照后，他给了我什么。"她从衬衣口袋里掏出一张卡片。

国际流动移民工人工会

美国流浪汉

全国会员卡，编号 103299

谢谢你考虑给我一点象征性的捐助，让我继续生存下去。

不胜感激。

愿上帝保佑你慷慨的心。

她把它反过来。"看看背面还有呢。"

流浪者誓言

我，约翰·雅各布·阿斯特，庄严宣誓，我将尽我所能，帮助所有愿意自助的人。我庄严宣誓，决不占同胞便宜，决不不公平地对待他人，对那些待人不公的人出面阻止，我将尽我所能，让我自己和美国变得更好——上帝保佑我。

"只是一张流浪汉卡。"我喃喃地说。

"流浪汉还有卡?"她说。

"流浪汉不是流浪乞丐。流浪汉以身为流浪汉而自豪。"

"真的吗!好吧,这一招起作用了。我给了他一便士。这会是一张很棒的照片。"说着,她把卡片放回白色丝绸衬衫胸前口袋里。我不由自主地盯着看。那件衬衫和她的裤子一样,就像电影明星的穿着。

我看着红又给相机装上一个新的闪光灯,她是那么开心,我感到一股怒火窜了上来。她明明也应该背负罪愆,在旅途中漂泊,为什么只有我备受煎熬。我再也受不了了。"查塔努加的警官为什么跟在你后面追你?"

她愣住了。"什么?"

"你加速了。我看见了。他说那辆帕卡德是你偷的。"

她脸色一沉。"我没偷。我是借的。"

"我也一直借东西,"我继续说,"其实就是偷。你一路上花的钱,是不是向帕卡德车主借的?"

"别犯傻了,斯特雷奇。"她厉声说,然后停顿一下,"琼斯先生也听说了吗?"

"当然了。"

她的脸色更难看了,不过对我来说还不够。

"你逃走是为了和某个男的幽会吗?"我继续追问。

这简直让她惊掉了下巴。"你这是问的什么话?"

"警察说你为人妻子,和别的男人私奔,可能违法了某个'曼法案'①,是这样吗?"

"你很清楚我是自己一个人!"

我很想接着问:那你是别人的妻子吗?

但她已经挥手,好像一切都可以不予理会。"等我采访完了,会把帕卡德还给莱昂内尔。是他拒绝来这儿的。"

我一阵紧张。难道是大记者先生?可是他年纪太大了,都快三十岁了。

"不管他喜不喜欢,我都得做这个报道,"她说,"我要让我们都出名!难道你不想吗?"

"你已经在报道这个故事了。"

她翻了个白眼。"是的,是的,我是在报道……但我必须有照片……这可是《生活》杂志呢!斯特雷奇,拜托,我们不说这个了。你不会明白的。"说着,她朝那群猴子走去。

我的确不明白,不过我需要明白。也许那个家伙就像看上去一样是个大笨蛋。也许我需要再朝他脸上来一拳。我必须知道,所以我跟着她去猴子那里。她举起相机时,我伸手把相机摁下。"告诉我,你家有什么不好,让你不想待在家里。"

她接下来说的话声音非常轻,我几乎没听清。"伍迪,家不是你来自的地方。家是你想待的地方。"

我等着她继续说下去。然而她只是盯着笼子里吱吱叫的猴子,说:"你有没有想过,它们再也不会自由了?"

"猴子吗?"

---

① 第九章有注释。正确的说法是 Mann Act,《曼恩法案》。小说中的"我"之前听警察提过一次,不过他把"曼恩(Mann)"误以为"曼(Man)"了。

"所有动物,"她说,"甚至是长颈鹿。"

我觉得自己完全不赞同这个说法,于是极力跟她唱反调:"这个嘛,也许它们喜欢这样。它们不用吃了上顿没下顿。不用被狮子紧追不舍。不用被沙尘暴摧毁它们认识的一切。如果能够被许诺得到这样的生活,外面一些人可能会愿意跟它们交换位置。"

她皱起眉头。"我不是这个意思……我的意思是,要是你的余生都不能展翅飞翔怎么办?"

她肯定不是在说猴子和长颈鹿,但是无所谓。"长颈鹿没有翅膀。"

知道这次我不会轻易听她的了,她叹了口气。"我们还是有约定的,不是吗?"她伸出空闲的那只手。她想再跟我握一次手。

我没有握。

"伍迪,求你了。"

我慢慢地伸出手,她径直走过来抱住我,头靠在我的胸膛,她的相机深深扎在我仍疼痛难忍的肋骨上。接着她抬起头,给了我一个她那独特的、忧伤的、紧抿嘴唇的微笑。我突然很想吻她,就像自从车站以来一直想象的那样,尽管我压抑着愤怒——这让我困惑的心如此受伤,我希望从来没见过她。所以,当她把相机对准我并按下快门时,闪光灯再次让我眼花缭乱,我对此表示欢迎。我第一次见到她的时候就被她蒙蔽了双眼,认识她以来一直被她蒙蔽了双眼,而最后一次见到她时,我又被她蒙蔽了双眼。这几乎是一种解脱。

"我最好继续跟着你们。路程已经过半了,哦,还有照片,伍迪。它们可真让人难以置信。"

我感觉她在我脸颊上亲了一下,然后她走了。

我眨了眨眼睛,又能看清了。我就站在那里,直到又听到货运火车的声音。我下定决心要赶上它。我朝出口走去，公园的路灯亮了，我挤了过去，与一个巡警撞了个满怀，他正在往外撵一个流浪汉。

"对不起，先生。"警察竟然对我说，然后转身拽住那个笑嘻嘻的流浪汉的衣领，那个流浪汉一直想塞给他一张卡片。

我站稳，停下来。最后一批离开的游客从身边涌了过去，我被前方胡佛村的景象惊呆了——吵闹的环境、垃圾桶里燃起的火、硬纸板做的庇护所和成堆的焦油纸。这就是我听到和看到的一切。

不过，在这些喧闹声外，我好像听到了一声长颈鹿的哀鸣。我知道不可能。胡佛村太吵了，根本不可能听到。

我没有理睬。

然后我又听到了。

我走回动物园的入口，经过猴子，慢慢朝卡车走去，确信那只是我的幻觉。

然而，就在我转身想朝出口走去时，我感觉靴子底下发出轻微的咯吱声。我似乎踩到了什么东西，看起来像燕麦……地上的燕麦粒从那边的水牛围栏一路延伸过来，就像什么东西从食槽里偷了饲料，匆匆跑过一样。长颈鹿在跺脚。我抬头一看，有个东西在卡车的阴影里蹲着。真希望手里有那把猎枪啊。我蹑手蹑脚地靠近，做好准备，对付长着爪子的东西。

然而那不是什么长着爪子的东西，那里站着一个人，拿着洋葱和山核桃袋子，盯着长颈鹿们看。他看得入了迷，要不是我踩到一根小树枝，我差点就逮住他了。

他转过身来，把麻袋紧紧抱在胸前。

两只长颈鹿跺脚更快了，我们两个都没有动。借着公园一盏路灯发出的微弱光线，我能看清他的样子。他衣衫褴褛，光着脚，和我年纪相仿，不过比我瘦多了，瘦到皮包骨头，很是吓人。我的脖子上长了块胎记，而他的脖子和下巴上则有一块烧伤痕迹，没有完全愈合，就像摔在滚烫的铁轨上，或者跟一个流浪汉争夺火桶扭打时弄伤的。他那么可怜，不像流浪汉；那么年轻，也不像乞丐。我敢肯定，他以前是个扒火车的倒霉蛋。不过现在不是了。现在他在偷动物的食物，弓着腰，就像一条垃圾场的狗。

我们四目交接，他那眼神让我胆战心惊。他的眼里只剩下恐惧和饥饿，以及为了赶走恐惧和饥饿，什么都做得出来的狠劲。

就在那时，一只长颈鹿用力踢了一下车厢，整个车架都晃动起来。趁我抬头看的工夫，他朝我冲过来，把我撞了个四脚朝天——就像在检疫站我对老头做的一样——我重重摔在地上，新衣服也沾上了他的臭味。我最后看到他的身影，是他背着麻袋爬过一堵很难攀爬的光滑石墙。但他还是跑了。仿佛一只猫。

我躺在泥土和洒落的燕麦上，盯着那个衣衫褴褛的男孩的背影，沉浸在那一刻中。此后的岁月里，有时候我会莫名其妙地在镜子里看到他的脸。然而，当时唯一能让我从中清醒过来的是卡车摇摆晃动、车轴呻吟的声音。两只长颈鹿似乎要掀翻卡车。我爬了起来，一脚踢到一颗掉落的洋葱，把它捡起来。然后我跨坐在老头的两个宝贝之间的横木上，我还以为永远也没机会这样做了。两只长颈鹿走上前来，车不晃了。我抚摸着它们的大下巴，学着老头跟它们说话，一层一层剥那颗洋葱，喂它们吃。它们的大脑袋围在我身边，仿佛年轻的我就是它们的避风港。不知为何，我的心里又涌起在玉米地时的感觉，感到自己更轻盈，更闪亮，更安全了，我现在也说不清楚这种感觉。我们就这样待了很久,直到它们俩再次伸长脖子去够梧桐树叶,它们颤抖的鼻孔是唯一的提醒,提醒刚刚来了一头"狮子"。

我躺在横木板上看着,看着星光下它们轮廓分明的身影,听着它们在货运列车渐渐远去的声音中轻柔的咀嚼。

然后我听到一个粗哑的声音。

"你又上去了,小子?"老头叫道,"那样会把你那蠢脖子摔断的。"

我抓住身下的木板,还以为自己是在一节移动的车厢里。我刚才打盹儿了。头顶上的星星变换了位置。两只长颈鹿仍然围着我。我坐了起来,还是和之前希望的那样心情平静,无忧无虑。

"下来吧,"老头命令道,"东西凉了,不过很好吃。快去吃饭,吃完去那个四眼办公室的床上好好休息。需要时我会叫醒你。"

我从车上下来,那个衣衫褴褛的男孩留下的燕麦在我靴子底下嘎吱作响。我狼吞虎咽地吃起饭来,吃完并没有马上离开,而是转过身看着老头。他扑通坐在脚踏板上,从衬衫口袋里掏出烟和打火机。

"有什么心事吗?"他点着好彩烟问道。

"我背地里收了那卷钞票,"我说,"你为什么不撵我走?"

他咔嗒一声关上打火机,吸了一口烟,看着我说:"你以为我从来没饿过肚子吗?"他盯着我看了很久,眼神里充满怜悯,就像我为了金币打开顶盖时长颈鹿看向我的眼神一样——我很震惊,仿佛肚子挨了一拳。

他也原谅了我。

"现在去睡觉吧。"他说,挥手让我走。两只长颈鹿在上面平静地咀嚼反刍。

消化这一切的时候,我心情澎湃……一个全新的、清晰的想法在我封闭的内心萌芽。如果家,就像红说的那样,不是你的来处,而是你想待的地方,那么这辆卡车、老头和长颈鹿比我曾经拥有的任何一个家都更像家。对于一个流浪的孤儿来说,这个家似乎非常值得我拼尽全力,牢牢抓住,不管前方路上有什么在等着我。

我回头看了一眼那个衣衫褴褛的男孩爬过的石墙,又朝狭长地带的方向看了一眼,收起所有恐惧,朝那个戴圆顶礼帽的动物园管理员的办公室走去。我知道,无论发生什么,我都不会离开了。

在小小的动物园办公室里,虽然做出了决定,我还是花了一段时间才平静下来。黑暗中,我睁大眼睛躺在小床上,听着猴子的叫声,怀念着长颈鹿带来的宁静,不知不觉睡了过去。我发现自己站在刺眼的红土色太阳底下……

……我听到妈妈说:"小家伙,你在跟谁说话呀?"

……我看到笼子里的动物,一只熊、一只浣熊、一只美洲狮,还有许多响尾蛇。

……我看到两只长颈鹿在湍急的河水中漂浮。

……我看到一把双管短猎枪瞄准并射击。

……砰砰的声音从办公室的墙上反弹回来,黑暗中我猛地坐起身,蜷成一团,连床带人倒在了地板上。我揉了揉脑袋撞到水泥地的地方,脑海中浮现出漂在水里的长颈鹿和笼子里的动物。我一点也不记得在哪儿见过这些。我唯一认出来的就是那把枪——我清楚地记得。可我噩梦中的枪是一把步枪,而这是一把双管短霰弹枪。我不记得这辈子还见过这样一把枪。

我把行军床从身上推开,冲出了办公室,一刻不停地跑向卡车,爬上梯子，看到安安稳稳待在里面的长颈鹿，我才放下心来。我低头看了看老头，他正盯着我看，那眼神就像上次在郎德汽车休息站看见我只穿内衣跑到卡车前一样。

我的心还在怦怦直跳，我问他："在圣迭戈，你们有关在笼子里的熊吗？"

"我们有熊，但是在一个很大的坑里。"

"美洲狮呢？"

"没有。一只也没有。"

"浣熊呢？"

"现在谁还想要浣熊啊？"

"响尾蛇呢？"

"那个我们有。我们从动物园的山上挖了成千上万条，卖给其他动物园。甚至澳大利亚人也买了一些。"

"湍急的水流呢？你们那有吗？"

"这个嘛，我们有大海，"他说，"怎么了？这个小动物园让你兴奋了？"

我耸了耸肩。我就剩下这点力气了。

他命令我下来。"坐下。"

我在他身边坐下。

"来，我再给你说说我们要去的地方。"他说，"你觉得那边土拨鼠的干涸河沟好吗？在圣迭戈，你和非洲狮之间就只隔了一条河沟。事实上，要是按照女老板的想法，天气好时，他们会把巴尔博亚的公园全围起来，让动物们在里面自由活动。围墙可能挺破旧，钱也总是紧缺，但那儿对动物们来说可是个数一数二的地方。我跟你说过企鹅的事吗？"

　　我靠在车门上，听老头说话。我很想把我这个新疆梦告诉他，我甚至想告诉他比拉姨妈，但我知道这无济于事。

　　我没告诉他，而是朝大路的方向望去。往西的路。

西联国际汇款公司

1938年10月11日下午7点02分

收件人：贝尔·本奇利夫人
圣迭戈动物园
圣迭戈，加利福尼亚

在小石城过夜。取消孟菲斯的司机。长颈鹿很好。到俄克拉何马州再联系。

RJ

西联国际汇款公司

1938年10月12日上午7点10分

收件人：赖利·琼斯
西联办事处

全国文章报道超过500篇。《生活》杂志将报道抵达情况。会派摄影师乘飞机前来。
尽快发电报告知预计到达时间。

BB

……"亲爱的!"

我在地板上。我不知道自己怎么躺在了地板上。"我的铅笔……我的铅笔呢?"

"我先扶你起来,然后再给你找铅笔。"

我感到红发护理员把手放在我腋下,扶我坐到轮椅上。"哦,亲爱的,你撞到头了。会留疤的。发生了什么事?"

我想我的心一时停止了跳动。不过我是不会告诉她这个的。我四处寻找野丫头的身影。窗户开着,可它不在那里。

我记得为什么。

罗西把手伸向窗户。"你冷得像冰一样。最好关上窗户。"

"野丫头可能会回来!"我驾着轮椅过去阻止她,结果轮椅撞上了床架,又滚了回来。

罗西抓住我。"我还是叫护士来吧。"

"不,不,不要!护士会让我吃药,我不能停下,我必须写完!我就快没时间了,已经没时间了!剩余要告诉她的,对她来说是最重要的部分!除非我写完,否则她不可能看明白。你得让我写完!"

罗西叹了口气,低头看了看我草草写下的最后一句话。

穿越俄克拉何马州。

"我不记得俄克拉何马州的事了,亲爱的,"她说,"现在想来,过了阿肯色州的事我都不记得了。剩下的你给我讲过吗?"

"讲过。"我撒谎说。

"嗯……"她停顿了一下,把那绺灰白的头发塞到耳后,"你要是躺下休息一会儿,我就不去叫护士。说好了?"

我点点头。

"好了,"她边说边把我从轮椅扶到床上,"你一整天都趴在桌子上写,什么东西也没吃。可能就是因为这个才晕倒。"

我的心脏漏跳了一拍,我知道不是这个原因。"我的铅笔……我的铅笔呢?"

她从油毡上捡起铅笔,放在桌子上。"你先好好睡一觉,然后就可以继续你的旅行了。先好好休息,答应我好吗?"

我又点点头。

她离开了。

我摇摇晃晃爬回到轮椅上,抓起铅笔。我深吸一口气,手放在心口上停了一会儿,然后继续前行。

这就是我开始许下愿望的地方。

第十一章
穿越俄克拉何马州

这就是我开始许下愿望的地方。

我希望我能跳到前面去。

我希望我能直接跳到终点,而不必在艰难时期开车穿过俄克拉何马州和得克萨斯州的狭长地带。

你从小生活的地方会影响你的一生。当其他一切都被遗忘时,你仍会记得它,不管它对你来说是好还是坏。即使它几乎要了你的命。即使它侵入你的梦境,让你噩梦连连。即使你从中逃离,一去不返,然后发现自己又回到它的怀抱,你只希望低头开车路过,保持警觉,躲开最糟糕的事,这样你就可以到别处继续过你年轻的生活了。

就像人们说的,如果许的愿望都能实现,乞丐早就发大财了。可这并不能阻止乞丐许愿。

从尘暴区到加利福尼亚有两条主要道路。最有名的是66号公路,它从芝加哥开始一路平原,穿过俄克拉何马州,到达洛杉矶。另一条是通往圣迭戈的"南线",这条路线穿过得克萨斯州狭长地带的底部,也就是我的家乡所在地。我认识的人都不叫它"李公路"。它就是西去的路，不管我喜不喜欢，这就是我们要走的路。

　　从阿肯色州边界进入俄克拉何马州，绿油油的田野开始消失。随着我们驱车深入该州，就连天空的蓝色也发生了变化，颜色变得更浅淡、更朦胧、更稀薄。我妈妈过去常给我讲她和爸爸刚开始在得克萨斯州狭长地带他们那片土地上建立家园的故事，故事中的天空清澈美丽，但对我来说，那就像一个童话故事。我童年的天空总是晦暗不明，之后不久就变得致命。你可能听说过"黑色星期天"，那是最为糟糕的一天，爆发了史上最可怕的沙尘暴。那是 1935 年 4 月，一团骇人的乌云咆哮着冲进地平线。那是大平原①向我们吹来的风，来自地狱的风暴吹走了得克萨斯州、阿肯色州、俄克拉何马州和堪萨斯州的三亿吨表层尘土。风暴袭来时，天空一片黑暗，伸手不见五指，空气中充满静电，轻轻触碰任何人或者任何物体，就会让火星变成黑魔法般的火焰。风一直刮个不停。事实上，这场尘暴向东刮去，势头极为迅猛，华盛顿特区的天空都变暗了，据说国会议员们都不得不关上窗户，躲避尘土侵袭。对大多数人来说，那一天只是一个史实的节点；但对我和我的家人来说，那一天我们踏上了一条不归路。就在那时，我的小妹和我妈妈开始咳嗽个不停，最后死于尘肺病，一同死去的还有老老少少许多人。几个月里，人们只想着这件事。尘土从未完全离开空气，就像《圣经》中的瘟疫一般忽上忽下，成群结队的蚱蜢仿佛一片黄云，褐色的天空下起泥巴雨。即使空气变干净了，担忧也从未消散。每年都会有更多尘暴，每一次尘土在空气中停留的时间更

---

① 美国大平原，位于美国中部，南北纵贯十个州，面积巨大，占美国国土面积的五分之一。人类的不合理活动，滥垦土地，破坏草原，加之气候干旱，酿出巨大灾害，导致黑风暴诞生。

长，患尘肺病的人也更多，人们祈祷来一场真正的雨，可是祈祷没有被回应。农场主和佃农都成群结队地离开了。我们开车经过的那天，那些留下来的人除了沙尘暴几乎不谈别的事情。因为那天起风了。风带来了一些尘土。尘土带来了之前的恐惧——即使有一对来自世界另一端的长颈鹿从他们眼前经过。

在俄克拉何马州州界上行走了不到一小时，风开始猛烈地刮起来，卡车也跟着摇晃。我们把车停在一片茂盛的树丛下面，检查野丫头的夹板，让它们吃树叶休息，因为我知道，得过很长一段时间才会再见到这样的树丛，越往前，树木越稀疏。在我们再次上路之前，我们试着让长颈鹿把脑袋缩进去，好锁上窗户，可是它们根本不听，我们也来不及尝试用什么花招哄它们。

"你知道这会持续多久吗？"老头手里抓着他的软呢帽问道。

我不知道，但我这个可怜的农场小子比以往任何时候都希望自己知道。

接下来的几个小时，风越刮越猛，地势也越来越平，我们的车速比平时要慢。在距离科曼奇几英里的地方，我们在洛科停了下来，这是一个十字路口，主干道两侧只有两栋建筑。一栋是一个加油站，有两个油泵，和上面崭新的德士古公司招牌一样，都是红黑相间，闪闪发光。另一栋是一个摇摇欲坠的杂货店兼邮局，大有用力一推就会倒塌的架势。店里的金属招牌比木头招牌多，到处都是可口可乐、百利发油和卡特小护肝丸的超大招牌。虽然这在老头眼里很奇怪，在我看来却很正常。金属招牌可以挡风挡尘土，那风和尘土甚至可以从棚屋缝隙钻进来。

我把大卡车开进德士古加油站，一位牙齿稀疏、打着领结的加油站服务员跟我们打招呼,两只长颈鹿也俯身主动跟他打招呼。

"可了不得了!"他不停地说。

加油站另一边,一辆满载货物的汽车正开上向北通往农场的路,看到长颈鹿,里面的人都用西班牙语大喊大叫起来。

"外来务工人员,"加油站服务员摁着帽子不被风刮跑,说,"每年这个时候都来。整个星期一群群的人打这儿经过,去密歇根采摘樱桃。要是沙尘暴更严重的话,我也要去那儿。"

老头让我去公路对面的商店买食物和一袋新洋葱,他给长颈鹿喂水,顺便再检查一下野丫头的夹板。

商店柜台后面是一个瘦骨嶙峋的男人,长着一个玉米穗大小的甲状腺肿块,正把一块饼干塞进嘴里。"那边是什么呀?"说着,他用袖子擦了擦嘴唇,眯着眼睛透过纱门看过去。

"长颈鹿。"

"真的吗!打这儿经过的东西我见的可真不少。在这儿待不长吧,我猜。"

我点点头,抓起要买的东西,把它们放在柜台上。

那人哼了一声。"你最好还是快点走,又起风了。你那些动物长着那样的喉咙,要是天空变成褐色,情况就不妙了。醒来一看,遍地都是尘土。已经好几个月没这样了。要知道,整个州还没完全从1935年那场沙尘暴中缓过劲来呢。"

"我知道。"我说。

"和那场沙尘暴一比,34年和37年的沙尘暴就是小菜一碟。"

"我知道。"我说。

"但是雨快要来了,"他补充说,"能感觉到。"

听到这句话,我浑身发冷——这话对我来说听上去就和风一样熟悉,它就像所有在沙尘暴中赖着不肯离开的人的赞歌。我爸爸过去也常常这么说,在事情变得更糟之前。于是我转身又拿了一样东西——一罐凡士林,把所有东西放在前面,等老头过来付钱,然后去用商店后面的室内厕所。

经过一大桶苹果时,惯有的偷窃本能差点让我拿起一个塞进口袋。等我从厕所里出来,却看到站在苹果旁的人竟然是奥古斯塔·红。看到她,我的内心五味杂陈,百感交集,尤其是回想在小石城时,还以为再也见不到她了。她在动物园里跟我说了很多好话,但我对她怒气未消,也没有心情再听。于是我蹑手蹑脚退到门后等她出去,差点错过她接下来的动作。她瞥了一眼仍盯着长颈鹿看的店员,忍住一声咳嗽,然后比我还轻车熟路地拿起一个苹果,塞进裤兜,慢悠悠溜出后门,走到帕卡德停放的地方。

我站在那里愣住了。我不确定看到的景象是不是真的,也不确定要是真的,那又意味着什么。

我匆匆穿过马路,跑向卡车,一边回头张望红的身影,结果差点撞到加油站旁边的一根电线杆上,最后一刻才回过头来。

"哇!"那个打领结的加油站服务员叫道,"好险啊。"

"走路时好好看路,小子,你跑那么快,那根电线杆会撞坏你的脑袋。"老头说着关上活板门,"那家店看来还有西联的招牌,我去看看有没有女老板的电报。你把我需要付钱的东西准备好了吗?"

我点点头,仍然在寻找红。她来了,迎着风,举着相机,穿过公路飞快地朝我们跑来。

老头一看到她就生气了。"她怎么老是出现啊。阴魂不散。"他咕哝着,绕到卡车另一头,躲开她。

我相信老头会像他说的那样报警,突然很想警告她。不过我没有。我只是站在那里,看她给系领结的加油站服务员和长颈鹿拍照。然后她抬起头朝我咧嘴一笑。这时我似乎听到有人在唱歌。我四处寻找,最后发现加油站外边有一顶帐篷,周围停满了卡车、老式福特汽车和农用马车。歌声随风飘过来。我想一定是哪个教会在举行"复兴会",就像每年我被拉去参加的那些活动一样,有滔滔不绝的布道者,还有拯救灵魂的祭坛召唤,所以我不打算提起它。

不过红还是注意到了。"那边是在干什么?"

"哦,他们在举行全天的社区演唱会,"打领结的服务员说,"主要是狂热的福音派基督徒,你知道,都是虔诚的人。我希望是浸信会的人。因为他们会唱歌,但不叮叮当当地敲手鼓。"

红的脸上露出喜色。

这时天上下起毛毛雨。

帐篷开口附近的一位女士用颤音高唱道:"下雨了!"人群中有一半出来观看。

"赞美耶稣!"

"多么美好的祝福啊!"

一位女高音觉得这值得高声喊几嗓子。

就在这时,靠近帐篷开口的那位女士看到了我们。"弟兄姊妹们——看呀!"

其余的人都涌出来目瞪口呆地盯着长颈鹿,歌声消失了。有那么一会儿,只剩下风声和小手鼓最后的叮当声。然后,大雨噼里啪啦下了起来。

"这是神迹!"有人大声喊道。

人群分成两派,开始唱两首不同的歌。有人起头唱了一首脍炙人口的福音歌……"我会远走高飞,哦,荣耀,我会远走高飞……"另一群人则唱起另一首歌……"哦,来树林里的教堂吧……"声音很是嘈杂,听上去就像是一比高下的手鼓声中一群尖叫的猫在打架。领唱为了让人们唱同一首歌累得汗流浃背,两只长颈鹿也朝喧闹声传来的地方伸长脖子,它们的耳朵前后转动,几乎与手鼓的节奏同步。

人群开始为长颈鹿跳起神圣的舞蹈,他们把嘴巴张得大大的,要么是为了接天上的雨水,要么是为了让上帝听得更清楚。这时老头从公路对面的商店里走了出来。怀里抱着满满的补给品,看到眼前的一幕,他脸上的表情似乎在说:这是在搞什么鬼。

"要我试着把长颈鹿的脑袋弄进去吗?"他匆匆朝我们走来时,我大声问他。

"这鬼哭狼嚎的,你觉得它们会让你这么做吗?"

我们跳上车,摇上车窗,唱歌的人们凑上前来。红在人群中间拍照,一看到她,老头的脸阴沉下来。

"你报警抓她了吗?"我问。

他看了我一眼,好像已经把这事忘得一干二净了,好像他脑子里在想别的事。

这让我愣了一下。"你收到电报了吗?"

他指了指大路。"过会儿再说。我们走。"

我启动卡车,引擎隆隆作响,领唱挥舞着胳膊,大声喊道:"第351页,弟兄姊妹们!让我们好好送他们走!"

听到这话,歌声和手鼓都安静下来,气氛变得甜蜜而轻松,和天使合唱般欢快。在四声部和声中，人们开始为那个独特的时刻唱出最完美的赞美诗。这首赞美诗我听了一辈子了，但直到那时我才明白那些歌词的含义：

主手所造万象生灵

大家一齐高声歌唱

哈利路亚

哈利路亚

连我也不得不承认，听上去很美。

接下来一英里的车程中，老头和我都一言不发，沉浸在宁静的幸福里，长颈鹿们回头张望，仿佛喜欢上了福音歌曲，挡风玻璃上的雨刷拍打着节奏。再往前一英里，侧方后视镜又出现了绿色帕卡德，直到我们穿过科曼切时，那辆车减速，再次从视线中消失，我才放松下来。

走了五英里，淅淅沥沥的雨停了，我们摇下车窗。

接下来的五英里，你根本看不出下过雨的迹象。尘土再次飞扬起来，空气中的沙粒打在我皮肤上留下了印记，我只好把胳膊肘从窗口收了进来，沙粒肯定也会钻进长颈鹿的眼睛和鼻子。我们不得不试着让它们把脑袋收进去，于是我们在一个宽阔的十字路口停下。一个满脸皱纹的老头子坐在停车标志前的一辆锈迹斑斑的老式皮卡里。

"你这玩意儿拉的是长颈鹿啊！"他大笑着说，"你把它们的大脑袋放进去，就是因为尘土太多？"

我点点头，然后过去忙活，长颈鹿们受够了沙尘，任由我摆弄。

那个老人还在说话："很久没见尘土了，可能还会更糟。"我们离开时，他朝我们喊道："但是感觉雨快要来了。"

我们就这样缓慢而平稳地开了好几英里，风力减弱了一些，空气中弥漫的灰尘更令人担忧。

长颈鹿开始咳嗽。

即便是现在，想起那个声音我还会起鸡皮疙瘩。那声音听上去就仿佛砂纸磨在石头上，半是呻吟，半是嘎嘎声，糟糕透了。车窗虽然关上了，但我和老头都咳嗽起来。

作为一个沙尘暴地区长大的男孩，我知道咳嗽就如同葬礼的邀请，我感到越来越恐慌，于是把车停在路边。

"你这是干什么？"老头对着拳头咳嗽着说。

耳畔响起我爸爸咒骂雨水的话，我拿起一罐凡士林——这是我要求加到我们的补给品清单里的——这也是我妈妈对付沙尘暴的办法。长颈鹿会不会任我摆布，我不知道，但我必须试一下。老头跟在我身后，我爬上去，打开顶盖，把罐子里的凡士林全都涂在它们甜瓜大小的鼻孔上。真希望能有更多凡士林。老头和我抚摸着它们的脖子，咕咕咕地跟它们说话，它们的喉咙痉挛般蠕动着……直到砂纸刮擦的声音慢了下来。进入它们大鼻孔的灰尘变少了。尽管如此，我还是担心这样做还不够，或者为时已晚。

"我们遮起油布来吧。"老头命令道。我真希望我们能早点这么做。一旦灰尘进了车里，要是你在前进，它就会不停地旋转，而我们别无选择，只能继续前进。

我们就这样前行了足有半个小时。长颈鹿摩擦砂纸般呼哧呼哧的声音消失了，现在风也成了微风。然而长颈鹿仍然在抽鼻子、打喷嚏，声音很大，关着窗户也能听到，于是我们又把车停在路边，把油布解开露出一个缝，从活板门往里看。两只长颈鹿都低垂着脑袋和脖子，流着口水和鼻涕。它们正试图靠自身的力量将残留的沙尘喷出去。

老头吩咐我掀开顶盖，他从卡车金属罐里取水把水桶装满。我一回到地上，他就拿着一只水桶爬了上去，慢慢把它放到横木板上，然后咕哝着坐在上面。我把几颗洋葱装进口袋应急用，抓起另一只水桶跟在后面。

"就站在那儿别动，"我爬到侧梯最顶上一级时，他命令道，"让它们抬起头，"他接着说，"然后按住它们。"

说得好像它们不配合我，我也能做到似的。我放下水桶，朝野小子挥了挥洋葱。它将湿答答的鼻子伸了过来。我一边喂它洋葱，一边尽可能温柔地搂着它的下巴，以免吓到它，等老头准备好时再抓它。老头从另一边咕咕地说着长颈鹿话，举起水桶，点了点头。我胳膊夹紧。老头用力一倒，将整桶水泼向野小子，正好浇在它的脸上，水顺着它的大鼻孔往下淌。野小子像一匹弓背跃起的野马一样抽打我，接着打了一个大喷嚏，喷了老头一身唾沫和鼻涕，我这辈子都没见过这么多。老头骂骂咧咧地擦拭，我则咬着舌头，努力板起面孔不让自己笑出来。接下来我们又对野丫头如法炮制，它已经看见了发生的一切，并准备好了回报。老头拿起桶，点点头。我夹紧它的脑袋。老头泼水。野丫头挣脱了我微不足道的臂力，猛地往后一仰，打了个最响亮的喷嚏，也和我分享了它的"财富"。

我们回到地面，坐在卡车脚踏板上，一边擦身子，一边听有没有更令人不安的声音。但除了跺脚声和吐口水声，什么也没有。于是我们又给长颈鹿拿来几桶水，它们看了一会儿，便大口喝了下去。我们收好油布，把车开回公路。

必须继续前行。

很快我们就进入俄克拉何马州沙尘暴最严重的地区。越往里走,景色越荒凉。起初,天上开始下毛毛雨,我们并没太在意。一个小时过去了,我们是这条荒凉的公路上唯一的车辆,这条路开始看上去像废弃了一般。

突然之间,我们不再是唯一的旅行者了。一拨又一拨棕色小鸟在毛毛细雨中跟着我们飞翔,它们就像一串串泡泡,一条条丝带,飞近,又飞远。一英里一英里过去,它们一直伴着我们,波浪一般的一大群,没有起点也没有终点,在平坦空旷的土地上不停地前进。

就连老头也被震住了。"这真是一个自然奇观。"

两只长颈鹿也注意到了,它们的脖子伴着没有尽头的鸟群一起摆动。

"它们这是要同时去哪里,为什么?"我看着那条鸟儿形成的飘带在贫瘠的土地上飘过去又飘回来,说道。

"也许是因为刚才发生的事情,"老头说,鸟儿们海浪般飞近,他的声音变得平静,"更有可能是因为即将发生的事。"

"可是它们是怎么知道的呢?"我问。

"动物本能。棕色小鸟一生下来就知道。"他说,"我们也不是一点动物本能的残余都没有了。比如你感觉有人在盯着你,或者在加油站时,为什么你在最后一刻没有撞上电线杆。有些人的感觉非常强烈,他们相信自己有第六感,有第二视觉,你也看不出他们有什么非凡之处。"

他的这些话立刻让我紧张不安起来,我纳闷老头是不是知道了比拉姨妈,以及我最近做的乱七八糟的噩梦。然而他的眼睛从未离开那些鸟儿。

"当然，这种人被称为骗子或疯子，"他接着说，"不过在我看来，这些可能是鸟类和动物从未失去的东西的回声，比如某种内在生存本能的微弱残余，数千年的人类文明没有完全消除它。"他摇了摇头，鸟儿围成小圈在我们头顶盘旋，接着又一次掠过平原，"是的，我告诉你，这些年我和动物一起工作，见识了不少怪事，奇怪又奇妙的事……"

我们被一拨又一拨的鸟儿迷住了，都陷入了沉默，以至于我忘记了其他的一切。整整两个小时，我的侧方后视镜里都是鸟儿和长颈鹿，框起来就是一幅美丽的画。长颈鹿长长的脖子随着飞舞的鸟儿一起摇摆，每看一眼都让我惊喜，我的心情只能用欢欣雀跃来形容。就这样一直往前。天空一直在下毛毛雨，长颈鹿一直在摇摆，鸟儿一直在飞翔，给了我和老头足够的时间去沉思。后来有人告诉我，这个罕见的现象叫"椋鸟群飞"——一大群鸟聚集在一起，看起来像一团舞动的云。然而，没有人对这条不停流动的丝带的解释，能对得上我记忆中的样子。在我童年生活过的贫瘠又无情的土地上，"自然奇观"一词毫无意义，而眼前的景象恰恰让我充满了一种奇妙的感觉。

到了傍晚，这些鸟儿已经跟着我们飞了很久很久，它们似乎成了搭我们顺风车的乘客。

直到毫无预兆地，来到一个弯道处，它们飞走了。

它们消失了。

这片土地很快又变得丑陋贫瘠，我几乎要疯了。被迫再次凝视死寂的俄克拉何马土地，我心情低落，即使看长颈鹿也无法缓和。我瞥了一眼老头，他也面带忧郁。我满脑子想的都是老头讲的鹰眼故事里的那些候鸽，它们的数量如此之多，遮天蔽日，直到被枪炮打得无影无踪。当时"灭绝"一词还没人使用。然而，作为一个差点没能活着逃离那片荒原的孩子，我一边开车一边思考这个问题，想着所有那些拿大口径短枪的边疆人，他们都纳闷鸽子去了哪儿①，就像俄克拉何马州耕田犁地的爸爸妈妈们一样，他们也想知道土壤去了哪儿。

在接下来的几年里，随着战争席卷世界，人类会不会亲手将自己送上灭绝之路成为我们不得不思考的问题。我发现自己会回想那个低语消失、陷入沉默的时刻，感到一种难以解释的失落和疲惫。然而那一天，那只是旅行中偶尔出现的莫名其妙的忧郁，那感觉如同细雨一般，轻轻打在我们身上。

就这样，我们一直往前，眼看就要驶出俄克拉何马州了。老头打破了沉默，宣布要在下一个汽车旅馆过夜——只要那里有一丁点树木。

从得克萨斯州边界往前开了大约一小时，我们发现了威格瓦姆贸易站②汽车旅馆和露营地，那里的灰泥房子一个个呈圆锥帐篷形状，彼此隔开，很像印第安人的村庄。老头非常不愿意在圆锥帐篷形状的灰泥房子过夜，但后面篱笆旁一排高大漂亮的树木说服了他。为了长

---

① 关于候鸽和鹰眼的部分是库珀描写西部边疆生活的系列小说《皮袜子故事集》的内容，前文老头给"我"讲过这些故事，拓荒者们射杀无辜的生命。
② 威格瓦姆，英文是 wigwam，就是土著美洲人的茅屋、棚屋。贸易站（trading post）：贸易商或贸易公司在人烟稀少的地区建立的站点，用于进行当地产品（如毛皮）的贸易。历史上，贸易站在美国边境地区很常见，通常位于主要贸易路线沿线、河流附近或十字路口。它们是美洲原住民、定居者和商人之间进行商品交换的枢纽。

颈鹿,我们也要留下来过夜。

一看到我们,老板和老板娘就从办公室兼商栈跑了出来。老板高兴地呼喊,老板娘则挥舞着纪念品纸做的印第安人头饰——两个给我们,两个给长颈鹿——老头替大家谢绝了。很快,卡车就被安置在树丛后面。那天晚上和我们同住那里的还有几家游客,他们衣着整洁,开漂亮的汽车,他们的孩子因为住上圆锥形帐篷、看见长颈鹿,觉得中了头奖。此外,在我们停车处另一边的露营区,有一大家俄克拉何马人。他们搭了一个帐篷,行李绑在他们的旧福特T型车上。

黄昏来临,老头和我去照料长颈鹿。我们检查它们的耳朵、鼻子和喉咙有无残留的尘土,结果又被它们吐了一身唾液。野丫头十分疲惫,老头检查它的绷带时,它都没有什么反应。因此,为了振奋它们的情绪,我们让周围帐篷过来欣赏长颈鹿的游客走上前,让两只长颈鹿靠过来,舔舔孩子们的脸,摘掉男人们的帽子寻开心。就连俄克拉何马州的那一家人也无法抵抗这个诱惑。最先过来的是怀抱婴儿的妈妈,接着是老奶奶,她让男人们把摇椅从车上卸下来,拖过来让她坐在上面看长颈鹿。老头差不多也笑容满面,甚至还允许孩子们喂长颈鹿吃洋葱。

所有父母都带孩子和孩子的奶奶回去了,有的回到了灰泥帐篷,有的回到了营地,这时一辆绿色帕卡德在不远的小棚屋前停了下来,老头的好心情顷刻间烟消云散。我以为终于能听到他自从查塔努加以来酝酿的长篇大论了,然而他转向我说:"我们需要谈一谈女老板的上一封电报。不过,现在我得去发个电报。"说完,他朝办公室走去。

天空已经稍微放晴了些,灰尘消散了,云彩高高地飘在天上,一朵一朵掠过星星。附近就有一个商栈,老头在离长颈鹿不远的火坑上给我们煮了一顿热腾腾的饭,有豆子和玉米面包。那天在俄克拉何马州起起落落经历了很多事,但我感觉心情很平静。清新的空气和吃饱喝足可以让你暂时忘记一切烦恼。老头一定也有同样的感觉,因为他说想谈谈,可什么也没有提。我觉得很好。他浇灭火坑,和往常一样答应到时接替我,便朝我们的棚屋走去。于是我爬到顶盖上,跨坐在两只长颈鹿之间的横木上,在它们开始反刍咀嚼时,享受它们的陪伴。唯一的光亮来自对面俄克拉何马那家人的篝火,它使一切都发出朦胧的光彩。

直到我听到下面传来红的声音。

"伍迪?"她忍着咳嗽说,"我可以上去吗?"

平静的心情被打乱,我本想说不,不过还是点了点头,虽然有点不情愿。她拉起裤子,爬上我的座位,跨坐在横木上,与我面对面。我向后挪了挪,与她保持距离,就像从山上下来的那晚一样。她注意到了。野丫头跟她打了个招呼,又继续反刍了,不过野小子吸了吸鼻子靠上前来。

红伸出手抚摸它的下巴,又忍住了一声咳嗽。"我没法把鼻子里的灰尘弄出去。"她喃喃地说。在俄克拉何马州那家人篝火的微弱光线下,她看着我和我有故事的脸,那眼神就像在大爸爸那儿时那样。"给我讲讲你的故事吧,伍迪。"她试着说,"求你了。我真的很想听。"

我一句话也没说,而她很清楚为什么。

"好吧,"她深吸了一口气,说,"随便你问我什么。我保证回答。"

于是我咬紧牙关问:"你结婚了吗?"

"是的。"她看着我的眼睛说。

我退缩了。"和那个记者吗?"

"是的。"

我又退缩了。"那你为什么在这儿,而不是和他在一起!"

"因为我更想待在这儿。"

"可你有丈夫。"

她直视我,再次说:"是的。"

除了我妈以及和我妈一样的女人,我从来没有和已婚女人在一起过。她结婚了,却不待在丈夫身边,我无法理解。"但他想让你回到他身边。"

"也许吧,"她说,"也许他只想要回他的帕卡德。"

然后我听到我嘴里冒出这句话,两周前我还以为这是傻话:"你不爱他吗?"

这个问题让她不安起来。"我爱不爱他是我们之间的事。"她叹了口气,"不管他怎么看我,他是一个好人。"

"一个好人?他都报警抓你了!"

"是的。"

"那你为什么嫁给他?"

她又叹了口气。"你不会明白的。"她在进行内心斗争,脸涨得通红,和头发一样红。

我不在乎。"你刚才还说,你会回答任何——"

她打断了我:"你以为你是唯一一个不想说出自己的故事的人吗?"她把手放在胸前,语速很快,"我当时的处境很糟糕,需要出路。"她放下手,"所以,我做了女人通常会做的事。我结婚了。"

"但为什么是他？为什么是大记者先生？"

"就因为他是大记者先生，"她回答道，"他有了不起的工作，了不起的车。我当时十七岁。他是个可靠的结婚人选。我当时以为我需要这些，有一段时间确实是这样。真的。"她停顿了一下，"但是后来每个星期他都会带一本《生活》杂志回家。通过那些照片我开始了解世界。我开始想要……需要……"她停下来咳嗽，然后咳嗽变成大口喘息，一阵又一阵，就像在大爸爸那儿时一样——短促、绝望、空洞的喘息——听上去很像我妈妈临终时的动静，又一次把我吓坏了。每阵喘息后，她都紧抿嘴唇，好像对自己不得不大喘感到愤怒，用尽全身力气想停下来。

许久之后，她终于熬过来了。

她抓着衬衫坐了一会儿，小口轻轻地呼吸着。然后，她用嘶哑的声音喃喃地说："我知道我答应过你，伍迪，我还以为我能……可我不能……拜托了。"说着，她努力咽了一下，仿佛真相卡在了她的嘴里，"你什么都不必告诉我，真的，你不必。"

我看着她把瀑布一般的卷发从脸上拨开，所有敌意都烟消云散。我不知道她说的是真是假，因为那并不是全部真相。然而，那一刻我根本不在乎全部真相是什么。我自己不是也把关于自己的真相咽在肚子里吗？哪怕她告诉我这些只是为了听我那悲惨的沙尘暴故事，我也不在乎。我想告诉她，但用语言来描述那痛苦又谈何容易。

我甚至不知道从哪里开始……

你有没有经历过一觉醒来，满身尘土，空气中也尘土弥漫，你不得不吸进去，否则就会死？你有没有过在恐惧中醒来，担心又有一只你的动物，吸着同样的灰尘，没能熬过那一夜？从你埋葬小妹那天，到你埋葬母亲那天，你有没有度过多年这样的日子，每天都生活在恐惧和尘土之中？而你不知道，也不可能知道的是，就在同一天——在那个重要的日子——你将成为狭长地带那片毫无价值的土地上唯一的活物，你的脸上和靴子上都溅满鲜血？

但是，关于我的全部真相——我至今仍没有勇气写下的那个真相——我不会告诉她。

我给她讲了每个尘暴区孤儿都会经历的故事……和妈妈一样的女人死于尘肺病，她们毕恭毕敬，百依百顺，在所有《圣经》诅咒的征兆中苟延残喘，因为爸爸那样的男人是这么要求的。如果你不幸生在这样的家庭，你自己也快要活不成了。让你活下来的动物也在走向死亡，它们忍饥挨饿，像你这样的农民剖开死牛的尸体，发现里面全是泥土。你不得不忍受每天早上醒来发现又有一只动物躺倒在地，等着你把它从痛苦中解脱出来。过了一段时间，你意识到所有人都需要脱离苦海，你快疯了。大地正在报复，尘归尘，土归土，早该离开了，即使你不知道离开后能做什么。有些人无法离开，无法放手，像你爸爸这样的人就不知道离开之后如何苟活……你爸爸就是这么做的……你的手里还握着一支冒烟的步枪……举起来，朝他瞄准。

这就是我告诉她的。除了步枪那一部分。我说，这片土地上有成千上万个孤儿，成千上万个类似的故事，我只是其中之一。"唯一能做的就是去别的地方，找别人，活下去。"我说完了，咬紧牙关。

"可是，伍迪……你又回到这儿来了，"她喃喃地说，"你为什么要这么做？"

自那场飓风之后，我的答案始终只有一个。"我想去加利福尼亚。"说完，我瞥了一眼正在反刍的两只长颈鹿。我转过头来看红时，她的眼睛湿润了。她把手放在我的手上安慰我。我还在为记忆中的事感到刺痛，把手抽了回来。于是她靠过来拥抱我，就像在小石城那样，我没有拒绝。然后，就像有时候拥抱时会发生的那样，紧接着是一个轻轻的吻，这更多的是一种安慰，而不是表达爱意，即使是在嘴唇上。然而，我对这些事一无所知，即使我知道，也无关紧要。因为我终于吻到了奥古斯塔·红，我希望这个吻持续下去，我在车站度过漫漫长夜以来无数次想象过这个吻，此刻终于成真。所以，当她开始往后靠时，我把手伸进她后脑勺的卷发，托住她的头，我想让这个吻比她想要的更有意义，我想赋予它我想要的意义。

她带着我见过的最奇怪的表情挣脱了我。

然后她吐了。

西联国际汇款公司

1938 年 10 月 12 日上午 10 点 12 分

收报人：贝尔·本奇利夫人
圣迭戈动物园（转交）
圣迭戈，加利福尼亚

如果一切顺利，预计星期天到达。

RJ

第十二章
穿越狭长地带

安静，宝贝／别哭。

"是时候让你成为男子汉了！"

"伍迪·尼克尔，告诉我到底发生了什么，现在就告诉我！"

"小家伙，你在跟谁说话呀？"

苹果棕色的眼睛瞪着。

湍急的水流咆哮着。

……空气中充满了咆哮、呻吟、长颈鹿恐怖的哀号，声音越来越大，越来越大……

一声霹雳把我惊醒，我从棚屋的床上猛地坐起来，双手捂着耳朵。窗外下起倾盆大雨。我的心怦怦直跳，我砰地关上窗户，咒骂着比拉姨妈、飓风、背负罪恶的沙尘暴噩梦，以及所有可能导致我混乱梦境的东西。

门猛地开了，老头走了进来。他浑身湿透，在灰泥棚屋里一阵忙乱，直到穿上干爽的内衣和裤子。雨下得快，停得也快，老头走到外面抬头看天。

"看来不下了。"他嘟囔道,"西边天空放晴了。"

天快亮了,我穿上靴子和裤子,跟着他来到外面。不过我没朝天空看,而是朝隔了三个棚屋的那个棚屋看。

昨天晚上,红吐了之后,我还没来得及想好说什么,她就跳到地上,咕哝着"对不起",匆忙走开了。我用想到的唯一能安慰她的话朝她身后喊道:"没关系!长颈鹿会吃掉它的。"听到自己嘴里冒出这样的蠢话,我彻底说不出话来,然后她就消失了,消失在黑暗中。

然而现在我听到了同样的呕吐声。往前数三个棚屋,那辆绿色帕卡德就停在那里。

老头顺着我的目光看过去。"是她在呕吐吗?"

我点点头。

他径直走过去,砰砰地敲着离帕卡德最近的小棚屋门,不等人开门就说:"姑娘,你要是有肺气肿,就离我们远点。我们可浪费不起时间生病。"

门开了,一个秃顶男人站在那里,两个睡眼惺忪、头发蓬乱的男孩从他身后露出脑袋。

老头皱着眉瞪着他们:"你们是谁?那个姑娘呢?"

从男孩们身后走出一个安静腼腆的女人。

"你找我妻子干什么!"秃头男人厉声说。

红的脑袋突然从帕卡德的另一边冒了出来。她拨开脸前的卷发,擦了擦嘴唇……看着她的嘴唇,我的思绪又回到卡车车顶,回到我们在长颈鹿环绕中的亲吻。

接着,红的脑袋不见了。

随着又一声巨响，棚屋的门砰地关上了，老头和我朝帕卡德的另一边走去。红又在擦嘴，看上去很不舒服。她身上披着在大爸爸那儿时穿的那件男式风衣，似乎是穿着它睡觉。帕卡德的后门开着，往里瞥一眼，就知道她是在里面睡觉了。此外，作为一个乡下穷孩子，我连面粉袋做成的内裤都很少更换，更不用说换衣服了，直到那一刻我才注意到，整个旅程她穿的都是同样的衣服——同一条裤子，同一件白衬衫，同一双磨损的双色鞋，同样的一切——所有这些在白天的光线下看起来都皱巴巴，脏兮兮的。我以前太笨，有些事理解不了，现在开始明白了。

"我一定是路上吃了变质的东西，"她喃喃地说，一边擦掉卷发上的呕吐物。老头歪着头，盯着她的左手。她戴着一枚细细的金戒指，这个我以前也没有注意到。

"最好是这样。"老头说，"否则，听上去好像你怀孕了。"

红斜眼看着他。"不可能，我向你保证。"

"为什么不可能？"老头朝她的戒指点点头，"你结婚了，不是吗？"

她从车里抓了条毛巾擦脸，厉声说："我不明白这和你有什么关系，琼斯先生——"

他打断了她。"也许你是圣母马利亚？"

她放下毛巾，瞪着他。"你说什么？"

"或者说你是个荡妇。"他接着说。

她正要上去扇他耳光，我感觉脖子一阵发热，突然很想上前揍他一拳。

"你明白我的意思，"他接着说，"也许你在路上有了男人？"

他想激怒她，不过我不知道，我的脑子还停留在我们的吻上。我前后摇晃着，拳头握紧又松开。"听着，等一——"

但老头也打断了我的话。"闭嘴，小子。"

"你把我当成什么女孩了！"红说。

"那你告诉我，"老头说，"大家都知道正派女人不会一个人出门旅行。所以我猜你不是正派女人。"

她喘着粗气说："你胆子不小！"

我的心中燃起正义的怒火，几乎控制不住去揍他的冲动。"听着，等等——"

"你给我闭嘴，小子！"他俯身看着红的脸，"是的，只有荡妇才会一个人上路。"

他的话一出口，我把老头的宽容和自己的背叛以及谎言忘了个一干二净，挥手就是一拳。

当然，老头早就料到了。他想激怒的人不仅是红。他一把抓住我的拳头，朝红吼道："你瞧瞧——你把这个小子给迷成什么样了。不说别的，你应该为此感到羞耻！"

他松开手，我踉踉跄跄往后退去，一屁股跌倒在她脚边。

红的脸变得很苍白，我以为她会吐在我身上。"我告诉过你，"她使劲吞咽一口，说，"我一个人上路，是因为我在给《生活》杂志拍照。我向你保证，琼斯先生，这是正常的呕吐。"她补充道，一边把风衣紧紧裹在身上，仿佛那是她失去的尊严。

"随你怎么说，"老头说，"但到此为止了。"

她停顿了一下。"你是说我不能跟着你们吗？"

"我是说我盯上你了。你一路跟着我们，还一直撒谎，我不知道你在玩什么把戏,姑娘。但从现在起,我要你离卡车和长颈鹿远点。"

红愣住了。"你什么意思?"

"我的意思是你根本不是什么《生活》杂志的摄影师。"

我呆呆地看着他,又回头看着红。

"我当然是!"她说。

我站起身来。

"别动,"老头命令道,又转向红,"我真受不了谎话连篇的骗子。我直截了当地问你:你到底是不是《生活》杂志的人?你最好拿出证据来。"

我还记得红大口吞咽的样子。就仿佛她吞下了比呕吐物更恶心的东西。我马上就要知道是什么原因了。

她开始加快语速。"好吧,我现在还不是……但将来会的,我向你保证!我一定得跟着你们,因为我必须先拍到照片——我拍了!它们太棒了!你根本不明白!"

然后她想起了我。

我坐在泥地上,抬头看着低头看我的红,我看着她的脸,在心里把它推得远远的。

"起来,"老头说,"我们走。"

我爬了起来,环顾四周,但没有看红。

老头和我需要照顾长颈鹿,然后上路。我们一言不发地做了这些。

我们离开威格瓦姆汽车旅馆时,四处不见红的身影,我很高兴。不过,考虑到我自己也是靠着撒谎才走到这一步的,我没有完全放下她。换挡时,我看着老头说:"也许她说的不全是谎话。"

听到我的话，老头从前面的口袋里掏出一张叠好的纸递给我。"读读这个，今后我不想再听到关于她的任何事情，听见了吗？"那是昨天他的女老板本奇利夫人发来的电报，上面写着：

……《生活》杂志将报道抵达情况。会派摄影师乘飞机前来……

我读完了。接着又读了一遍。等我完全明白过来，除了长颈鹿，我对每个人都生气——我又一次生红的气；我生老头的气，因为他现在才给我看电报；我也生自己的气，气我自己就是个乡巴佬大傻瓜。

默默行驶了五十英里，我才看了一眼老头。我之所以这么做，只是因为前面出现了一个牌子：

得克萨斯州州界——前方一英里

等我们穿过州界，我感到头晕目眩，这一英里我一定是屏住呼吸行驶的。进入我的家乡所在州，就像你期望的那样，迎接我们的是一个大大的路牌：

欢迎来到孤星州[①]

我深吸几口气，开始计划在夜幕降临前到达新墨西哥州。我一直在想，要是我们能平安无事穿过狭长地带就好了——一切都会好起来——一直到加利福尼亚。这些想法令我坐立不安，老头注意到了。

"你动来动去，搞得我都头晕了，"他说，"是因为那个姑娘，还是因为回到得克萨斯？"

我强迫自己瞥了他一眼。"刚才又想出拳揍你，对不起。"

---

① 得克萨斯州的别称。

"你出拳时都暴露意图了，"他回头望着公路，只说了这么一句，"你得在这方面下下功夫。"

然而，随着我们驶入得克萨斯狭长地带，我又开始坐立不安起来。直到驶过那条废弃道路后，我才放松下来。我们停了下来，我大声松了一口气，这又把老头的注意力吸引过来了。

他看着我，问道："你家在附近吗？"

我愣住了。我家就在那儿。他这是逼我撒谎，而我们都知道他对撒谎的人怎么看。再说了，我自己还在为红的谎言耿耿于怀。我最不想做的事就是给老头讲一大堆谎话——尤其在我刚刚想揍他之后。我心里不停地想，我只想拉着长颈鹿穿过得克萨斯州，和老头搞好关系。我不想别的。

然而，就像以前多次经历过的一样，这条路迫使我们忘记除它之外的一切。得克萨斯狭长地带的交通非常拥堵，这是以前从没有过的事。更奇怪的是，车流在一个写着"响尾蛇河床"的牌子旁停了下来。两辆巡逻车横在水泥路上，我还以为这是县治安官来找我了。不过他们是公路巡警。他们站在路中间，在这个荒郊野外拦下了所有车辆。

老头往前探着身子，仔细研究那块牌子。"我在来的路上见过这个。这条向西的公路去年才完工，只剩像这种干涸的河床上的一些桥还没完事。应该不会耽误我们。公路畅通无阻。"

我们慢慢驶近，其中一名巡警整了整他的帽子，朝我的窗户走过来，长颈鹿们也探出脑袋来看热闹。

"真见鬼……你们这是要带一对长颈鹿去哪儿？前面除了沙漠什么都没有。"他说。

"圣迭戈，"老头越过我喊道，"我们赶时间，不能困在这里。能让我们过去吗?"

公路巡警又切换到执法者的模式,双手放在枪带上。"对不起,先生,没办法。你们必须离开公路。公路关闭了,我们得先弄清楚河床水流变化情况。"

我们俩都盯着干涸的沟壑。"哪里来的水?"老头问。

"北边大约一百英里处有雷暴,那雨下得可真叫大。都下了超过二十四个小时了。他们都说那风暴百年不遇。"巡警回答道。

"你是说往北一百英里吗?"老头问道。

"没错,先生。多年的沙尘暴已经把表层土刮没了,我们不知道这场大雨会造成怎样的破坏。接下来十英里还有三个这样的河床,所以我们现在要关闭公路。"

"可是如果在北边一百英里外,下一分钟不会有事的,对吗?"老头试探着问。

"这个我们说不准,先生。"

老头环顾四周干燥的泥土和晴朗的天空,又试探着问:"我们得带着长颈鹿继续赶路。得尽可能赶时间,好让它们活下来。"

巡警把一只手放在我这边的车窗台上。"先生,我觉得你不了解事态的严重性。你见过山洪暴发吗?几秒钟之内水不知从哪儿冒出来,把树木、牲畜和房屋全都冲走。两英尺深的水就足以淹死人,把一切都卷走。"

老头打量着巡警。"这样啊。"

巡警也打量着老头。"是这样。"

"这样的事你亲眼见过吗?"老头接着问。

巡警直盯着他。"发现自己身处尘暴之前,我从没见过尘暴。这片土地有自己的时钟。在这里,有百年才开一次花的植物,有不晒太阳就死的害虫。你不能冒着生命危险不相信,"他抬头看了一眼长颈鹿说,"何况它们那么珍贵,可不值得冒险。"他转向我,"小子,你拉着那么贵重的货,相信你不会跟我对着干的,所以还是带这些宝贝回去过夜吧。必要的话,你可以一路开回到缪尔舒。先保证安全,等我们弄清楚情况再说。"

然后他向后退了几步,双手放在枪带上,等着我们服从。

我的五脏六腑都要气炸了。再过几分钟我们就能离开得克萨斯州了。所以我想跟他对着干,比如开车强行冲过去。除了我,没有人知道,再往回"一点",就是通往我爸爸农场的那条废弃道路。

巡警毫不让步,于是,我深吸一口气,把卡车掉头,绕过路边的仙人掌和风滚草,暗自希望轮胎会陷进泥里,然后朝着我以为终于可以永远抛在身后的地方驶去。

老头开口了。

"什么?"我说。

"你见过这样的事吗?"

我摇摇头。

"我觉得那个巡警在太阳底下待得太久,晒糊涂了,"老头咕哝道,"本来我们现在都开过去了。再说了,它们是长颈鹿。从浅滩冲下来的水是不会淹死长颈鹿的。在这辆车里不会,在硬路面上也不会。卡车停在硬路面上,水会绕过去的。"他停顿一下,怒气冲冲地说,"好吧,我们不会大老远再回到缪尔舒。我好像记得往回一英里,有个脏乱的地方。"

我振作起来,同意了。

于是我们把车开到看见的下一个过夜的地方,那是一个破旧的汽车旅馆和露营地,第一次经过那里时我们几乎没注意到它。里面已经挤满了其他滞留的过客。老头还是从卡车上下来了,边走边掏钱包。我下车活动腿脚,看见他在办公室里,从钱包里掏出一张又一张钞票递给一个邋里邋遢的人,然后走回卡车。

"好吧,"他说,"我们就在这里过夜,尽量躲在后面那排可怜的豆科灌木树后面。看来宝贝们啃不到什么叶子,今晚得吃干草了。不过天黑之前几小时我不想待在这里。里面那个讨厌的家伙收我钱时眼睛眨都不眨,肯定还有更多人会住进来。我可不想让宝贝们给他们助兴表演。此外,我们也该尽可能让它们舒服些。我记得附近有个加油站兼便利店,我们去找找吧。我们可以花点时间给车加满油,买些晚上吃的东西,比从那个二道贩子那里买便宜。"

他的一番话又让我坐立不安起来,而且我无法掩饰,因为我清楚地知道他想去哪里。那是我爸爸农场周围几英里内唯一一个加油站兼便利店,而我就要拉着两只长颈鹿去那里了。

"怎么了?"老头看我扭动身子,说,"蝎子爬上你裤腿了吗?"

我们浪费了几分钟时间找蝎子。我甚至跳下车,把裤子脱下来,可是什么也没找到。老头说:"好吧,我们走吧。"

我一下子出了一身冷汗,提上裤子,重新回到驾驶座上。

命运、天意和无限巧合的一个重要特征,就是它们总是在你成为自己生活的主人时出现。当事情顺心顺意时,你很容易放弃抵抗。但当事情不如意时……好吧,我在田纳西州时就已经和这种感觉斗争过了,不太想再来一次了。再说了,没有哪个十八岁的孩子会相信自己再也没有选择的余地。所以我告诉自己,不管发生多么天大的糟糕事，我仍然可以做出选择。我不知道的是，有时候有选择可能比没有选择还糟糕。

于是我们出发了。几英里后，我们经过了那条废弃的柏油路，我对它太熟悉了，甚至没有看它一眼。然而，看到前方的加油站时，我感觉自己要疯了。"我们为什么不往前走一点呢？"我又试探着问道，"我不喜欢这个地方。"

"我看挺好的，"他说，"把车开进去。"

我把车停在加油站的油泵旁。

"我就在外面等。"我说得有点太快了。

他看了我一眼，走了进去，这时加油站的人出来了，还是那个穿工装裤的没牙的笨蛋，从前就是他在这里工作。

我低下头。

"先生，你车里有长颈鹿啊！"他一边加油一边喊道，"你这是给马戏团拉的吧？我喜欢好看的马戏团，但我上次听说狭长地带有好看的马戏团，还是20年代在阿马里洛。可是有一段时间了！"加满油箱后，他擦起了挡风玻璃。他靠过来，准备继续大谈特谈长颈鹿和马戏团。然后他眯起眼睛，看着我。

"嘿……"

我的头更低了。

"嘿嘿嘿，这不是内德·尼克尔的儿子吗？从阿卡迪亚那边来的？"

副驾驶的车门吱嘎开了，老头抓着一袋补给品上了车。不等他屁股坐稳，我便把车开了出去。再次经过那条我没看的废弃柏油路时，我忍不住了。这一次，我朝那个破旧的路牌看了一眼：

阿卡迪亚，向右

"还有多远？"老头问。

"什么？"我咕哝道。

"你爸爸不是佃农，他是宅地主，农场自耕农，对吗？那条路边就有你们家的地方。"见我没有回答，他歪着头说，"靠边停车。"

我打方向盘把车开到路肩上停下，我能看出老头在等我解释。他一脸困惑地盯着我，我还从没见他这么困惑过。在那之前，他只知道我父母双亡，尘土吞没了我们的农场。现在他才发现，我们两次从它旁边经过，我却一声不吭。然而我没有多少选择。我可以发誓他听错了，并咬着这个说法不放。天知道我是多么擅长撒谎。但考虑到红的前车之鉴，我知道谎言不会持续太久。他很快就会让我对着我妈的坟墓发誓之类的。可谁能怪他呢？我是为了他和长颈鹿开枪打了一个人，但我也被他抓住偷拿了那个肥猫的钱，而且就在那天上午，我还想出拳揍他。不管出于什么原因，老头已经对我手下留情了，我却一直在招惹他。他已经原谅我两次了。我妈妈以前常说，只有上帝才能一再原谅。我告诉自己，不管他发现了我的什么秘密，为了长颈鹿必须赶时间，也许这是让我继续留下的足够的理由。或者，就像大多数这样的事情一样，他的反应有他个人的原因，但你必须了解他的过去才能大胆猜测。所以我呆呆地坐在那里，就像一块木头。或者更糟，像车大灯前的一头小鹿。

"看着我，"他受够了我的拖延，命令道，"是真的吗？"

我不知道还能做什么。于是放弃了抵抗，点了点头。

"还有多远？"

"两英里。"我喃喃地说,凝视着那条古老的农场路,"离开硬路面。"这片土地很平坦,从我们坐的地方可以看到柏油路尽头的棉花厂。

更多掉头过来的汽车从此经过,看到我们,他们摁喇叭、吹口哨,制造喧闹。两只长颈鹿被这些噪声激怒了,停止了咀嚼反刍。

"啊,该死,"老头咕哝着,探出窗户回头看了看那些车,"我们得离开公路,但要是回那个拥挤的破烂地方,真是该死。这条路上有没有一棵像样的树给宝贝们吃?"

"几乎没有。"我敷衍道。

老头皱起眉头。"几乎没有,意思是还有一棵?"

我慢慢点了点头。"如果它还在的话。"我瞥了一眼蓝天,"巡警说了,可能会下雨。"

老头停顿了很长时间,我回过头看他。"如果你没胆子,吃不消,你就直说。"他就是这么说的——就好像哪个十八岁的孩子会承认没有胆子回自己家似的。我又不吭声了,久久没有回答。

"你是不是有事瞒着我?"他说,他那浓密的眉毛紧皱到我从未见过的地步。

现在可好了。他以为我在隐瞒什么。我也确实隐瞒了。

一辆汽车在我们后面停了下来。是那辆绿色帕卡德。我对天发誓,无论发生什么事都不会让我惊讶。然而,我记得我当时希望奥古斯塔·红能拐错一个弯,哪怕就这一次。老头从他那边的后视镜看到了她,不由得火冒三丈,不过至少他暂时把注意力从我身上移开了。

"那个讨厌的人怎么老是阴魂不散!"他抱怨道,"我真是受够了,懒得理她了。她要是想跟着我们一路到圣迭戈,那就跟着吧。到时给她当头一棒,让她猛然醒悟过来就好了。"

我从后视镜里瞥了她一眼,她坐在没熄火的帕卡德里,无疑是在试图搞清楚我们为什么停下了,她要怎么说才能重新赢得我们的好感,全然不知道圣迭戈会有什么等着她。

又有两辆车呼啸而过,其中一辆车的喇叭大声响了很久。老头回头看了一眼长颈鹿,它们开始摇晃脖子。他指了指农场的路。"听着,小子,我们得让宝贝们离开公路一会儿。必须这么做。"

我没有动,而是转向老头,说了唯一能说的话。"我没胆子。"

一辆卡车呼啸而过,声音巨响,吓得长颈鹿冲撞起来,整个卡车也跟着摇晃。老头扭过头去看它们,等他回过头来时,脸上的表情变了,看上去像变了一个人似的。他看着我,仿佛我成了另一个人。我发现了他忍耐的极限——长颈鹿。

"我们走。"他命令道。

"可是你说过……"

"我们现在去那条路,不然我就让你在这儿下车,我自己去找那棵树。你可以去搭你那阴魂不散的女友的车。我和长颈鹿坐在这里都受够了。"

我紧张极了。我倒车,拐上那条我以为再也不会走的老路。我瞥了一眼后视镜。帕卡德也拐进了这条路,我记得当时心想,红这是跟着我走进了我的噩梦。

我们不停地躲避风滚草,这时我注意到那条废弃道路的沥青路面破损严重,我指给老头看,希望他能改变注意。

老头看了看路,又看了看我。"那棵树就在正前方,不是吗?我们就到那儿,不会有事的。"接着,老头看到路边蜿蜒而下的干涸的深沟,"等一下,那是水沟吗?"

我瞥了一眼。狭长地带的地势比煎饼还平,人们把任何凸起都叫作山丘,把最小的洼地叫作沟。他盯着的就是我看了一辈子的低洼地,从沥青路一直远去,又拐了回来。"那只是一条沟。"我喃喃地说。

"你见过里面有水吗?"

我摇摇头。

但他想要一个真正的答案。"从没见过?"

"从没见过。"

"靠边停车。"他命令道。

我们停下车。老头下了车,眯起眼睛,踢了踢泥土,又回到车里。"哦,老天,我这是在瞎担心什么呢?这连沟渠都算不上。这土太结实,太硬了。我绝不相信今天会有洪水冲进去。"

于是我们继续往前,长颈鹿嗅闻着空气,仿佛能闻到北方雨水的气息。很快我们就来到沥青路的尽头。路右边是废弃的棉花厂。路左边,也就是沟渠这边,是一座摇摇欲坠的教堂,周围是自制的木十字架,墓地早就满了。墓地前面有一棵枝繁叶茂的树,给一个不需要遮阴的地方提供阴凉。那是一棵瘦长又顽强的橡树,周围绵延数英里都是风滚草和干泥土,那棵树是唯一的活物,树根底下葬在简易松木棺材中的逝者为它提供了养分。

对着一片褐色中的绿树,老头脸上露出遮掩不住的笑意。但我的眼睛直勾勾地看着前方。沥青路尽头,是那块写着"阿卡迪亚"的褪色路牌。从这儿向四面八方岔出十几条土路,通往一眼看不到尽头的废弃的谷仓和棚屋。路牌柱子上的每一寸地方都钉着刻有名字的木板,它们晃晃悠悠,指向四面八方,甚至指向地面,讲述着整个地方的悲惨故事。最底下是我们的路标——"尼克尔"——仍然指引我们沿着墓地那边的土路前行,仿佛一切都没有变,就像你会发现我妈妈在向你挥手,邀请你和我们一起共进晚餐。

长颈鹿摇晃着卡车。我回头看去,发现老头正盯着我刚才看的地方——我爸爸的路标。他刚想说什么,但车子又摇晃起来。我们探出头去看怎么回事。我们停在沥青路边上,长颈鹿们把脑袋朝那棵树伸了过去,想够那棵树。和在山里时一样,这让我们的车倾斜了。

"再近一点。"老头边说边下了车,"地面这么硬,卡车能行。"

我将卡车一半开离沥青路面,车左侧停在那棵树下面坚硬的泥地上。我爬上去打开顶盖,长颈鹿看到这一天的第一顿绿叶大餐,开始开心地喷鼻子。我感到头晕,不得不移开目光,我的目光落在我家人没有标记的坟墓上,这让我更加头晕了。我闭上眼睛,马上睁开,恰好看到停在远处的红正趴在帕卡德的车窗向这边拍照,我也不得不把目光从她身上移开。

因为我知道接下来会发生什么。

我小心翼翼地来到地上,等待着。

老头凝视着左边的土路,那是刻着"尼克尔"的牌子指向的地方。沿沟渠往前不到一百码,就是我爸爸荒芜的农场。从教堂就能看到。那里有一个歪歪斜斜、摇摇欲坠的谷仓。还有爸爸坏掉的 T 型车。不过老头没有看它们。他眯着眼睛,看着烧焦的石头壁炉,那壁炉就像一块墓碑矗立在一片焦土之上。

他回头看我,再次等着我解释。我知道只要告诉他,其他问题便会接踵而来,所以我没法开口。

老头最后看了我一眼，大步穿过墓地，跨过沟渠，径直朝那儿走去。我别无选择，只好低头跟在后面，这条路我早就烂熟于心。经过谷仓时，我头昏眼花，几乎走不动了。苍蝇的嗡嗡声越来越大，我看着老头低头盯着泥土里生锈的步枪和手枪，然后转向壁炉、灰烬堆、烧焦的金属床架和烧焦的炉子，直到没有什么可看的。

除了远处那座低矮的坟墓。那座浅浅的坟被刨了出来，满是被剔得干干净净的碎骨头。

我感到天旋地转。秃鹰和土狼还是找到了她。

老头转过身来。"告诉我，那些是动物骨头。"

我无处可逃了。

"小子，"他不得不大喊道，"这里发生了什么？"

我可以拒绝告诉他，但他肯定会弃我而去，他会想知道他和长颈鹿这么多天以来究竟是跟什么人在一起。我一点也不责怪他，因为我也不了解我自己。

所以我只有一个选择，之后所有选择都将取决于他。他要么相信我讲的故事，要么不相信。他要么让我继续留下，去加利福尼亚，要么把我留在这个我拼命逃离的地方——我确信如果当时不逃走，现在已经没命了。我张开嘴准备回答，回头看了看，想好好看看野小子和野丫头。

这时我看到了水。

我不太明白。我这一辈子都没见那条沟里有过水。仿佛是海市蜃楼，就像我说不可能有水反而把它召唤出来了一样。然而它就在那里……还是涓涓细流。然后，越来越快，越来越多。这条沟的确是河床，它正在被不知从哪儿冒出来的水填满。这片拥有自己时钟的土地根本不在乎一个尘暴区男孩的人生经历。被困的无形雷暴正在冲刷狭长地带承受不了任何东西的土壤。那个巡警说得没错。

一场山洪即将来临。

当时，老头张大嘴吃惊地站在我身边。我们面面相觑，看着涓涓细流汇成小溪，沿着沟渠蜿蜒往前，流向教堂墓地的橡树和在那里安静啃食树叶的长颈鹿。

我努力保持冷静，告诉自己，山洪淹不到长颈鹿的高度。

"发生了什么事！"红站在泥路上朝我们大喊，"从哪儿来的水？排水沟在哪儿？"

"你以为你在哪儿，姑娘，纽约吗？"老头喊道，"这里是该死的沙漠边上，该死的高地平原！这里甚至不该有水，更别说什么该死的排水沟了！"我看着他甩来甩去打手势，好像他能靠雷鸣般的咆哮把这荒唐的危险吓跑似的。

然后我突然行动起来。

当你发现自己置身于不可能的境地时，你会无法完全控制自己的行为。我记得我朝卡车和墓地的方向走去。我记得我走在没过脚踝的水沟里溅起水花，听见老头跟在身后。我记得我加快步伐，看着墓地十字架上方仍在啃食树叶的长颈鹿，它们的个头高得不能再高。我记得我大喊着叫红把帕卡德开到铺好的路面上，远离沟渠——我也打算尽快开车带长颈鹿这么做。

但接下来的路怎么走的我一点印象也没有了。我发现自己坐到方向盘后面，发动引擎，踩离合，踩油门，做着我能做的最糟糕的事。我让引擎进油了。我惊慌失措，哪个狭长地带平原人遭遇洪水时能不惊慌呢。我把上帝纯净伊甸园的高大生物带到这个可恶的地方，让它们命悬一线。不是老头。是我。我们来到这里，都是因为我。是我把飓风长颈鹿从要命的大海直接拉到沙漠的洪水中，即使漂浮的长颈鹿噩梦也没能唤醒我，阻止我。

不等我停下来，引擎就不工作了。沟里的水在上涨，拍打着墓地边缘。长颈鹿嗅到了危险，开始跺脚，不安地挪动。卡车开始摇晃。两英尺深的水也能淹死人，那名巡警是这么说的。常识告诉我，这根本不可能发生。也许能淹死十八岁的蠢小子，但十二英尺高的长颈鹿会没事的。我跌跌撞撞从驾驶室出来抬头看长颈鹿，一只手紧紧抓住了我的胳膊，把我转过身来。

"你听见我说话了吗！"是老头，恐惧让他的脸涨得通红，"那不是硬路面，"他指着左边轮胎下面的路说，"卡车头重脚轻！危险的不是水，而是巨浪。要是急流冲出沟渠，硬路面变软，长颈鹿再惊慌失措，卡车就会……"他无法让自己说出下一个字——"翻"。

"你想让我做什么！"

"启动卡车，让它完全回到沥青路上！只有不到两英尺远！"

"引擎进油了。"我喃喃道，"我们还能做什么？"

他举起双臂。"我不知道！我以前从没开车把长颈鹿拉进过洪水！"

"关上顶盖和窗户？"我试着问。

"那有什么用？你觉得这是方舟吗？"

"让它们下车？"

"它们是不会出来的——来不及了！"

"打开顶盖，侧板放到地上？"

"它们会被抛出去，试图站起来时会受伤，野丫头就完蛋了。"

"还有什么……还有什么?"我含混不清地说,"一定还有别的办法!"

"那儿就是硬路面!"老头把全身力气压在卡车上,好像仅凭那股沮丧劲就能推动它一样。他把拳头重重砸在引擎盖上,"赶紧发动!"

我知道不太可能,但还是上了车试着发动。老头抓了一些洋葱,爬到上面,低声跟长颈鹿说话,希望长颈鹿别把车弄翻。

快点,快点,快点。"我恳求着,转动点火装置,差一点耗尽了电池,还是没有成功。我推开车门,跌到地上,用手指抠左轮胎上的泥土。路面仍然和石头一样干硬。我告诉自己,这足以让长颈鹿站在上面,因为必须如此……因为我没有别的话告诉自己……因为水沟里的水眼看要溢出来了。

山洪来了。

一眨眼的工夫,它就跳过水沟边缘,冲过墓地。

再眨眼的工夫,它冲走了十字架,在泥地上蔓延开来,好像在寻找我们,直到它漫过我的靴子。

它是那么快,世界上所有描述流水的字眼都在我站的地方发生。水找到了它想要的东西,也淹没了我们身后破损的柏油路,流向那条铺好的路的拐弯处,远离沟渠,红应该在那里。只是现在并不在那里。她早在半路上就停了下来,正在忙着拍照。现在,水也找到了她。

长颈鹿开始踢卡车,水的轰鸣淹没了老头哄它们的声音。我回到驾驶座上,再次发动引擎,直到听到电瓶快没电了。我只能放弃,担心车子还没发动,电瓶就先废掉了。

我跟着老头爬到了长颈鹿那儿，一遍又一遍告诉自己，水会停的……水肯定会停……

可它并没有停。

我们现在可以看到长颈鹿已经看到的景象。最糟糕的巨浪还没有来到。水冲着杂物和一百英里外的垃圾，朝我们扑过来。水流经过时，树枝、岩石和泥浆撞击着卡车。紧接着，一棵被连根拔起的大树仿佛从天而降，从水沟的一边弹跳到另一边，直到巨浪把它掀起来，把树干砸向教堂，这个摇摇欲坠的建筑塌了。我们大叫起来，还没来得及做什么，树干和半个教堂就绕着墓地的橡树转起圈来，撞向卡车左侧。老头的软呢帽掉了，他差点一头栽进水里，我一把把他拽了回来。

水流被迫绕过堵住卡车的树干，我们不再担心水有多深，水流有多快，而是担心它有多重。正如老头担心的那样，我们感觉卡车左轮胎下的硬路面开始变软。

卡车开始倾斜。

我们急忙爬到另一边，开始唤两只长颈鹿过来。但是它们再次被汹涌的河水吓到，开始惊慌失措。卡车倾斜得越来越厉害，眼看就要没救了，长颈鹿从长长的喉咙里发出令人毛骨悚然的哀号。

湿透的柏油路不远处，红站在帕卡德的引擎盖上看着。我凝视着她，希望下一刻永远不要到来，希望我能让时间停下。

然而时间不会停下。

下一个时刻来了……与此同时，传来了引擎的轰鸣声。

帕卡德朝我们开过来。

帕卡德的速度越来越快，开始在湿路面上滑行，水从车两侧喷涌而出，直到它冲到我们面前，差一点撞上卡车。接着，红向左猛打方向盘，将帕卡德开进巨浪和卡车之间，水冲了过来，她又往右打方向盘，让庞大的帕卡德从侧面顶住倾斜的卡车，把我们紧紧撑住，抵御巨浪冲击。

等我明白过来发生了什么，红已经从车窗里爬了出来，爬到我们身边，这时最猛烈的山洪冲过来了。接下来漫长的时间里，我们什么也做不了，只能眼睁睁看着，不知道卡车能否挺住，帕卡德的重量能否支撑住，长颈鹿能否站稳。我们尽量不去想那些泥土，还有咆哮奔腾的河水造就的山脉。

水来得快，去得也快。

水里的杂物沉淀下来，洪水的声音消失了，我们坐在那里。沉默令人窒息，但我们仍然坐着，看着明媚的阳光。我们看长颈鹿，野丫头在抽鼻子，野小子在打喷嚏。我们看墓地上那棵弯曲的橡树，还有放眼望去四处零落的十字架。这种感觉就像记忆中那场飓风的冲击，从那一刻中出来后，等待魂魄回归身体。等我回过神来，发现自己抓着红，老头抓着我们俩。我们松开手，互相分开一点距离，都盯着下面那辆帕卡德，看着水从每扇车门里漏出来。

这时，红才想起她把什么忘在了里面。

她哽咽着大叫一声，跌跌撞撞下来，使劲扳开帕卡德的车门，拿出被水泡透的相机包——相机、胶卷和底片全都成了一团泥巴——然后双手捂脸，瘫坐在旁边的泥巴里。

我慢慢下来。我不知道，帕卡德起死回生的机会要比泡了水的胶卷和昂贵的相机大。我走过去，捡起一些胶卷，听到里面的水吱吱作响，知道情况不妙。我还是不打扰她为好。

老头现在也下来了，抬头盯着长颈鹿。它们的头高高抬起，下面是乱糟糟一团的木头、金属和泥巴。卡车仍然倾斜，但两只长颈鹿很平静。它们似乎知道，最糟糕的时刻已经过去。

　　我蹲下来，挖了挖卡车轮胎附近的泥巴。不到三英寸底下就是干硬路面。如果我们能启动卡车，让长颈鹿站稳，肯定能开出来。

　　与此同时，老头打开野丫头那边的活板门，检查还渗血的绷带。看到伤口只是小有擦碰，他把手轻轻放在绷带上，停在那里一会儿，长舒了一口气。

　　接下来，我打开卡车车盖检查发动机。看到它是干的，我把手放在发动机上，也长舒了一口气。

　　然而红仍然坐在帕卡德旁，出神地盯着她那湿透的相机和胶卷。老头去找他的软呢帽了，我走到她身边，希望她能抬起头来。她没有抬头，我绕过她。我看见帕卡德的轮胎爆了，车轴似乎也弯了，我尽力掀起帕卡德被压扁的车盖。发动机也泡水了。我试着启动它，但一点动静都没有。卡车发动机进了汽油，而不是水，只要等的时间够长，它还能发动，可是帕卡德彻底完蛋了。

　　于是，我拿了车钥匙，去车里看看有没有手提箱。然而，我只找到了她一直穿的那件男士风衣，风衣口袋里塞了梳子、牙刷、一块包好的肥皂，还有她的笔记本。我打开它。大部分内容是她用钢笔写的，水把它们全都变成一团污迹斑斑的蓝线条。唯一能看清的是她很久以前用铅笔写的——她在最后一页列的清单：

　　我死前要做的事：

——去见：

    ——玛格丽特·伯克－怀特

    ——阿梅莉亚·埃尔哈特

    ——埃莉诺·罗斯福

    ——贝尔·本奇利

——~~抚摸长颈鹿~~

——去看世界，从非洲开始

——说法语

——~~学开车~~

——生个女儿

——看到自己的照片登上《生活》杂志

——报答伍迪

    我目不转睛地盯着后来加进去的关于我的以及被划掉的内容，感受她在"大爸爸"那儿破碎的心的跳动，现在我明白了那张清单的真正含义。假如手里有一支铅笔，我会毫不犹豫地把最后一项划掉。我把本子塞回风衣口袋，把风衣叠好，转向仍然坐在泥里的红。我想对她说些什么。可说什么好呢？我把风衣放进驾驶室，环顾四周寻找老头。他在二百英尺外的水沟里找到了他那顶帽子，帽子挂在一个木十字架上，现在他正把它搭在裤腿上晾晒。

    之后，我们花了很长时间四处收集碎木板，放在轮胎下面以增加牵引力。为了给卡车和红更多时间，我们收集了很多木板，远远超过了需要的。太阳开始下山，我鼓起勇气试着发动卡车。第一次发动时，我踩踏板太用力，卡车发出咯咯的声响，熄火了。于是我停下了。再次尝试时,卡车咯咯响了一声,两声,然后轰鸣着发动了。我迅速挂空挡,持续热车,确保它不再熄火。老头这回终于露出了笑脸。

然而,在能去其他任何地方之前,我们必须把卡车摆正,让它离开帕卡德和楔入的树干,这意味着需要长颈鹿帮忙。老头手里拿着洋葱从右侧爬了上去,叫长颈鹿过来吃洋葱。长颈鹿过去了,我叫红也过来。可是她和泥巴一样一动不动。于是,我一边看着红,一边留意老头和长颈鹿,发动卡车,它擦着帕卡德发出刺耳的声响,擦着连根拔起的树干,离开它们,四个轮胎都回到沥青路面上。

老头拍了拍长颈鹿,抚摸着它们,现在它们站直了身子,看起来非常高兴。接着老头下来检查卡车损坏情况。卡车被撞得不轻,被树干砸到的一侧出现了一道裂缝,不过还能上路。

"我们得走了。"说着,他朝红瞥了一眼。

我让发动机空转,从车里爬出来,走到红身边。她还是一动不动。我把毁坏的相机和胶卷都塞回湿漉漉的袋子,把它和叠好的风衣一起塞进卡车驾驶室,然后回到红身边,抓住她的手,把帕卡德的钥匙放在她手里合上。"我们得走了。我们还有长颈鹿,"我尽可能温柔地说,"你愿意的话,我们去找个人把帕卡德拖到别的地方去。不过,现在你得跟我们走。"

她让我扶她站起来。她把钥匙紧紧攥在手里,停了一会儿,最后看了一眼被水泡毁的帕卡德,然后把钥匙扔进开着的车窗,爬上了卡车。

我们沿沥青路往回开,老头和我看着洪水肆虐造成的破坏。不过,回到公路上时,什么都没看到。突发的洪水顺着水沟离开了公路，毫无疑问，朝西边关闭的公路冲过去了。

红仍然沉默不语，一直目视前方，直到我们缓缓驶上公路，回到那个破旧的汽车旅馆。然后她说："琼斯先生，你能帮忙把我送到下一个城市的火车站吗？"

老头答应了，我从没想到在赖利·琼斯先生脸上会看到那样温柔的表情。

太阳落山了，卡车开进了汽车旅馆。我们看上去肯定像一群落汤鸡和两只搭便车的长颈鹿。大家都没有心情结交新朋友，所以老头决定最好先关上车厢窗户，再到那排稀稀拉拉的豆科灌木树那儿，希望长颈鹿们已经累到愿意顺从。它们确实累坏了。

汽车旅馆的环形车道上停了你能想到的各种车辆：摩托车、旅行拖车、豪华轿车、长途卡车。我们都是被迫留在这里过夜的，大多数人早早休息了。我们最后只遇上在停车的地方附近露营的客人——几家俄克拉何马州人，他们围在临时篝火旁，他们的 T 型老福特车上塞满了家当和家人。

老头跳下车，又去办公室给老板钱，买干毛巾和毯子。等他抱着东西回来时，我已经尽可能地把车停在稀疏的树后面，给长颈鹿打开顶盖。我跳下车接过毛毯，转身要把一条递给红。

她不见了。

那天晚上剩下的时间里，我们在夜幕的掩护下照顾长颈鹿。活板门被洪水冲得变了形，费力好大力气才打开，关上它更是费力。但照顾它们能带来纯粹的快乐，尤其是听到野丫头踢老头。他想用干净的绷带换掉血迹斑斑的绷带。"再给我拿些洋葱，好吗？"他抱怨道，

"老天,这一天怎么还没结束。"

在长颈鹿们像往常一样平静地咀嚼反刍时,我们决定晚上开着顶盖。老头去和经理谈了帕卡德车的事,然后我们轮流在驾驶室过夜。我看着他经过第一堆临时生的篝火,认出昨晚在威格瓦姆汽车旅馆的那家俄克拉何马人,我还注意到了老头没有注意到的东西。和他们一家人坐在一起,裹着一条自制被子的,正是红。老奶奶把红裹在毯子里,拉起晾衣绳,把她的衣服晾起来,然后坐在她旁边。我抓起她湿透的相机包和叠好的风衣,朝那边走去。

老奶奶朝我招手。"你还好吧,亲爱的?"

我点点头。"还好,太太。"

奶奶微笑着离开了,留下我们两个人。我把相机包和风衣放在红脚边,慢慢在她身旁坐下。她没有碰,只是坐在那里盯着篝火,脸色惨白,好像又吐了。我们经历了那么多,我很惊讶自己没有吐。

"老头正在和经理说帕卡德的事,"我告诉她,"我们天亮前离开。你想去哪儿,我们送你。"

她没有回答,我绞尽脑汁寻找话题。我想说些老头和我都不知道怎么说的话。我想感谢她把她的帕卡德开进洪水中,救了长颈鹿和我们的命。这意味着她失去了所有胶卷和有关它们的梦想。我想说,我很抱歉。

可我没有。我听到年轻愚蠢的自己问了最想知道的问题。她冒了那么多风险才走到这一步——撒谎、藐视习俗、违抗丈夫、违背法律。我脱口而出:"你为什么这么做?"

她瞪了我一眼,那目光简直可以把火变成冰。"你怎么会问这个?"

这一次我知道该闭嘴了。

她叹了口气，目光又回到长颈鹿身上。"我可以去看看它们吗？"

老头已经在车里打起呼噜了，不过就算他没睡着我也不在乎。我站了起来，她也裹紧被子站起来。我们走到卡车旁，准备爬上去。她放下了被子。她只穿了内衣，和她的裤子一样，这还是我第一次在现实生活中看到这样的情景。我从没见过自己的妈妈只穿胸罩撑起大胸脯的样子，更不用说下身只穿内裤了。但现在，看到红对自己一点也不在意，我竭力忍住把她拉到我身边的冲动——不是因为我看到的景象，而是出于我无法用言语表达的原因，这些原因更多与她的感受有关。对我来说，这又是一个第一次。

我又帮她爬到顶盖，抓了一条毛巾让她坐在上面。野丫头见到她很开心，走到她身边，闻着她的内衣，接着野小子也走过来，不过更随和，更亲昵，闻着她的头发。

接下来的这一刻一直刻在我脑海中，多年来我常常回味，从中得到的感觉始终不变。红靠在它俩身上，乱蓬蓬的卷发垂在脸上，她让长颈鹿啃咬头发，仿佛很珍惜它们的每一个鼻息和轻咬。这似乎是她在对长颈鹿表示感谢……还有跟它们告别。

我的感觉是如此强烈，当即说道："我们明天见。这不是什么告别。"

她没有回答，而是伸出手再次抚摸两只长颈鹿，然后爬下来，把被子紧紧裹在身上，回到俄克拉何马那家人的篝火旁。

老奶奶在她身边坐下，递给她一个锡杯，让她喝里面的东西。红开始和老太太说话，我离得太远听不见，但我知道她在说什么。我看着她朝卡车点头，向女人们讲述这一整天的经历。我看着怀抱婴儿的母亲加入她们的行列。我看着红咳嗽，然后掀开被子，就像之前跟我一样，抓起老奶奶的手，把它放在她心口。我看着老奶奶把手从红的心口移到她的肚子上。然后我看到红飞快地瞥了一眼婴儿。

我明白过来，老头对红的猜测是对的。

看上去她现在也明白了。

第十三章
进入新墨西哥州

为了避开滞留在那里的其他游客,我们计划黎明前摸黑出发,决定路上再照顾长颈鹿。可是等我们准备就绪,红却不见了踪影。

"我找不到她了……"我跑回卡车,小声告诉老头,尽量不吵醒其他人,"俄克拉何马州的老奶奶告诉我,她放在篝火旁的衣服一晾干就走了。不过她的相机包还在那儿。没有别的地方可以找了。"

"说不准她改变了主意,决定等帕卡德。"老头一边爬进副驾驶座位,一边低声回答,"也许她又找别人帮忙,不找我们了呢。也不怪她,对吧?我猜她是不想被发现。也许最好还是随她去吧。"他回头指了指车厢,"把顶盖关上。"

"我们不能就这么离开。"

他把胳膊肘支在开着的车窗上,朝我叹了口气。"我只知道她不在这儿,但我们必须走了,小子。我们还有两只宝贝要管。"

于是我轻轻关上顶盖,黑暗中长颈鹿几乎没有注意到。我爬下车,最后环顾了一下汽车旅馆,然后回到驾驶座上,慢慢把车开了出去,每隔几秒钟就回头看一眼,直到开出去很远。我不愿相信这就是告别。我记得当时想,事情感觉不对劲,仿佛昨天还没有结束,即使新的黎明即将到来。我只知道一件事。不管我怎么看,我的后视镜里再也不会出现那辆绿色帕卡德了。

黎明时分,我们驶过公路上三处低洼地,情况和那名巡警说的一模一样。我们挂一挡通过这些地方,洪水留下的残骸比爸爸的农场还糟糕。工作人员已经清理了公路的车道,不过车道上仍有一些水。所以,不管是不是硬路面,我们溅起水花通过这些地方时,我的心里都不轻松。每通过一个水洼,卡车就会摇晃,我不得不调整摆正。最后一个水洼最糟糕。两只长颈鹿的脑袋还在窗户里面,它们比平时跳动得更厉害,撞到车厢一侧,整个卡车剧烈摇晃。

"我们该停下来吗?"我问老头。

他摇摇头。"我们过去再说。"我们越过州界,彻底离开了得克萨斯州。又走了不到一英里,我们进入新墨西哥州灌木丛生的丘陵地带,这些地方大有全部变成沙漠的趋势,不过时候未到。太阳快要升起来了。我们得找个地方把车停下,照顾长颈鹿。但我半心半意,心里还想着红。想着洪水。想着农场。我猜老头也一样,因为他看着我说:"我想我得听听你爸爸的农场发生了什么。"

我的目光落在经过的一棵约书亚树①上,枝干朝天空伸展。我又无处可逃了,然而这一次不会有山洪来救我了。

自从投奔库兹以来,我就一直在排练一个好用的谎言,我担心无论我去哪里,过去的事情都会找上门来。然而,在突来的那场洪水过后,我比以往任何时候都想和长颈鹿在一起,亲眼看着它们安全抵达加利福尼亚,甚至这比我自己到达那儿更重要。

---

① 一种高大的龙舌兰植物,分枝很长,生长在美国西南部炎热干旱的地区。

我不知道什么能让我继续留下开车——是谎言还是真相。不过，内心的重担你只能背负一段时间，久了就必须卸下，如果你只有十八岁，更是如此。

于是我深吸一口气，抓紧方向盘，告诉了老头真相。

"我们正准备埋葬我妈妈，"我开始讲述，"我和爸爸，只是去教堂墓地简单下葬，埋在我死去的小妹旁边……"

我告诉他，我们没钱办一个真正的葬礼，而且反正也不会有人来参加，阿卡迪亚的其他人不是死于尘肺，就是和那个轧棉工一起离开了，轧棉工的地位在这个小教堂仅次于牧师。随着妈妈病情加重，我一直在想我们是不是也该收拾家当离开，不过我们从没采取行动。我们什么都不剩了。几乎一无所有。所以能为妈妈做的就是尽可能把她包好。爸爸从谷仓找来木头给她做了一个松木棺材。家里的卡车又坏了。我们打算把老母马套在马车上，拉着妈妈到墓地去。我们把妈妈和她的松木棺材放在马车上，穿上我们最好的礼拜天衣服，然后爸爸去牵母马。

他没回来，我就去找他，发现他远远地站在谷仓另一边，母马躺在他身旁。我们家只剩那匹马了。家里的猪和鸡在上次庄稼歉收时都被吃光了，奶牛也在上一次沙尘暴中死了。我以为那匹马也死了。

然而，等我走近，我看到母马转动它那苹果棕色的眼睛，直勾勾地盯着我。我感到恶心，因为我知道它就要死了，只是它还不知道。

就在这时，我看到了爸爸手里的步枪。他把枪递给我，命令我结束母马的痛苦，因为我应该学会接受死亡是生活的一部分，我应该开始像个男人一样行事。看他说话的架势，他知道我会服从，或者希望我服从。

但我没有接。我回头盯着那匹马睁得大大的、充满惊恐和痛苦的眼睛，知道自己应该接过来，但我知道自己做不到。我没有这个本事。那匹老母马是我悲惨的一生中唯一认识的动物。从我生下来开始，到等我大一些，跟它叽叽喳喳说话，照顾它，跟在它后面犁地。上帝保佑，那一刻，我知道它是除了我妈之外我唯一爱过的生灵。它用一生陪伴我，我不能夺走它的性命。即使这是"仁慈之举"也不行，因为仁慈对我来说毫无意义。我竭力忍住没有朝爸爸喊出这些，我知道他无法容忍这种不敬。甚至稍有不敬的苗头，我便会品尝他皮带抽打的滋味。然而，这一次，我不在乎他的皮带。我不在乎他的吼叫。我只是站在那里。所以，他把步枪塞进我怀里，逼我接着。

"该是你扛起担子的时候了！"他说。我注意到他的眼里有一种神情，既不是愤怒，也不是恐慌或悲伤，而是一种超出所有这些的冷漠，就像他那颗可怜的小心脏已经随着妈妈的去世一起枯萎一起死去了，而我马上就会看到还剩下些什么。

"动手！"他喊道。

我还是不能。

他回到屋里，拿着他参战时的手枪回来了，边走边装子弹。"快去！"他啪的一声合上枪管，挥舞着手枪，直冲我走过来，"现在就动手！"

然而最让我害怕的不是手枪。他的双眼流露出疯狂失常的神情，令我不寒而栗。于是我把手中的步枪对准他，确信这会让他放下手枪。可是他没有，就好像我拿着一把玩具枪指着他，就好像我永远不会开枪。他还在朝我走来，高举手枪，他那双疯狂的眼睛恶狠狠地盯着我，我都忘了呼吸。

"它只是一只畜生!"他一边吼一边靠近我,拍打我的枪管,"你也不再是穿短裤的毛孩子了。是时候让你成为男子汉了!"他把手枪指着我的脖子,用空闲的那只手推我,让我的步枪枪管对准母马的头,母马用惊恐的眼睛直盯着我,"快开枪!否则,上帝作证,我会开枪打死你……你这个没胆子的尿包,毫无用处的儿子!"

我开枪了。子弹击中了母马脑袋,母马跳了起来,全身瘫软无力,它的血溅在了我的脸和靴子上,它那双了无生气的眼睛仍然盯着我。我开始像个婴儿一样哭起来,我想呕吐,我恨爸爸让我开枪打死了我的马,恨全能的上帝,仁慈是如此可恨。

爸爸在说话,他的手枪稍微往下弯了弯。我想他肯定会说出挽救我们俩的办法。是时候放弃了。是时候和其他人一样去加利福尼亚了。是时候选择活着而不是死去了。

不过他没有。他的声音奇怪地颤抖,他说了一些我无法忍受的话。"好吧,我们把它拖到谷仓里。剥下它的皮,把皮卖掉,把能吃的肉晒干。这应该能让我们活下去,直到地里长出新的收成。雨快要来了,你能感觉到。"

听他说完,我把步枪转向他,因为我知道他永远都不会离开。他会留在这里呼吸尘土,直到他的肺和妈妈还有小妹的一样被填满,他以为他也能让我这么做。

我走到母马前面,喊道:"我不会剥它的皮,也不会吃它的肉——你也不许——我宁愿一枪打死你!"

爸爸目瞪口呆地看着我,看着这个没有骨气的儿子生平第一次顶嘴,放下了手枪。我知道,如果我也放下枪,让自己平息怒火,一切就会停止。我会被他的手背打一顿,一切就都结束了。我们会继续过痛苦的生活，因为没有人能把我们从痛苦中解脱出来。因为我们就是那样的。因为放弃痛苦的生活需要来自心灵和灵魂的勇气，而我们俩没有。

但我没有放下手中的步枪。

相反，我不停地说出我知道他无法忍受的话："如果那能让我成为男人，我就应该让你从痛苦中解脱！"我喊道，现在我成了挥舞着枪的人，"如果那能让我成为男人，那么你就不是男人，否则你就会让妈妈从痛苦中解脱！"我继续喊道，现在我成了那个发射满腔怒火的人，"如果那能让我成为男人，那么你就不是男人，否则你就会自杀，结束我的痛苦——"

爸爸眼中的疯狂消失了。我看着它消失，我的愤怒随之平息下来。取而代之的是杀气，现在想起来我还是不寒而栗。他再次举起手枪，朝我瞄准。我看见他的手指在动。他在扣动扳机。我慌忙后退，举起步枪，目瞪口呆地看着扣动扳机的手指，不敢相信眼前的一切。我的生活停滞了，只剩盯着我的步枪枪管，看着它瞄准爸爸扣动扳机的手指。尽管愤怒中我说了那么多气话，但我确信我不会朝爸爸开枪，我也不相信他会朝我开枪。然而我们就那样僵在那里，两个内心已死的人用枪指着对方。

直到我意识到新的东西……我十七岁了。即便他留下来，我也不必留下。

我可以离开。我会离开的。

我不要留下陪他等死了，我要活下去。

我后退一步，接着又一步，放下步枪转身走开，这时我听到他的手枪击锤发出咔嗒一声。

我飞速转过身来，正好看到子弹出膛的瞬间，我感到脸颊被他的手枪子弹擦伤了，一阵灼痛。接着我听到自己的步枪开火，我看到他的肩膀向后一弹，子弹击中了他——

我们就那样站在那里，两个内心已死的人向对方开了枪。

我晃晃悠悠，然后站稳，扔下手中的步枪。

爸爸站在那里，似乎并没有感觉到我的子弹打中了他的肩膀，垂下握着手枪的手。

接着他把枪塞到下巴底下。

开枪了。

我踉踉跄跄地后退，我的脚下躺着两具尸体，我的身上溅了他们两个的血，我的肺也忘记了如何呼吸。我又吐了，呕吐物和靴子上的血混合在一起。现在我的脑海里只剩一个念头——

我让我爸爸自杀了。

直到脑海中又出现一个念头——

杀死他的人本来会是我。假如他没这么做，怒火中烧中我也会的。我本可以杀了我爸，因为他逼我开枪打死了那匹母马。我本可以杀了他，因为他让沙尘带走了我妈和我小妹。假如他试图让我留下来，我也会杀了他。我知道是这样的，我很确信。

"……我很可能就是动手的人。"我最后对老头说，手中的方向盘攥得更紧了。

很长一段时间，我说不下去了，直到我听到老头用他对长颈鹿说话的语调开了口。

"孩子，"他喃喃地说，听了这个词我有些紧张，"你得告诉我全部。"

我镇定下来,鼓起勇气接着讲述剩下的故事。"沙尘太糟糕了,空气中总是有静电,就像黑魔法一样,"我告诉他,"一点火花就能引爆,有时火花就在我们面前,银蓝色的火焰,我们必须把它踩灭。所以一定是开枪引发了火灾。"

我停顿了一下,仔细斟酌着自己的话,因为火灾不是"我们"的枪战引起的,是我开枪造成的。我从呕吐物和血泊中踉跄着爬起来,开始朝房子开火。我把步枪里的子弹都打空了,之后拿起爸爸的手枪也打空了,枪咔嗒咔嗒响了许久。我声嘶力竭地尖叫着,银蓝色的火花开始飞溅,我感觉自己如同置身地狱……直到一个火花落到木头上,真的燃烧起来,我的家变成了地狱。我没有告诉他这些。我撒了谎,教会里的人把这种罪过叫作"故意隐瞒",我不想让老头知道我当时有多么疯狂。

我说:"那地方就像一堆火柴棍。根本无法挽救,也没什么值得挽救。"我告诉他,我瘫坐在地上,看着我家的房子被大火吞噬。等一切都结束,我又能站起来了,我从谷仓那边拖来更多木头,又做了一个松木棺材。我把爸爸放在里面,放在妈妈旁边,自己拉着马车,来到教堂墓地,把他们两个埋在我小妹旁边。干完这些后,我坐在那里待了一晚上,第二天清晨才踉踉跄跄回到我妈死去的花园,把她那个装硬币的玻璃罐从藏着的地方挖出来,然后离开了。

但离开之前,我还尽我所能挖了一个坟墓,将那匹母马埋在里面。"因为绝不能让任何人吃掉它——任何人都不行,"我喃喃地说,"甚至秃鹰和土狼也不行。"

可它们还是找到了它。

我说完了,不过我觉得还没有结束。重温这一切令我残存的怒火又燃烧起来,感觉自己好像会在方向盘后面化作熊熊烈火。我知道必须把它压下去,但没有成功。感觉卡车有一股力量在拉我,我放慢速度,努力把注意力集中在挡位上,集中在开车上,集中在除了内心的火焰之外的任何事情上。我鼓起勇气看了老头一眼。

他又戴上了软呢帽,静静地坐着,眼睛盯着路面,胳膊撑在敞开的窗户上。他开口说话了,声音几乎是喃喃自语。

"你要是谈论对动物的感情,人们会用异样的眼神看着你,说动物没有灵魂,不懂善恶,价值不能跟人相提并论。我不知道。有时候我觉得,这些应该是动物说我们人类的话才对。"他摇了摇头,"动物能撕开人的心脏。它们能将人致残。它们可以仅凭本能杀死你,然后若无其事地走开。但至少你知道跟动物相处的基本规则。你可以计算违背规则的代价。可你永远不知道人会怎样。你以为的好人未必真好,而坏人伤害你时更是毫不留情。"他把胳膊从车窗上放下,搓了搓那只变形的手,"这就是我一直选择跟动物在一起的原因,哪怕它会要我的命。说不准有一天会这样呢。"

他停了下来。不过我一直听着。我以为他肯定会告诉我那只手的故事。或者珀西瓦尔·鲍尔斯为什么那样称呼他。或者两个都说一说。我渴望听他讲,渴望任何能帮我忘记自己的东西。但他把胳膊靠在窗户上,一言不发,我知道不该再打扰他。我攥紧方向盘,还是问了他我最害怕的问题:"你会打电话给治安官吗?"

他回过头来看着我。"我为什么要那样做!我们还要拉着长颈鹿去圣迭戈呢。"

"可我让我爸开枪打死了自己。"

"你没有。他是自杀的。"

"但我朝他开枪了。差点打死他。"

"你打伤了他。"

"什么?"

"你在田纳西州是这么说的,"老头回答道,"'我打伤了他,'你说,'要是我想打死他,他早就没命了。'"好像老头觉得这已经足够,他回头看看路,说:"这是你的第一个故事,但不必是你唯一的故事。这取决于你。"

我永远不知道他接下来要说什么,因为就在那时,卡车摇晃得太厉害,感觉轮胎都离开了路面。接着又摇晃了一次,这次把我们俩都从座位上颠了起来。我们同时转过身,回头看车厢。

"你瞧!"老头向前一指,"把车开进去。"

前方是一个布满灰尘的褪色指示牌。

库特之家
汽油。水。食物。
前来观赏沙漠动物。

这个地方背靠大路,我们两个都心事重重,也没仔细观察。等走近了,才发现它很是糟糕。除了柱子上的水箱,整个建筑摇摇欲坠,屋顶已经塌了一半。我把卡车开向油泵。两个油泵都坏了,而且已经坏了很长时间,所以我把车开过它们,停了下来。

"我不喜欢这里,"老头说,"我们检查一下长颈鹿的情况,然后就走。"

两只长颈鹿把脑袋伸出窗户,马上又缩了回去,同时发出我从未听过的声音。一只长颈鹿听上去要把活板门踢出洞来,嘎啦嘎啦响得厉害。

我急忙跑回去打开变形的活板门，朝那座摇摇欲坠的建筑瞥了一眼，被眼前的景象吓呆了。

一只熊。一只美洲狮。一只浣熊。几条响尾蛇。

全都关在笼子里。

在耀眼的红土色阳光下……

"你们好，陌生人！"笼子那边传来一个尖细的声音，一个我见过的个头最矮、毛发最多、眼球最鼓、皮肤最粗糙的老头走了出来——他的一只眼睛浑浊，另一只眼睛并没朝我们这边看。"欢迎光临库特之家！"说着，他拿起一根棍子戳那些动物。

"住手！"老头喊道。

"只是想让它们给你们表演一下，"眼睛浑浊的老傻瓜并没住手，"这么久了，你们是我的第一批顾客。"

"你这样是在要它们的命。"老头说着，朝太阳底下摆放的笼子挥了挥手。

"哦，是吗？你懂什么？"

"我在一家真正的动物园上班！"老头气愤地说着，回头看了一眼卡车，收敛了怒气，掏出钱包，"我们只需要检查一下我们的长颈鹿的情况。给你添麻烦了，我们会付你费用，检查完了就上路。"

"天哪，我没看错！"那人叫道，冲过去从老头手里夺下钱，"看到你们的车开进来时，我对自己说，'库特，那辆卡车上拉的是长颈鹿。'但我得先确定你们也能看见它们。我不想让你们以为我疯了。等一下。"

他消失在大楼里面。

我没忘记在小石城做的噩梦，急忙跑向卡车枪架，这时那人拿着一把双管短猎枪走了出来。

"不，不，放下枪。"那人说着，将两根枪管瞄准我。他飞快地跑过去，从枪架上抓起老头的步枪和猎枪，把它们扔进灌木丛深处，猎枪几乎滑到了路上。

"你——你这是怎么啦？"老头吼道，"我刚才付你钱了！还不够吗？你到底想要什么？"

"你以为我想要什么，真正的动物园先生，"他厉声说，"我想要长颈鹿。不过我是个通情达理的人。你有两只，我要一只。这样我们都高兴。"

老头看了那个沙漠老傻瓜一眼，那目光简直恨不得送他下地狱。"我是不会给你一只长颈鹿的！你不能朝我们开枪。你会被绞死的。"

库特笑了笑，近九十年后的今天，想起那笑容我仍然感到害怕。因为他接下来说的是："没错，但没有人会因为我朝动物开枪绞死我，而长颈鹿是动物。所以你不选的话，先生，我就打死一只，拿它喂我的动物。"说完，这个疯老头子猛敲卡车，直到两只长颈鹿再次探出脑袋，他用短猎枪指着它们。"砰！"他喊道，"砰！砰！"

老头气得要把这个人的脑袋拧下来，老傻瓜知道这一点，把枪转向他。"也许这时候需要一个示范。"说着，他退到那排笼子前，一枪打死了笼子里的浣熊，猎枪子弹把内脏溅得笼子里到处都是。

"该死！"老头叫道。

库特眯起眼睛。"你知道，我这辈子也说过不少污言秽语，但上帝今天待老库特不薄，我想我不会容忍这里有任何亵渎上帝的话。所以嘴巴放干净点。你这个脖子上长着魔鬼印记的年轻人，更要注意了。"他拿枪指着我的胎记,说,"我现在要带走你的一只动物。我给你一点时间做决定。"

"等一下——"老头恳求道。

"先生,我可以这么干一整天。对我来说没什么。"他打开一个关着长耳大野兔的笼子,抓住一只大野兔的颈毛,把它扔进了美洲狮的笼子。看到这一幕,我内心残余的怒气燃起熊熊火焰。因为我知道我们接下来会听到什么。如果捕杀速度不快,长耳大野兔的尖叫听上去就和婴儿的哭声一模一样。为了避免听到这声音,我十岁时就练成了一名神枪手。

美洲狮生吞活剥野兔,兔子的内脏挂在它的牙齿上,空气中充斥着长耳大野兔的尖叫。那叫声持续不断,对老头讲完故事后我还能镇定自若的那一部分消失了。我扑向持短猎枪的库特,却发现自己脸朝下倒在泥地里。老头在我被打得全身弹孔之前把我绊倒了。在老头的怒视下,我爬了起来,空气中现在只剩库特咯咯的笑声。

直到我们听到一个沉闷的声音。

"别开枪……"车厢里传来一声呜咽。

"是个女人?"老傻瓜转过来问,"怎么你车里还有个女人?打开瞧瞧!"

我拉开野小子那扇变形的活板门。正是红,蜷缩在长颈鹿的腿下面。

老头痛苦地呻吟起来。

库特咯咯笑得更大声了。"你们让女人坐在后面!我一直想这么干!"

红弹掉脸上的稻草,爬了出来,色眯眯的库特斜着身子走上前。

"既然你们已经把她训练好了,也许我们可以用她和长颈鹿做个交易。"说着,他用枪口绕着她的胸脯转圈。

红推开枪管,试图朝我们走过来,但他拦住她,又拿枪在她身上划动。我眼睁睁看着他这么做,却无能为力,体内残存的怒火烧得更旺了,就像那天早上朝爸爸开枪时一样。就在刚才,长耳大野兔的尖叫声把我弄得魂不附体,老傻瓜就是径直朝我开一枪,我也一点不在乎,因为在那之前我会把他的屁股揍烂。现在,我站在那儿看着他用枪摸红,又有了同样愚蠢的想法。这想法一定清清楚楚写在了我的脸上,因为突然老头站得离我很近,大声说话。

"我们得告诉他,小子,这样做没错,"他大声说,同时朝我眨眼示意。他转向库特,指着野丫头,"这只受伤了。"

库特眯起眼睛,用枪指着老头。"我才不要受伤的长颈鹿。让我看看。"

红跑到那人够不到的地方,老头拉开野丫头的活板门,然后退了回去。

"你也退回去,到另一边去。"库特对我说,然后等着我退回去。

活板门对老头和我来说是齐肩高,但是库特的头正好在开口处,距离野丫头拖着走路的前腿只有几英寸。

"看见了吗?"老头哄骗库特,"在后腿上。你得靠前仔细看。"

库特仍然把枪口对准老头,把鼻子伸进开口,就像厄尔在小混混出现那天晚上做的那样。他的脸几乎就在野丫头的攻击范围之内了,这时他把头缩回来。"等一下。"他把那只好眼睛转向老头,"它踢人吗?你想让它踢我,是不是?"

老头平静地说:"动物不用前腿踢人。每个人都知道。"

"哦，对。"库特说着，又往前凑上去。

老头和我屏住呼吸，等着他靠得足够近，等着野丫头一脚踢出去把我们救下。

库特走近了。

然而，野丫头没有踢。它从上面瞪大眼睛看着我们，跺着脚，拖着腿，哼着鼻子，摇晃着。

可是它没有踢。

库特把头缩了回来。"等一下。你为什么要告诉我这个？你是要玩突如其来的老把戏吗？你告诉我这只受伤了，没准受伤的是另一只呢。或者你告诉我这只受了伤，让我以为受伤的是另一只，而实际上是这只，另一只并没有受伤。哈！想得美。"他朝我这边晃了晃猎枪，"让我看看另一只。"

老头几乎不看我。我们都知道，想走的捷径泡汤了。野小子从来没踢过任何人。

这时，我知道结局会很糟糕。我不能让它发生。在遭遇了飓风、大山、熊、肥猫和洪水，更别说重温了我一生中最糟糕的一天之后，我不允许它发生。库特把头靠近野小子打开的活板门，这次把枪对准了野小子，即使看到这一点也没有阻止我接下来的行动。因为当你十八岁，内心燃烧着怒火时，有时候你根本不计代价。

我扑向枪。

我比这个小矮子高，一只手握枪管，另一只手紧紧抓住他握枪的手，年轻的我相信一定能把枪夺下来。

然而我没做到。

这个干瘪的小矮子体重不足一百磅，但他就像恶魔附体一样有力。我还是和活板门齐肩高。库特的头仍然靠在门缝上,枪口仍然对准野小子。我回头瞥了一眼,想寻求帮助,但这时老头跑出去拿他被扔出去的枪,我眼角的余光几乎看不到红。车身开始剧烈摇晃,我只能拼尽全力稳住库特的枪。两只长颈鹿惊慌失措,撞击板条箱,踢得开裂的木头翘起来,……直到野小子喉咙里传来吓人的长颈鹿哀号。

听到这声音,红做了一件她不该做的事。

她也朝枪扑了过去。

她抓住唯一可以抓住的地方——短枪管的末端——使劲拉,试图让枪口移开野小子。我们三个撞在摇晃的车身上,拉扯着,扭动着,直到枪忽然不再指着野小子,而是对准红。那老傻瓜不知怎么转过身来,转而用我们的力量对付我们,把短管枪枪口顶在红的肋骨上。

我全身的血液都涌到了头上,因为我知道,只要他放在扳机上的手指一动,红就没命了。在那时,没有人受那样的伤还能活过来,何况我们身处荒无人烟的地方。即使她试图松开手跑掉,不等她跑开,枪也会响起来。红缓慢而残酷的死亡将是我无法承受的代价。

她的目光突然转向我。她知道。

就在那时,似乎长颈鹿也知道。它们同时站立起来,用力撞击板条箱,红失去了平衡,尖叫着摔倒在地。

听到红发出尖叫,野小子做了一件我们从没料到它会做的事。

这只幸运的野兽开踢了。

它的蹄子砰地踢到库特的脑壳上,发出一声令人作呕的低沉闷响。

枪响了,朝空中喷射。

那个老家伙瘫倒在地上,鲜血从一只耳朵里汩汩冒出,我目瞪口呆地站在他旁边，双手仍然紧握着枪。

老头突然出现了，举着步枪。"你们两个干的蠢事！"他气喘吁吁地说，"是长颈鹿救了你们两个没用的东西！"

看着红站起来，我为自己差点干的事而后怕，忍不住打了个寒战。然后我低头看了看库特，他一动不动。

"他死了吗？"我喃喃地说。

老头从我手里一把夺过库特的枪，说："不知道。也不在乎。"

这时我们听到了水声。短管猎枪击中了高高的水箱，水从子弹打穿的孔里喷涌而出。老头皱着眉头看着逐渐排空的水箱，一点也不惊讶。

"你要打电话给治安官吗？"这是那天我第二次问这个问题。

老头转过身来瞪着我，仿佛我的脑子被太阳烤焦了。"怎么，你想待在这里，和当地执法人员交朋友吗？"他低吼道，"那这些宝贝怎么办？你在履行公民义务时，考虑过它们吗？你觉得他们会怎么处置野小子？就算它把我们从那个疯子手里救了出来，也没一点屁用。它仍然是只动物，而那个贱人还是他们称之为人的东西。我们会被困在这里，一待就是好几个星期。即便他们不下令杀死它，它们俩也活不成。不！不行！它们要去圣迭戈。对。该死。现在。"他把两支枪放在卡车引擎盖上，伸手从车窗里拿了软呢帽，然后大步走开了。

"你要去哪儿？"我在他身后喊。

"还有一件事要做！"

他把软呢帽戴在头上，到路边的灌木丛取回他的猎枪，然后从我们身边走过，走到动物们那里，一个接一个打开它们的笼子。长耳大野兔和熊头也不回地朝山上跑去。甚至响尾蛇也急匆匆爬走了。吃饱肚子的美洲狮就不一样了,它吃了新鲜野兔肉,还在舔胡须上的血。它冷冷地看着老头,从笼子里跳了出来,仔细打量他。老头向空中开了一枪,美洲狮溜进了灌木丛。

"我们走吧。"他命令道,朝我们走来。

我一直盯着库特横躺在地上的尸体。"要是美洲狮回来怎么办?"

"那就让它来吧。"老头厉声说,然后转念一想,改了主意,抓住库特的一条腿开始往前拉。我抓住另一条腿。不过老头并没有朝大楼走。我们把他拖到熊笼子旁,把他塞进去,挨着熊的半满的水桶,然后砰地关上笼子门。

"快走,我再去把浣熊的尸体也扔进去,"老头说着,朝卡车走去,"要是他还没死,就会自己爬出来。要是他死了,也有个全尸。他不配成为动物的晚餐。"

长颈鹿还在跺脚,喷鼻子。老头把枪放回到卡车驾驶室的架子上,把库特那支短猎枪扔进灌木丛深处,然后我们都上了车。红坐在我们中间,我们朝公路驶去。从水箱口喷出来的水把泥土变成泥泞的湖泊。正前方是"前来观赏沙漠动物"的牌子。我开着卡车冲它撞过去,把它压扁,然后一路向西。

有两英里的路程,驾驶室唯一的声音就是我擦着红的裤腿换挡时,一遍遍轻声说的"对不起"。我觉得自己像在糖蜜中行进,我的身体还没有跟上大脑。不是我一个人这样。红的手开始颤抖,她开始抽泣,然后大哭起来。

"停下,"她恳求道,"停下,拜托——"

前方是一个满是灰尘的休息区,几张石头野餐桌,俯瞰着一个小山丘。我赶紧把车停在路边,下车让路。红跌跌撞撞地走到一张石桌前,她不仅哭了,还抽噎个不停。老头移开目光,但我无法移开。最后她用手捋了捋头发,不哭了。我有一种强烈的感觉,我的报应快来了。

我们试着给长颈鹿喝水,可它们不喝。老头爬上去,打开顶盖,开始咕咕地跟它们说话,尽可能抚摸它们,我也爬上去抚摸它们。然而,靠着长颈鹿时,我感觉浑身摇晃,不得不努力保持平衡。在躲过那个疯子最糟糕的结局后,我的各种情绪仍在翻涌。我等着天塌下来,等着警笛响起,等着什么大事发生。

"结束了吗?"我喃喃地问,回头看了看来路,"这就是结局吗?"

"你以为你总能知道故事的结局吗?"老头说。他的声音颤抖着,暴露了自己的紧张,"大多数时候,能知道自己的结局,你就很幸运了。如果这是我们的结局,那它一定是他妈的幸福结局。"

在我们不停地抚摸和安慰下,长颈鹿们又开始相信平安无事了。野丫头停止了跺脚,野小子哼着鼻子长长舒了一口气,慢慢躺下来休息。

于是我和老头下来,也坐在红旁边休息。

美联社通讯社

……圣路易斯邮报

旧金山公报

圣何塞水星先驱报

锡拉丘兹邮政标准报

圣查尔斯旗帜周报

圣约瑟夫新闻社

布法罗快报

拉斐特信使报

沃特伯里共和报

普罗维登斯日报

洛杉矶汽车新闻

道奇堡信使报

堪萨斯城星报

巴尔的摩美国人报

大急流城新闻报

萨克拉门托联合报

哈特福德新闻报

埃尔森特罗邮报

华盛顿星报

底特律新闻

阿马里洛环球报

横穿全国的长颈鹿带来欢乐和慰藉

美联社 10 月 14 日特别报道

两只英属东非[①]长颈鹿为人们带来了渴望的慰藉，让人们暂时忘记每天关于欧洲战争迫近的不详报道。它们乘坐特制卡车继续前往圣迭戈动物园，一路给镇上的居民和游客带来了欢乐。它们的冒险之旅为西部年轻的动物园开辟了一条全国宣传之路，这些年来从没有哪个故事能像它们一样满足疲惫公众的幻想……

[①] 英属东非是指以前在东非由英国控制的领土，即肯尼亚、乌干达、桑给巴尔和坦噶尼喀（今坦桑尼亚）。英国对该地区的渗透始于 19 世纪下半叶的桑给巴尔。——编者注

第十四章
去往亚利桑那州

生命中有时一切会发生急剧变化，你只能坚持下去，沙尘暴、墓地和飓风都锻造了你，愤怒被你抛在身后。不过，也有一些时候，你会感到内心深处的转变。安静、干净、纯粹。那天早上，我们继续前进时，惊魂未定但大难不死的我就感受到了那种内心平静的转变。自从朝爸爸开枪以来，一直萦绕在我心头的愤怒消失了。我以为愤怒可以拯救我们，却差点害死我们。是最温柔的长颈鹿把我们从最凶猛的狮子手中救了出来。不知怎的，野小子的行动化解了我的愤怒。在接下来的日子里，我有理由去思考它是否永远消失了。至少离开小山丘处的休息站时，我感觉我的怒火消失了，我希望能保持这种状态。

沿公路走了几英里，我们感到气温开始上升。接着陆地上的冠岩飞快消失了，我们发现身处低矮的红色沙漠地带。放眼望去，一片空无。与狭长地带不同，这儿的空无更大、更广、更红。

看到第一个加油站和商店招牌，我拐了进去。加油站工作人员出来了，已经和长颈鹿打得火热。老头对红说："这条路向南走几个小时，再向西拐到凤凰城，绕过埃尔帕索，但我们可以为你绕道去那个火车站……太太。"他停顿了一下，他想礼貌地称呼她，但不知道红的名字，然后瞥了一眼商店前门上的钟形公用电话标志。"你需要的话，他们这里好像有电话。"他补充道，下车进了商店。

然而红一动不动，连头都没抬，更别说说话了。

我打开车门正要出去，看见她静静地坐在座位中间，一根干草还粘在她的卷发上。我差点伸手去摘掉它，但我只是说："我去检查一下车厢。"我苦思冥想下一句该说什么。我想说我很高兴库特没有朝她开枪。我想说我很抱歉差点害死我们俩。我想说的还有很多很多，那么多重要的话。和往常一样，我说了别的。盯着她头发上的干草，我听见自己说："你躲在车厢里干什么？"

听了这话，她抬起头来。"你以为我是故意的吗？"她叹了口气，"昨天晚上，俄克拉何马那一家好心人让我睡在他们的T型车里，可我睡不着。所以我坐在篝火边，等着衣服晾干，我一直坐在那里，也不知道待了多久。我在暗处看着你和卡车，轮到你去驾驶室睡觉了，我就看琼斯先生。我看得越久，就越想最后一次靠近长颈鹿……就我一个人，你知道吗？所以，趁琼斯先生去灌木丛方便的工夫，我爬上敞开的顶盖，像在山里那样，跳到野小子那边，抚摸它的皮毛，享受最甜蜜的时光。"

她顿了一下，又叹了口气。"我本来只想待一小会儿，可野小子躺下了——我简直不敢相信。于是我靠在垫子角落，看着它把可爱的脖子垂到背上，闭上它的大眼睛。我感觉自己的眼睛也要闭上了，就顺其自然。我知道，走之前你们还会照顾它们，到时我会醒过来。可是你们直接就走了！"说着，她举起双手，"我甚至没听见你关上顶盖！接下来我知道的是，野小子站了起来，我们在公路上一路颠簸。

而且因为洪水,我不能和以前那样从里面打开活板门了。"她深吸了一口气,"我扯着嗓子大叫,不停地敲打,可我发现这样让野小子很不安。我只好不打扰它。"她又吸了一口气,"然后你们去了那个疯子的地方……!"

她屏住呼吸,不得不停下来。"我……我只是想跟它们好好道个别。"她轻轻补充了一句,然后把手放在胸口,不说话了。我真想碰她啊,差点伸手去拉她的另一只手。不过我还是下了车,慢慢关上车门。

老头出来了,怀里抱着一袋袋苹果、洋葱、面包和一根足够一个工程队吃的意大利大香肠。他把面包和香肠递给我,爬上车喂长颈鹿。

"它们还好吗?"我问。

"它们一直很好,上帝保佑它们,虽然我们让它们经历了那么多糟糕的事。"他一边说,一边喂它们美味。

我从开着的窗户把面包和意大利香肠放进驾驶室,爬上去帮忙,红进了商店。不过,很快她就回到了车里。我跳下来,走到她的窗前。我的手里还有一个苹果,我把它用衬衫擦了擦,递给她。她几乎没注意到。

"发生什么事了?"我终于忍不住开口问道。

"我试着给他打付费电话,但他不接。"

我把苹果塞进口袋。"我记得你说他是个好人。"

"他是,"她喃喃地说,"他只是需要时间来记住这一点。"

我把车开上路时,一辆公路巡逻车呼啸而过,朝我们来的方向驶去。我瞥了老头一眼,他正神情自若地从后视镜看嗅闻风的长颈鹿。

那天剩下的时间里，我们在新墨西哥州一路行驶，几乎没看到一个人影。一家俄克拉何马人从我们后面开过来，他们的老式 T 型车塞得满满当当。老式汽车的踏板上甚至绑了一个篮子，篮子里装着一只山羊。经过我们时，他们看到长颈鹿似乎一点也不惊讶。为什么要惊讶呢？他们已经在朝梦想驰骋了。他们朝我们挥手，脸上挂着要去加利福尼亚的灿烂笑容。即使山羊也不例外。这让我有些忧郁，更令我忧郁的是看到那些散落在路边的家具，它们就是艰难时期的遗迹。我们开始看到这样的东西——一个衣橱柜、一把破摇椅、一盏灯，诸如此类——沙尘暴中的人们携带的家什要么中途掉落，要么因为拿不了不得不扔掉。接下来的旅程都是如此。

每到一个有电话亭的站点，红就进去打电话。我想她是在试图提醒那个家伙，他是个好人，会给她把票钱汇到埃尔帕索。然而，每次她回来看上去都越发不高兴，我也没有勇气打探。我们离埃尔帕索越来越近了。很快我们就到了拉斯克鲁塞斯的郊区，老头说那儿有一个岔路口，一条路往南通往埃尔帕索，另一条路往西通往凤凰城和加利福尼亚。

我们看到岔路口时，老头示意我绕道之前先靠边停车。我下车查看长颈鹿的情况时，红抓住了我的袖子。

"伍迪，"她小声说，"我要告诉你一件事。"

我隐约感觉不妙。

"其实我没打过电话，"她绞着手坦白道，"我试过，可我还不能和他说话……我还做不到。"她把手放在膝盖上，直直地盯着我，"所以现在我得说服琼斯先生，改成明天送我去凤凰城车站。你觉得他会同意吗？我在路上再给莱昂内尔打电话。我发誓。我只是需要一点时间……"她的表情表明这次她没有撒谎，可是我又能说什么呢？

老头回到驾驶室，转向红说："那边是去埃尔帕索火车站的路。不到一小时我们就能到那儿。"

她深吸一口气，扬起下巴说："琼斯先生，我会很感激，如果——"

"她需要从凤凰城坐火车，岔路不通往那儿，对吧？"我插嘴说，向他使了一个眼色。

老头一直竭力表现得很友好，所以我祈祷他别再开始他那套"受不了骗子"的长篇大论，如果他有这种怀疑的话。

然而他说："我给你买票。我最起码能做到这点。"

我们俩谁也没料到这一点。

"那太好了，琼斯先生，"她很快说，"不过，我敢肯定，钱会在凤凰城等着的。真的。"

我拼命给老头使眼色，要是我的眼珠子弹出来我也不会感到惊讶。不过他点了点头，回了我一个眼色。

于是我们从岔路开往凤凰城，进入沙漠深处。我们仍然不怎么说话，除了每次换挡擦碰到红的腿时我向她道歉。不过红似乎没注意到，她的眼神带着一种漠然，这眼神我以前见过。之前在检疫站时她就这样，当时她独自坐在帕卡德车里，盯着前门。那时一切还没有发生。

黄昏时分，我们把车停在老头来时选定的一个地方。这儿和平常带院子的汽车旅馆不一样，是新流行的汽车旅馆，只是一排房间，房间之间有停车的地方，不过它们前面有一个小绿洲，里面有真正的棕榈树，我们独享了这个地方。我们把车停在离汽车旅馆尽头几码远的沙漠上，就住旁边的房间，老头多付了一间房间的钱，安排我们旁边的房间让红住。她再次感谢他的好意，走了进去，关上房门时，她用那双淡褐色的眼睛回头看了我一眼。

老头去照看长颈鹿了，但我一直站在那儿，直到听到他喊我过去帮忙。我眨眨眼忘掉红的目光，追上他，他已经在检查野丫头的夹板了。他看上去如释重负，我心想野丫头一定没事，不过我不确定，直到他爬上侧面的梯子，到敞开的顶盖那儿拍拍野丫头，它已经在心满意足地反刍了。然后，他一言不发地下了梯子，去了汽车旅馆的房间。和往常一样，他让我值第一班照看长颈鹿。然而，我没有爬上卡车，而是发现自己站在红的房间门口。我的心怦怦直跳，一股渴望涌遍全身，这渴望我无法用语言描述，更不用说控制了。我十八岁身体的每一块肌肉都带着刺痛、充满渴望，渴望得到我没有勇气去要求的东西。

直到听到山里郊狼的号叫，我才动弹——才回到长颈鹿身边。

我的心提到了嗓子眼儿。我爬上卡车，深呼吸让自己平静下来，缓缓坐到两个宝贝之间的横木板上。它们还在反刍，呼吸着夜幕降临后空气中突然变凉的气息，也呼吸着我身上的每一寸地方。我身上闻起来一定有股沙漠的味道——也许那天晚上是这样。月亮还没有出来，天空很美。在没有月亮的夜晚，你会以为沙漠一团漆黑。其实不然。一切都是阴影。也许是因为你和地平线之间一片空无，所以星星更亮，被物体反射的光更多。星星是如此清晰，我决定四处寻找红说的长颈鹿星座。在墨西哥最容易找到这个星座，我们离那儿的天空很近，而且看星星会让我感觉不再那么沉重。

几分钟后,沙漠中郊狼的号叫声又响起来了,那回声让人觉得它们就潜伏在黑暗的另一边。所以当我注意到下面的动静时,我以为是只野兽,做好了迎击准备。

"伍迪?"

是红。

号叫声更响了,她加速爬了上来。

红轻快地拍了拍野丫头,在我旁边的横木上坐下,她的腿悬在野小子那一侧,野小子转过它的大脑袋嗅她。她把头靠在它的口鼻上,胳膊紧紧搂住它的脖子,就像在向它表示它应得的感谢,感谢它从沙漠老傻瓜手中救了她,救了我们所有人。她一直保持着这个姿势,直到很长时间后野小子让她停下。

她一松开手,我就开始喋喋不休。"这儿不错吧?我觉得沙漠闻上去真的很不一样。长颈鹿肯定很喜欢这里。我在想,到目前为止,这儿肯定比其他任何地方都更像它们的家乡。或者它们知道自己马上就要从卡车里出来了。它们早该出来了,好吧……"

红碰了碰我的胳膊让我停下,然后转身跨坐在我对面的横木上。长颈鹿们把硕大的身躯挪得更近了,它们的皮毛暖暖地贴在我们的腿上,于是红伸出双臂同时触摸它们两个。触摸变成了抚摸,她像耳语一样轻声说:"你知道我最喜欢照片的哪一点吗?"

"什么?"我说。

"它们让时间定格了。"然后她微笑了,露出那个我希望永远不会再见到的悲伤的、紧抿嘴唇的微笑。

她在道别。

知道你是最后一次做某件事,会带走你做这件事的乐趣。在漫长的一生中,我经历过许多最后一次,但当时并不知道它们是最后一次。这一次我知道。告别就在眼前……明天是红,后天是长颈鹿。想到这里,我几乎无法忍受。我看着她坐在那里,在汽车旅馆招牌的灯光下,伸开双臂,卷发乱蓬蓬的,裤子和衬衫皱皱巴巴。看上去就是和一对长颈鹿被困在一辆卡车里,除了身上的衣服一无所有的人。不过在我眼中,她美得就像一幅画。

我们就这样坐了很久,又仿佛时间根本不存在一样,有时这两种感受会同时存在,仅有的声音是长颈鹿的鼻息声和郊狼的号叫声。空气越来越凉。我知道她马上会说她该回房间了。一直都是这样。然而她却用一种我几乎听不清的温柔又疲惫的声音说:"伍迪,我能留下来吗?今晚我不想一个人……而你和两只长颈鹿……"

她没有把话说完,我替她行动了。我请求长颈鹿允许我关上顶盖,它们同意了。于是,我慢慢爬上梯子,示意红下来,然后关上顶盖。然后,就像这是世界上再自然不过的事一样,我跳下来,拉着红的手,领着她再上来。两只长颈鹿推开窗户围住我们,我们躺在平顶上,我仍然握着她的手。我们肩并肩,望着夜空。我再一次充满渴望。我承认,我想触摸的不仅是她的手,虽然我没有类似经验。一直以来老头都叫我"小子",确实如此,因为即使十八岁了,我在类似这样的关键时刻仍然像个孩子。然而,即便我能按照整个身体告诉我的那样——俯下身子,再次试着去吻她,表达我的渴望,希望她也有同样感觉——我也知道这样不行。这不是她想要的。我是怎么知道的,我也不知道。我那么顾虑她的想法,这让我感到惊讶。即使我浑身上下像着了火一般,我也不敢贸然采取任何会导致她那晚离我而去的举动。所以,她颤抖时,我慢慢用胳膊搂着她,她也允许我这么做。我们那天经历了那么多，这就足够了。那是荣耀的一刻。我们一起安然地躺在那里，在闪烁着星星的天空下，周围有长颈鹿环绕，夜色让我们如此安静，我们沉沉睡去，睡了很久。

当我睁开眼睛时，一轮半月高高挂在天上，长颈鹿们已经缩回了脑袋，红也不在我身边了。我盯着她去的地方看了一会儿，又看了看她刚才待过的地方，将这个夜晚牢记在心里——让我们彼此靠近的沙漠的寒冷空气，她浓密的卷发贴在我胳膊上的感觉，我们周围喷着鼻息的长颈鹿，还有头顶上星星的位置——我细细品味每一个细节，就像在车站第一次看到她和长颈鹿时做的那样。然而，一路走来，似乎长颈鹿是整个世界唯一没有发生变化的部分。

我起身再次打开顶盖。长颈鹿抬起头来迎接我，野丫头把它的头放在我的膝盖上，就像在玉米地里时一样。然后我又躺在它们中间的木板上。凉爽的空气中，它们的呼吸让我感到温暖，我继续寻找长颈鹿形状的星座，填补天空中的一块空白。

第二天穿越沙漠的旅程是老头在那次旅途中每天都梦寐以求的，穿越如此广阔的空间让人惊喜。那时在沙漠深处，假如出了什么差错——发动机故障、散热器过热，甚至轮胎爆胎——稍有差池，你就可能没命了。即便我们运气好，有人来帮忙，他们的车也装不下两只长颈鹿。所以我们本该为能否顺利穿越这样的危险之地而忧心忡忡。

但那一天很是平静。没遇到什么人，也没什么麻烦。

这是没有"狮子"的一天。

我们又是在黎明前一小时出发的。我们看着月亮在一边落下，太阳在另一边升起，都陷入一种令人感动的平静。之前我们翻越大山后，我也感受过一丝这样的宁静。然而，这一次它漫长而持久，深深抚慰心灵。现在看来，这是我做过的最接近祈祷的事。等我再大一些，听到人们谈论这些事情时用神性的名字来称呼它，我想嘲笑，但做不到。在未来的年月里，经历了战争以及战后岁月，在我最需要宁静时，我会一再回到这个宁静的日子，我和两只长颈鹿、老头和红一起穿过这片宁静之地。就像长颈鹿在那群飞翔的旅鸽中感受的喜悦一样，那宁静让人无法理解，也无法用任何语言形容。幸运的话，一生中你能有几次这样的时刻，有些人只有一次。如果是这真的，这就是我的那种时刻。回忆起它时，我不是记忆中的十八岁。我可以是任何岁数——三十三岁，或者一百零三岁，我正驱车带大家穿越永恒的红色沙漠，没有特定的目的地，只是去一个好地方。我们一起。

那天早上我们停了两次，一次是在银城这边，另一次是在格洛布附近，停留了足够长的时间让我们喂长颈鹿喝水，活动活动腿脚。我们之间的对话不超过两句，气氛很平静。就连远处一整天都跟着我们的火车轨道也没有破坏我的宁静。它本应该会唤起我对被害的流浪汉、衣衫褴褛的男孩和肥猫的大笔财富的各种烦躁的想法，更不用说我裤子口袋里面那块沾满汗渍的二十美元金币了。然而并没有。尽管这些事情就在几天前发生在还是沙尘暴男孩的我身上，但我感觉自己已经不是那个男孩了。

红终于在银城给大记者先生打了电话。"莱昂内尔……"我听到她关上电话亭的门时说。我没有偷听。没有必要。我从远处看着她，就会知道发生什么了。和我在新泽西时听到的他们的谈话一样，他们说话声音很大，虽然现在只是她一个人在说，直到她说了那个任何男人听了都会闭嘴的消息。然后，她靠在木制电话亭背面，似乎两人很长时间都没说话。

她回到卡车,说他答应今天结束前会把火车票钱汇到凤凰城。既然她直到那一刻才打电话给他,没有理由不相信那个卑鄙的家伙。不过当然了,我还是不相信。当我们把车停在凤凰城豪华的火车站时,感觉我的宁静一扫而光。老头已经说得很清楚了,我们只是让她下车。再有不到一天的路程就到圣迭戈了,离天黑还有几个小时,老头想继续赶路,所以我把车停在车站前面,跳下车给她让地方。老头也从车里下来,以示礼貌。

红下了车,打起精神。

"谢谢你,琼斯先生。"说着,她理了理衣服和头发,挺直身子。

"再见,……太太。"他回答,又一次不知怎么称呼她是好。他似乎也在努力想说点别的什么。回想这一幕,我喜欢把这当作某种形式的感谢甚至是道歉,不过很可能都不是。不管是什么,他都没有说出来。他只是抓住软呢帽一角,朝我瞥了一眼,然后转身去对付看长颈鹿的人群,长颈鹿也愉快地回看着他们。

我陪她走到车站门外巨大的进出站告示牌前。那天唯一一列往返东海岸的列车已经离开了,明天同一时间才有下一趟。电报局在车站里面,所有电汇的钱都在那里,不过老头已经在招手让我回去了。

我还是和她一起往里走。

她让我停下。"不了,伍迪,你不用和我一起进去。"

"可是你得在这里待一整晚,而且你身上没钱,"我说,"要是电报局关门之前钱没汇到怎么办?要是你需要琼斯先生给你出钱来买票怎么办?"

"钱会来的,"她说,"我不需要。别担心。"

然后她摸了摸肚子,这让我问了一个不该问的问题:"你打算怎么办?"

"我会等。"她说。

"不,我的意思是……"我不知道怎么表达我的意思,"你的心脏。"

她脸上闪过一丝悲伤和坚强。"啊,斯特雷奇,那是我编的。永远不要相信一个想见你的长颈鹿的女人。"她在撒谎,我看得清清楚楚,就像我能看出她的告别一样。"我还会成为下一个玛格丽特·伯克-怀特的。你等着瞧吧。"她接着说,露出了那个紧抿嘴唇的微笑。

我把手伸进口袋,掏出那枚二十美元金币,递给他。

"不。"她使劲摇着头,卷发都跳动起来。

我抓起她一只手,把那枚二十美元金币塞进去,我花了些时间,确保它稳稳地放在她的掌心里。我花了更长时间,等她的手指紧紧攥住它,才松开手。

她又露出那个紧抿双唇的微笑。"我不知道什么时候才能还你钱。"

"我不想要你还,"我说,"这不是我的,也不是琼斯先生的。"

"哦。"她说,好像以为那钱是我偷来的。都是我活该,谁让我有前科呢。

她紧紧攥住硬币,转身朝车站走去,但又停了下来,越过我盯着长颈鹿看,那神情与其说是最后告别的一瞥,不如说是陶醉的一瞥……接着她又用那目光看我。

"我们一路走来很是精彩,不是吗,伍迪·尼克尔?"她说。

我还没来得及回答,她就紧紧地抱住我,在我的嘴唇上亲了一下,时间长到足够让我把手放在她的后脑勺上,手指穿过她柔软的卷发,就像我一直想象的那样,像一个成年男人一样吻她。然后,她往后退一步,脸上再次浮现出那种遥远漠然的神情,说:"你知道,我还会这么做的。"

不管她指的是偷走帕卡德一路跟随我们,还是靠撒谎来做这一切,是为了救长颈鹿而抛弃当杂志大记者的梦,还是用一个吻来结束所有梦中的吻——都无关紧要。

告别的时刻到了。

到了凤凰城另一边,老头说起话来,说了很多。我很需要穿越沙漠时的安静,可是他不依。这个家伙成了一只叽叽喳喳讨人厌的喜鹊。我们离圣迭戈越近,他就越高兴,我则越恍惚。现在只剩几个小时的路程了。我还以为他会让我们马不停蹄地赶路,不过我们要经过一个山口,而且是晚上。考虑到那次在山上不太愉快的经历,他说我们得等天亮再走,我听了很高兴。当然了,这意味着要听老头更多的唠叨。也许是在沙漠中行驶的缘故,他滔滔不绝地讲述起动物园有多么茂盛,那里的一切怎么生长。动物园的创始人,一个他称为哈里医生的人,如何在里面走来走去,用他的手杖尖戳着土壤,撒下他从世界各地带回来的种子,然后这个地方现在长满了来自全世界的绿色植物。听他说,俄克拉何马人对圣迭戈的看法没有错。要是在其他任何时候听他说这些话,我会垂涎三尺。而现在我听到的每句话都像是在告别。就这样,在他喜鹊一般叽叽喳喳说个不停的数英里的路途中,我要么盯着路,要么盯着长颈鹿,完全不理会他对他的天堂的描述,紧紧抓住我已经拥有的天堂。

沿着这段路途的某处,我们听到了火车的汽笛声。远处火车轨道慢慢离开公路。汽笛声越来越大,一列货运火车驶过来,扒火车的人一路上把身子探出空车厢。直到那列长长的火车完全不见了踪影,我才意识到老头不说话了。他用那看穿一切的眼神盯着我,我还以为我们把那眼神留在了得克萨斯州呢。和每次向我投来这样的眼神时那样,他张开嘴巴想说什么,我紧张起来。然而他只是把胳膊肘伸出敞开的窗户,把那顶脏兮兮的软呢帽往上一推,说:"我跟你讲过我的人生故事吗?"

好吧,这让我振作起精神来。也许我终于要知道他的那只手的故事,甚至珀西瓦尔·T. 鲍尔斯为什么那么称呼他了。要真这样的话,我看得出来他要慢慢道来了。

但我们不是有的是时间吗?

他说,他出生在东部,父亲是个"二流子",和前两任妻子生了十三个儿子,他的第三任妻子,也就是老头的母亲又生了六个儿子。童年时期,他的父亲去世,他的母亲靠一处寄宿公寓养活一大家人。他说,就在那时事情变得"有趣"起来。

"那时是冬天,附近就是巴纳姆和贝利马戏团[①],"老头接着说,"一有机会,我就偷偷溜进去看大象、狮子、老虎和猴子。"

"那时你开始在屠宰场工作了吗?"我插嘴问道。

"你还让不让我说话了?"他说,然后继续说下去,"过了一段时

---

① 巴纳姆和贝利马戏团(Barnum & Bailey)于1919年与玲玲马戏团合并,是世界三大马戏团之一,大篷秀/广场秀、火车巡游和大象巡演是其三大招牌,玲玲马戏团于2017年停止运营。——编者注

间,那些杂技演员和打杂的工人老是撵我,也烦了,所以我和那些走钢丝的杂技演员混熟了。他们让我和他们一起走钢丝。"

"你在开玩笑吧。"我说。

他哈哈大笑,拍了拍驾驶室的门。"我走得太好了,他们说巡回演出时要带上我。要不是我的一个哥哥在我上路前把我拖回了家,我会去的。不过,像你这么大时,我染上了肺痨。当时治疗肺痨的唯一办法就是去西部。我就去了。我告诉你,这真造就了我。我强烈推荐。我当了四年牛仔,在科罗拉多平原上赶牛群,夜间放牧,靠吃腌猪肉和酵母饼干为生,终于治好了肺病。不过,我对大象、狮子和老虎一直念念不忘,看到下一个马戏团,我就加入了。"

"去走钢丝吗?"

"不。他们没有那些东西。他们和巴纳姆和贝利马戏团不一样。差远了。不,我是冲着动物去的。不过,没过多久,我每天都要和虐待动物的莽汉打架。所以,为了保命,为了不进监狱,我去了圣迭戈,那里新建了一个动物园,我听说那里的动物待遇比人都好。我希望死在那里,真的。"他笑得那么开心,我快认不出他来了,"不过,我们得先把这些宝贝送进动物园大门。对吧,小子?"

老头好心的提醒把我的思绪拉回现实,为了长颈鹿,也为了闷闷不乐的我自己。这招很管用,也许有点太管用了。我们驶进希拉本德,这里只有一个小绿洲、一口井和一个喷泉,可以看到群山。这时我意识到他还没告诉我我想知道的事。

"等等,那你的……"我指着他那变形的手,"是驯狮弄的吗?"

"这个嘛,这又是另一个故事了。"

就在这时,我们看到了大象和狗。

一个戴草帽的矮壮男子正在路边遛他的狗和大象。

我确信那是海市蜃楼,但老头也看到了。

这个结实的人把狗推到大象背上,大象把鼻子向后一弯,摸了摸狗。大家都在笑,包括那只狗。尤其是那只狗。如果说这次旅程中我有许多目瞪口呆的时刻,那这就是其中一次。

老头哈哈大笑起来。"我认识那个傻家伙!他叫马罗尼。他给自己办了个小型巡回演出,骑着他那头亚洲象到处给孩子们表演。我听说他到沙漠小镇来过冬了。"

"可是……"我喃喃地问道,"他从哪儿弄来的大象?"

"从别人弄来大象的地方。"老头回答说,好像这解释了一切,"别担心。那些动物过得很开心,待遇很好。"

"你怎么知道?"我说。

我们看着大象把鼻子伸进喷泉,朝那个家伙和狗喷水,老头对我笑了笑,好像这景象胜过他能给出的任何回答。他摇摇头,回头看了看长颈鹿,说:"小子,这个世界是无法解释的。你怎么来到这个世界,你在哪里找到自己,或者你的朋友是谁——是人还是兽。"说完,他下了车,挥舞着手臂朝马罗尼走去,已经开始说话了。我意识到他还没有告诉我关于他那只变形的手的故事。

我们又走了一个小时,一直到日落时分。在山口脚下,我们把车驶进老头为我们指定的第二家沙漠汽车旅馆。这个旅馆很时髦。我的意思是时髦极了。它叫莫霍克,有十二间粉红色灰泥"小屋",周围有棕榈树环绕,那些树看起来像是连同水和土壤一同被运来一样,绿油油的,生机勃勃。这个地方住满了人,每个房间门口都停着昂贵的汽车，我这个农场男孩从没见过这么多豪华汽车。这儿也是我见过的住满了人的地方里最安静的。真是不可思议。我们在办公室旁边停下车，一对看起来像是从好莱坞电影中走出来的时髦夫妇正从一辆浅蓝色敞篷车里出来，消失在他们的粉红色小屋里，对我们完全视而不见。就连经理似乎也对我们不感兴趣，好像他每天都能看到拉长颈鹿的卡车一样。我倒是无所谓，反正我也没心情跟别人分享它们俩。

我们直奔汽车旅馆角落，开始了每晚的例行工作：喂长颈鹿吃东西、喝水、照顾它们，不过这是最后一次了。我得接受现实了。

我们一忙完，老头就在身后关上汽车旅馆的房门，急于过完这一夜，迎接明天的到来。于是我和往常一样爬上敞开的顶盖，来到横木板上。野丫头的呼吸朝我扑面而来，热乎乎臭烘烘的，野小子流着口水抽着鼻子来迎接我。我满心欢喜地擦去长颈鹿留在我脸上的口水，最后一次与两只长颈鹿共享天空。

这是一个温暖的夜晚。所以，大约午夜时分，等它们站着睡觉了，我跳到地上，打开它们的活板门，让更多空气流通进来。我盯着野小子的蹄子，仿佛又回到了库特之家，红从它的蹄子中间爬出来的情景又浮现在眼前。爬上顶盖时，我的眼前还是她的身影，不过不是在库特之家。那是熊出没的那天晚上，她不顾我告诉她的老头的警告，钻进了车厢，想离它们更近些。她相信长颈鹿信任她。

眼前依然是红的身影，我慢慢滑进野小子的板条箱，就在它们的旅行箱之间的开口旁边，直到我站在它们俩正中间。有那么一会儿，我陶醉地看着它们庞大的身影，就像在检疫站时一样。它们高高的腹部不再有海洋的气息，而是散发着泥土的味道。然后，像红一样，我伸出胳膊，直到能触摸到它们两个……在我的触摸下，两只幸福的长颈鹿开始哼唱起来！它们在检疫站时就彼此哼唱，现在它们和我一起哼唱。那深沉的、回荡的旋律如此柔和，站在那里抚摸着它们，我能感觉到自己的胸膛随它们一起震动。它们那非洲低吟在夜晚深处回荡，深入我的骨髓。即使现在，那记忆依然清晰而丰富，我把手放在胸膛上，依然能感觉到。当它们停下来时，我可能又会怀疑，除了我骨子里的嗡嗡声，这一切是否真的发生过。我记得当时年轻的自己希望能永远站在它们中间，我只是它们漫长奇异的加利福尼亚之旅中收养的一只骨瘦如柴的小长颈鹿。

等老头在月光下出现来接替我时，我不得不回到顶盖上，在上面守着熟睡的长颈鹿。我做好准备，听他和往常一样质问十八岁的我常识何在。

然而他说："我刚才好像听到了隆隆声和嗡嗡声。"

我指着长颈鹿。

"好吧，真是见鬼了。"他喃喃地说。

他坐在踏板上点燃平常抽的烟，我从上面下来，站在他面前。

"你想留下来吗？"他说。

我点点头。

"好吧，小子，好吧。"

我爬回横木。站着睡觉的长颈鹿惊醒过来，看着我在岗哨躺下。然后它们也躺下了……两只一起……只留我一个人在上面守护着它们。

我觉得我的心都要碎了。

圣迭戈联合报

1938 年 10 月 6 日

长颈鹿今天乘卡车进入动物园!

圣迭戈——10 月 16 日（特别版）。圣迭戈动物园的长颈鹿预计今天中午乘卡车抵达圣迭戈。大喜过望的贝尔·本奇利声称，首席饲养员、长颈鹿护送员赖利·琼斯昨天发来电报，宣布了这个好消息和预计抵达时间。

它们板条箱的顶盖将会掀开。

它们流线型的脖子末端将会伸出巨大的长颈鹿脑袋。

我们美丽的城市将会响起一片欢呼声。

与此同时，港口工作人员将把港口的大型起重机运到动物园，用它把长颈鹿、板条箱和其他所有东西从两周前离开纽约开往圣迭戈的三吨重的卡车上吊起……

第十五章
进入加利福尼亚州

黎明前,我们又在月光下出发了。

太阳露出笑脸来时,我们已经穿过名叫"电报关口"的地方,进了山。我们在晨曦中缓慢平稳地行驶,谢天谢地,长颈鹿几乎没有察觉。

从另一边出来,我们径直驶入尤马。老头说过我们要经过科罗拉多河上的"跨海大桥"进入加利福尼亚。大桥建成后,它是一千二百英里内唯一一个车辆可以通行的地方。正如它的名字所示,从一片海岸到另一片海岸。

从外观上看,这条河最近发了洪水,我们周围的地面上到处都是碎片残骸,这景象让我脊背发凉。但还有比这更令人不寒而栗的景象。桥的这一边又是一个胡佛村,到处是帐篷、老式T型车、篝火和挤作一团的人们。一群脏兮兮的孩子开始在我们旁边跑,我不得不放慢车速。

"欢迎来到俄克拉何马难民营。"我们加入过桥的队伍时,老头喃喃地说。他凝视前方,看着桥中间,那里有几名加利福尼亚州警察正在拦截车辆。

一辆福特 T 型小货车被迫掉头。货车上堆满了勉强绑好的杂物,包括一张床垫,上面坐着五六个孩子。它从我们身旁驶过时,我瞥见里面面无表情的爸爸和哭泣的妈妈。

"刚才发生了什么?"我问。

老头没有回答,眼睛仍然盯着前方闹哄哄的人群。我们和骑警之间只隔了两辆车——一辆是在新墨西哥州从我们身边经过载着山羊的老式 T 型车,还有那辆闪亮的浅蓝色敞篷车,里面坐着在莫霍克见过的那对时髦夫妻。

一名警察示意拉山羊的那一家上前,开始对他们进行盘问。

"你知道他问什么问题吗?"老头喃喃地说,"'你口袋里有钱吗?你找到工作了吗?'要是答案是否定的,他们就不让你通过。他们管这个叫'流浪汉封锁线'。"

我回头看了看那辆老式 T 型小货车,它在亚利桑那州那一侧停下了。"如果他们无处可去怎么办?"

"那他们就待在这儿。"他朝棚户区点点头,"离俄克拉何马人的应许之地很近,不能再近了。"

加州警察看着老式 T 型车踏板篮子里的山羊,肯定觉得它看起来像钱,挥手示意他们过去。

接着他挥手让那辆漂亮的敞篷车通过,看都没看一眼。

我们是下一个。我还以为我们肯定会停下,不为别的,至少也得跟长颈鹿打个招呼。我甚至踩了刹车。可警察看了长颈鹿一眼,我猜也看到了钱。他笑都没笑,也示意我们通过。

桥上没有比长颈鹿更高的了,拉山羊的那家俄克拉何马人和那对好莱坞电影演员一样的夫妇都朝它们挥手，我们所有人一起进入这片流着奶与蜜之地。

之后，各种景象扑面而来。

我们看到了运河、绿色的田野、橘园和运送工人的卡车。

我们看到更多杂乱的胡佛村。

我们看到成群结队，一脸沧桑的农民模样的人。

我们看到标语牌子上写着："失业者继续前行。我们自己人都照顾不了。"旁边还有一些牌子，上写："工人们团结起来！"

我们继续前行。

我们经过一个叫埃尔森特罗的小镇，然后，就像施了咒语一般，人群、标语牌和小镇都消失了。我们开车穿过像撒哈拉沙漠一样高的沙丘，沙子像糖一样在路上飞扬。我们蜿蜒穿过沙丘时，老头指着一条废弃的"木板路"，这条路是用铁路枕木铺成的，在公路旁已经变形腐烂。"你应该庆幸没在那上面开车。"他说，"以前那是穿越沙丘的唯一通道。"

我们继续前行。

有一阵子，墨西哥就在我们左手边。至少老头是这么说的。但除了公路，我没注意到那边和这边有什么不同，直到公路向北弯曲，再次通往更荒凉的山脉。我把头转向老头，他没提过这个。

"没问题，"他让我放心，"只是个小山口，有几个弯道和岔道。"

一个路标疾驰而过：

前方危险：狭窄陡坡

"不过有点陡，"老头补充说，"而且很窄。"

公路分叉变成单车道，他向后一靠，十分镇静地说："你知道该怎么做，宝贝们也知道。翻过这座山就到家了，小子。"

于是我们开始爬坡，卡车尽其所能，长颈鹿和我盯着每一个让汽车发出"发动机过热"提示的转弯，往上，往上，往上……然后飞速地往下，往下，往下，我踩刹车，拼命换挡，把车速降到接近法定限速。分岔路再次会合，我们飞快驶过山脚下的休息站，我的心不再提到嗓子眼，长颈鹿的鼻子被风吹得往后弯。

我们很快就将抵达圣迭戈。你肯定能猜到我们有一队警察护送。十几个骑摩托车的警察和城市巡逻车分散在市区各处。看见我们后，他们绕卡车转了一圈，打开警笛，挥手示意我们跟上。

我还没来得及看清这一切，我们就看见了水——公路把我们直接带到了城市海湾。

我们成功了，从海岸到海岸。

放眼望去，到处都是海岸警卫队的快艇、油轮和海军舰艇，它们来来往往，与海湾口一座美丽的大山相映衬，就像明信片上的风景一样美丽。我从没见过如此闪亮的地方。这里没有港湾老鼠和飓风，只有鹈鹕、阳光和闪闪发光的码头，足以让库兹心里发痒。两只长颈鹿都伸出鼻子，嗅着新海洋的味道。

我们仍然继续前行。

前面的摩托车警察在空中挥了一个小圆圈，然后带领我们在熙熙攘攘的火车站旁急转弯。火车站是一座高耸的建筑，上面装饰着西班牙花纹，前面停着各种各样的豪华车辆，其中一辆闪亮的奶油色蓝色相间的哈雷摩托吸引了我的目光。

在路上，我可以看到车站外面巨大的火车到站发车时刻表，上面写着下一班发出的列车:"圣迭戈和亚利桑那铁路,预计准点发车——目的地:埃尔森特罗、尤马、凤凰城,连接东部所有站点。"

我放慢车速盯着看。然后,在最后久久看了一眼后,我把目光从牌子子上移开,继续前行。

老头注意到了。"她会没事的,小子。我觉得她这个姑娘知道怎么照顾自己,也知道怎么处理丈夫的事。"

前面,摩托车警察经过一个指向巴尔博亚公园的路标。不一会儿,我们跟着他们过了一座又高又窄的桥,径直穿过一个拱门,来到一个在我看来像童话一般的鹅卵石广场——那里还有一个路牌指示去往圣迭戈动物园的路。

老头几乎坐不住了。他戴上软呢帽,脸上洋溢着我从未见过的喜悦。"现在你要看到你人生中最精彩的表演了!"他得意地说,"今天早上我们出发时,我给老板打了电话。她通知了报社和警察,我敢打赌,我们一挂电话她就把他们叫来了。这将是一大奇观,真正的奇观。"他指了指,"我们在前面转弯时,所有记者和摄影师都会等在那里。要是消息传开了,可能半个城市的人都会来。女老板从码头弄来了一台起重机,所以我们要把两个宝贝的旅行套间从卡车上拖下来,运到它们的新家,再让它们出来。今天没来的人,明天都会过来。甚至还安排了一个仪式。都是为了两只宝贝。我们到家了,小子!是的,你会受到热情款待的!"

这正是我在拐弯处看到的——年轻的我从未见过如此热闹的场面。道路两旁站满了形形色色的人,他们挤在花哨的红绳子旁,迎接我们。随着人群的喧哗,前门打开了。我看到一位胖乎乎的女人,踩着得体的奶奶鞋,梳着女老师一样的发髻,穿着教堂女士的服装,张开双臂向我们走来。我看到摄影师们开始拍照,闪光灯开始闪烁。里面,我看到一台高高抬起的港口起重机,穿工装裤的人在下面等着。我把车子开到最后一站,在后视镜上最后看了一眼长颈鹿,意识到自己又成了那个男孩,在另一片海岸,看着一群穿工装裤的人研究如何把两只长颈鹿送到它们需要去的地方——一个幸运的男孩,设法搭顺风车一路跟它们而来。

老头已经抓住门把手了。我坐在驾驶室里,和他度过我们在一起的最后时刻,这时我听到圣迭戈和亚利桑那铁路的火车鸣笛进站的声音,我知道还有一件事我必须去做。"琼斯先生……我得走了。"

进站的火车再次鸣笛,老头扭过头来,看见我的目光朝那边瞥去,他生气了。"好吧,小子。真不知道你的脑子是怎么想的,不过我想这也省得我向女老板解释了。本来我也想晚点再解释。"他从钱包里拿出一些现金,塞进我的衬衫口袋,"这些钱够你买往返票了,明白吗?"然后他伸出手,"长颈鹿可以等你回来再感谢你。但对我来说,你做了一个男人的工作,应该得到一个男人的感谢。来吧,跟我握握手,孩子。"

我跟他握了手。

然后他把我推出驾驶室,这是他唯一愿意给出的告别,也是我唯一愿意接受的告别。毕竟,再过一天我就会回来。这不是永别。我抬头看了一眼长颈鹿,它们的头正朝我转过来,我感到很难过。我告诉自己,等明天回来我就去看它们,然后拼命朝火车站奔去。我不太清楚到凤凰城后做什么,只知道要在她离开前找到她。也许我会想出一些成年男人会说的话或做的事。也许我只想确保她没被困在那里,莱昂内尔·亚伯拉罕·洛,那个好人,把钱电汇了过来。又或者也许看到长颈鹿平安结束了它们的旅行故事后,不知道红的故事如何结尾,我无法安心。我不太知道。和往常一样,我不知道时,似乎只会奔跑。

然而,离车站越来越近了,我听到列车员大喊"全体上车!"我看见最后一位乘客上了车,火车开动了。我犹豫了太久。火车正在驶出,而我距离它还有一个街区。我躲避着汽车、雕像、长凳和栅栏,沿着铁轨奋力追上去,为了不被铁轨绊倒,我高高迈着步子。火车加速了,我的心跳得厉害,大口喘着粗气。似乎感觉红的吻还在我的嘴唇上,我不停地告诉自己,我以前跳过货运列车。我能做到,我能赶上,我能——

我没能做到。

这样一件小事,让我的整个人生发生了转折。

我被铁轨的煤渣绊了一跤,跟跟跄跄地停下来,头昏眼花,不得不把头埋在膝盖上。等我抬起头来时,火车已经开走了,我只看见了车尾……崭新的,红得不能更红的车尾……我以为已经消失的那种孤注一掷的愤怒又回来了。凭着流浪狗男孩的本能反应,我发现自己站在那辆闪亮的奶油色和蓝色相间的哈雷摩托旁,它还停在我看到它的地方。接下来我知道的是,我骑上它出发了。

几英里路程后,我的头脑开始清醒,我不停地告诉自己,我应该靠边停车,我应该回去,我应该重新考虑这个愚蠢举动,可我没有这样做。我告诉自己,等赶上火车后,我再也不做这种事了。

公路一路沿着铁轨,我一直跟在火车后面,直到铁轨穿过群山。火车消失后,我继续沿着蜿蜒的公路疾驰,希望能在埃尔森特罗追上。

可是我又差几秒钟没能赶上。

于是，我继续前进。直奔尤马。

我成功到了跨海大桥另一边，穿过尤马寻找车站。然后我被逮住了，这时传来火车驶来的残忍声音。

对亚利桑那州的治安官来说，我不过又是一个满嘴谎话、小偷小摸的俄克拉何马州孤儿，根本不配骑一辆崭新的摩托车，现在偷别人的摩托车，将来就会见了谁的东西都偷。谁能说这在几周前不是真的呢？我给出的偷摩托车的理由甚至连我自己听了都站不住脚。我请求他去问桥上的加州骑警，可是他一点也不相信我关于火车、长颈鹿和公路的故事。"你以为我是个傻瓜吗？"治安官咆哮道。像我这样的男孩他见得多了，他继续清楚地表明这一点，他的鹰钩鼻子几乎顶到了我的鼻子。

当时，库兹船坞里的那个男孩会大吼大叫，叫来老头，甚至把贝尔·本奇利本人叫来。然而，长颈鹿男孩，跨越了大西洋海岸和太平洋海岸之间距离的那个男孩，不允许自己这么做。也许因为我不忍心让老头知道，我们经历了这么多之后，我还在偷东西。但也许更多是因为我知道这不会改变什么，即使老头亲自骑着长颈鹿来，治安官也不会放过我。治安官不认识老头，也不认识贝尔·本奇利。这儿不是加利福尼亚。这儿是尤马，俄克拉何马人的定居地，这里有成百上千个和我一模一样的男孩。我偷了一辆摩托车。事情就这么简单。

当时是1938年，希特勒的铁蹄已经开始踏遍整个欧洲。我和所有偷窃成性的孤儿一样，有一个避免坐牢的选择——去参军。

"参军会让你变成一个男子汉。"治安官说，就这样替我做了选择。

七年后，经历了一场世界大战，我才知道红是否登上了那列火车，而我重返圣迭戈的时间就更晚了。

圣迭戈太阳报

1938年10月17日

新长颈鹿居民到来

圣迭戈动物园——10月17日（特别版）。昨天，圣迭戈动物园的首席管理员赖利·琼斯驱车将南加州有史以来第一批长颈鹿从纽约运到它们的新家，安全成功地结束了动物园最惊人的动物奇观——长颈鹿三千二百英里的跋涉之旅。

这些长脖子野兽仍然待在旅行用的板条箱里，由港务局的一台大型起重机从卡车上吊起。接下来两个小时的任务是把它们哄进陌生的环境中。它们的新家有超大的围栏，里面有高高的房子，为了方便这些长脖子居民，还安装了一扇高门。金合欢叶、紫花苜蓿和其他美食植物在哄诱过程中接连失败，洋葱最后扭转了僵局。

"洋葱，"琼斯先生说，"自有力量。"

在今天的仪式上，本奇利夫人分别为它们取名"高远"和"斑斑"，这是圣迭戈的孩子们给它们起的名字。首席饲养员琼斯先生用来拂过它们高高额头的巴尔博亚公园一根黑金合欢树枝也被它们吃掉了。来自南加州各地的人们争先恐后地前来观赏这些富有异国情调的动物，立刻被它们宁静的优雅和空灵的美丽所吸引……

第十六章
家

就在我结束兵役准备离开时，日本人轰炸了珍珠港，我和所有身体健全的美国人一样，又被送回军队，直到战争结束。

回到美国时，我已经25岁了。

我想很说，我目睹了战场上的战斗，以英雄的身份归来，正如治安官所说，战争把我塑造成了一个男子汉。但战争对成长来说很残酷。我是欧洲军需部队军团的一员，我的工作是跟死人打交道。战斗结束后我们会赶去收尸体，挖坟墓。军队说我有干这个的"天赋"，到现在我也不知道那是什么意思。我知道的是，在我傻傻地告诉长官我已经受够了死亡后，我的天赋突然出现了，他说，"受够了死亡，是吗。"突然间，我的天赋又回来了，很快就有了更多需要承受的死亡。这其中没有什么荣耀，只有职责。我希望我的眼睛再次蒙上狭长地带的沙尘，直到学会执行任务时不去看，不去感受，不去思考，面对日复一日可怕的死亡。

这样的事情会将你对战前生活的记忆彻底粉碎，除非你能有所寄托，紧抓不放。大多数士兵都将爱人和家人当作寄托，给他们写信，他们也回信。可是一个孤儿能把什么当寄托呢？就这样，我与死人相伴，一转眼几年过去了，我任凭自己逐渐变得冷漠。

战争结束后，我乘坐部队的运输船漂洋过海返回纽约港，仍然带着战争的阴影。但当我们在海上穿越风暴时，我又开始有了感觉。我感觉到了长颈鹿。伴随着船的颠簸和摇晃，我意识到自己正和当年那两只长颈鹿穿越同一片海洋。我闭上眼睛。我不是被困在1945年的一艘军队运输船的船舱里，而是被绑在1938年大飓风中运送长颈鹿的船甲板上的一个板条箱里，正驶向美国。其他士兵因为想念家和家人睡不着觉，而我因为想飓风长颈鹿睡不着觉。我的确也有所寄托。当我们在海上乘风破浪时，我再一次载着两只"上帝纯洁伊甸园中的高大生物"穿越全国。我仿佛又从后视镜看到了那辆帕卡德，又听到野丫头踢老头的声音。我从山上下来，见摩西的一大家族人，暗中监视肥猫，射击偷长颈鹿的走狗。我在抵抗一场山洪暴发，与沙漠老傻瓜搏斗，看见野小子救下我们，感觉红的嘴唇贴在我嘴唇上。我仿佛又听到老头如何谈论那个带着大象和狗的瘦男子——这个世界是无法解释的，你在哪里找到自己，你的朋友是谁。我开始想起我的朋友是谁。

当我在那艘运输船里摇晃颠簸，乘风破浪时，我计划着靠岸后要做的事。

我会找到他们。

我会找到她。

我会找到你。

我找到了大记者先生，莱昂内尔·亚伯拉罕·洛。他住在新泽西州一座带绿草坪的小房子里。我到了那里，他打开门，从他盯着我制服的眼神,我敢用我所有的军饷打赌,他属于选拔征兵体检不合格人员,可能是因为扁平足或者扁平头。

于是,我快速表明我的来意。"我想和红谈谈。"

他愣住了。"谁?"

"奥古斯塔,你的……妻子。"

他轻轻关上身后的房门,看着我的眼睛。"奥古斯塔几年前就死了。你是谁?"

我踉踉跄跄往后退去,仿佛挨了一拳。我一定又回到了十七岁的样子,所有岁月、所有死亡都从我脸上消失了,因为他认出了我。他瞪大眼睛,神情凶狠,脸涨得通红,拳头飞了过来。

我没有躲闪。

我挨了一拳,被打得后退了一步,就站在那里,鲜血从我鼻子里流出来。他盯着我,血在他的门廊上流得到处都是,直到我瘫坐在他家门前的台阶上,然后,他给我拿来一条毛巾,慢慢坐在我旁边。

一时之间,我们俩弓着背坐在那里,等着毛巾把血止住。

"她是怎么死的?"我喃喃地问道。

"当然是心脏病,"他回答说,"在睡梦中死的。大约在我们的女儿出生一年后……我们就是这样认识的。"

"什么?"

"她的心脏,"他的目光投向远处,"我发现她在路边捂着心口,喘不过气来。我提出送她去医院。她没带钱,我说替她付钱,但她拒绝了。于是我把她带到一家穷人诊所,陪她等着,她一直喘不过气来,直到他们给她打了一针。"他停顿了一下,"她家本来很有钱。她父亲是1929年华尔街大崩盘时跳楼自杀的人之一,当时她十二岁。

多年来，她和母亲辗转于亲戚之间，大多数亲戚自己都是勉强糊口，直到她母亲最后失去理智，开始四处流浪。奥古斯塔出去找她。我花了几天时间帮她找，想着不管能不能找到她母亲，我都能从华尔街跳楼亲历者的角度，写一篇报道。大萧条时期这种事多的是，人们消失了，从此杳无音信。但我们最后还是找到了她。可是太迟了。不过，那时我已经把写报道忘了个一干二净，奥吉也无处可去……"

前门吱呀一声开了。

你就站在那儿。长着他的五官。还有她的红色卷发。

"快回屋，宝贝，"他命令道，"进去吧。"他看着我，那眼神与其说是凶狠，不如说是焦虑，"别把我女儿扯进来。她才六岁，"他低声说，"她一点也不知道她妈妈曾经那么野……追着长颈鹿……只身一人。你和那个动物园管理员竟然放任她这样！我的天，她是个女人！还有心脏病！她可能会孤零零地死在外面。她想要的太多了……她总是要求太多！"

说完，他气呼呼地站了起来。但我还想知道更多。红登上杂志了吗？她去看非洲了吗？她有机会展翅高飞了吗？

我还没来得及问，门又开了。

"莱昂内尔？是谁呀？"门口站着一个漂亮女人，深褐色头发，穿印花连衣裙，身上散发着薰衣草的香味，怀里抱着一个婴儿。

我站了起来。

"只是一个士兵，在找一个不住在这里的人，亲爱的。"他告诉她。

"你流血了。"她说。

"是的，亲爱的，"他替我回答，"他突然流鼻血了，但我们止住了，对不对，士兵？我给他拿了一条毛巾。不用担心。现在他得上路了。"

"好吧,上帝保佑你,先生。奥吉·安,这个人为我们打赢了战争!"

奥吉。

你走上前来,我看见你笑了。

他把家人赶回屋里,大声对我说:"很抱歉没能帮上你的忙,士兵。"然后莱昂内尔·亚伯拉罕·洛把我关在门外,他的眼睛诉说着自己的故事。他爱过红。直到那一刻,我才确定这一点,这让我替你感觉欣慰些了。

我找到一家图书馆,翻阅过往的《生活》杂志。我希望她上了杂志,即使没有我们的故事。当然了,她没在上面。她喜欢的那位名叫玛格丽特·伯克-怀特的摄影师无处不在,到世界各地拍摄战争的照片。可是没有奥古斯塔·红。

然而,当我坐在图书馆里,我的耳边响起了红对我说的最后一句话,仿佛她就站在我面前:我们一路走来很是精彩,不是吗,伍迪·尼克尔?

"是的,"我大声回答道,"是的,的确是这样。"

我想跑回去告诉你。你妈妈的确有过一次精彩的历险——一次真正的历险,即使这没有让她的心变得更强壮,却让她的心欢唱了一段时间。一路上,她的确看到了非洲——在一辆卡车后面,在长颈鹿的眼睛里,在西行的公路路上。她是那么勇敢无畏。我渴望你能知道。战争没带来其他好处,但它让我变成了一个正直可敬的人。我被要求离你远点,我照做了。你是他们的女儿,我无权干涉你的生活,尽管我对红感情很深。事实上,直到现在,我都不确定你妈妈对我来说意味着什么。不管怎么说,听上去都不对。我认识她的时间还不够长,不能说她是我一生的挚爱,尽管此时此刻写下这些话时,我可以深深地感受到她在我心中的分量。但如果一个人像我一样,在漫长的一生中经历了数次人生,那么我可以说她是我第一次人生的挚爱。我可以肯定地这么说。

于是,我从图书馆出来,捂着受伤的鼻子,穿越全国,前往圣迭戈寻找长颈鹿。我走进动物园的入口,它还是那天我从远处看到它的样子,没有任何变化。我徘徊了一会儿,拐了个弯,它们就在那里。一块牌子上写着"高远"和"斑斑"。但是,毫无疑问,它们就是那对长颈鹿,此时已经完全长大,健健康康,高得不能再高——野小子现在比野丫头还高,像王子一样威严。我幸福地坐在长凳上,尽情欣赏,然后从它们身后蹦蹦跳跳出来一只长颈鹿幼崽。栅栏上的牌子写着它的名字叫"反攻日"(D-Day)。它出生在1944年6月6日这天,当时盟军正入侵欧洲——你觉得这个名字怎么样?它已经比我高了。

我在那条长凳上断断续续坐了一周。我并不指望它们会记得我,不过我还是想试一试。整整两天,它们都没有注意到人群中的我。第三天,趁饲养员不在,我偷偷带了几个洋葱进去,隔着栅栏递给它们,想看看它们有什么反应。野丫头先走了过来。它的后腿有伤疤,但动作很灵活。它弯下脖子,从头到脚嗅我,就像在检疫站第一晚一样,然后用舌头卷起我手里的洋葱,送进喉咙里。野小子也加入我们,舔了我一身长颈鹿口水,要说它们没有认出曾经的男孩,我是不相信的。

当然,我也打算去找赖利·琼斯。我想看他和长颈鹿在一起,听他跟长颈鹿的低语。我会走过去,跟他打招呼:"嘿,老头。"不过,每天都会有一个比老头年轻但同样坚韧粗糙的饲养员出来照看长颈鹿。每一天,那人都会跟我点头打招呼,我也点头回应。直到有一天,他发现我在给长颈鹿喂洋葱。

"喂,你,士兵!"

某种久违的条件反射让我想拔腿就跑。不过我随即立正,说:"好的,长官。"

他上下打量我,目光停留在我脖子的胎记上。"你叫什么名字?"

我停顿一下。"你是哪位?"

"你是伍迪·尼克尔吗?"

"怎么……"

他咧嘴笑了。"赖利说你迟早会来的。跟我来吧。"他自我介绍说他叫赛勒斯,赛勒斯·巴杰。路上,他把一只手放在我肩上,告诉了我一个坏消息。老头也死了,就在那一年。早一个月来,我就能见到他。

"梅布尔,这是赖利的小子。"我们走进一个类似发薪水的出纳员的办公室,他宣布,"这就是鼎鼎大名的伍德罗·威尔逊·尼克尔。"

不等我反应过来,有人递给我一张支票,说是补发的驾驶服务费。

"哦,等一下,"她说着,在办公桌里翻找起来,"赖利留了些东西给你。"那女人笑着递给我一袋木制的五分硬币,"我本应该先给你这些木制五分硬币,说这是你的报酬,但我没忍心。"她递给我那袋硬币,直到我不情愿地接过来。"仔细瞅瞅吧,尼克尔先生。这是他送给你的礼物。"说着,她递给我一枚。每个硬币都是参观动物园的代币。足有好几百枚。

赛勒斯领着我出去,他像老头一样欣赏着我脸上的表情。

等回过神来,我问他:"他是怎么死的?肺痨复发了吗?"

"肺痨?"赛勒斯皱起眉头,"他没有肺病。是烟要了他的命,害他得了喉癌。你从哪儿听说他得了肺痨啊?"

"他说他小时候差点跟着马戏团跑了,还说他在我这个年纪时得了肺痨,去西部当牛仔,靠赶牛、吃腌猪肉治好了。"

听了这话,老头的这个朋友拍着膝盖,哈哈大笑起来。他笑得那么厉害,那么久,我开始生气了。他擦了擦笑出的眼泪,说:"伍迪,那不是赖利的故事,那是这家动物园的创始人哈里医生的故事。哈里医生小时候想跟马戏团跑,后来得了肺痨,就去西部当牛仔治好了病。后来他当了医生,搬到这里,抱着随便玩玩的想法,开了这个动物园。赖利·琼斯一辈子都没赶过牛!"

老头撒谎了?我简直不敢相信自己的耳朵。"可是他最受不了骗子!"

赛勒斯笑了。"好吧,听着,我不会说他是个骗子。谁也受不了骗子。但是大家都喜欢会讲故事的人,不是吗?有时候,一个好故事就是最好的药方。我敢打赌你已经发现这一点了。"

我举起双手。"那他的真实故事是什么?"

他耸了耸肩。"我打赌他是个弃儿。他从没提过什么孤儿院,但他有一次告诉我,他十岁时就孤身一人了。在他那个年代,这种事比你知道的多得多。加入马戏团,这倒是真的。"

我恼怒地说不出话来,等能开口说话了,我结结巴巴地问:"那……他的手呢?是在马戏团被狮子咬了,对吗?"

赛勒斯又哈哈大笑起来。我可把这个家伙逗坏了。"我的老天,我敢打赌赖利这个老家伙有一千个关于那只手的故事。"他摇着头说,

"别难过，小子。他对我们所有人都这样。有一次我发现他同一天讲了关于这只手的两个不同的故事。我非常有把握，他那只手生来就那样。也可能真被狮子咬了。如果不是，那一定有其他难以启齿的苦衷。这是他的权利。有些事情只属于自己，你只自己知道就行。但我敢保证，如果他最后能成为狮子的午餐，而不是被癌症夺去性命，他肯定愿意。"说完他就走开了，我像一只该死的傻猴一样站在那里目瞪口呆。他走了几步，停下来回头看着我说："好吧，走吧。你得见见女老板。"

不一会儿，我就站在了著名的"动物园女士"贝尔·本奇利夫人面前。她看起来仍然像1938年10月那天在动物园门口张开双臂迎接长颈鹿的女老师，我一阵激动，差点倒下。我们走过去时，她正从锅炉房后面的小办公室里出来。

"猜猜这是谁！"赛勒斯笑着说，"这就是赖利经常提起的小子，伍迪·尼克尔先生。"

"哎呀！"她伸出手来跟我握手，"你好！你好！"我们进行了最愉快的交谈，直到她身后响起电话铃，她又消失在办公室里面。

赛勒斯带我穿过动物园，送我回去。不过在我离开之前，如果可以，我还想再问一件关于老头的事。

"别误会……"我嗫嚅着说，苦思冥想该怎么说才好，"但是琼斯先生在马戏团的时候，有没有因为有人虐待动物发生过争执……还死人了呢？"我只能这么描述肥猫提到的他杀人的骂名了。

听了这些话，赛勒斯的神情一下子严肃起来。我记得他说得有些快："没，从没听说过。说到动物，我相信他会这样做，不过如果逼急了，可能我们这里的大多数人都会这么做。"他朝我歪着头说，"再说了,每个人都应该有第二次机会。他肯定给了某个经历沙尘暴的年轻人机会,不是吗?"他拍了拍我的肩膀,"他有没有告诉过你他为什么这么做?"

我摇了摇头。

"他说是'宝贝们'让他这么做的。"赛勒斯狡黠地笑了笑,转身要走,那笑容似乎更像是对老头而不是对我,"别见外,听见了吗?"他回头喊道,"他喜欢讲你开车的故事,高远和斑斑永远都会很开心见到你。"

高远和斑斑。我想纠正他起的名字,但马上停下了,我知道这并不重要,一切都不重要,除了它们还好好活着,我也好好活着。红走了,老头也走了,但我还有长颈鹿——因为我还有长颈鹿,所以我还有红和老头。很奇怪,你可以和一些人相处多年,却对他们一无所知,而和另一些人在一起,你只需要几天时间就能了解他们。当我回到长颈鹿身边时,我知道我再也不会让老头的这两个宝贝离开我的视线了。我在加利福尼亚,和长颈鹿在一起。我觉得这就是我需要的应许之地,或者说家了。

于是我在市公墓找了份工作。毕竟,我有这方面的天赋。在回西部的路上,我一直想找老头当一名动物园管理员,甚至让我去照顾两只长颈鹿。不过,本奇利夫人保留了所有战争期间去参军的动物园管理员的工作,等他们回来后让他们接着干。另外,不到一个月,我后背一节椎间盘突出了,想来是挖了太多坟墓的缘故。所以,我最后找到了墓地守夜人的工作,这个职位可能会让你感到惊讶,因为死人通常不需要太多看护。不过这个工作挺适合我,我还是不擅长睡觉,战争让情况更糟了。为了打发漫漫长夜,我开始读老头喜欢的那些书,那些"费尼莫尔·库珀先生"写的书，虽然书里老掉牙的词让我昏昏欲睡，但鹰眼最精彩的部分都快被我读烂了。很快我就有了自己的作息时间，晚上上班，白天去动物园。每天早上动物园开门时我下班。我会带上一根意大利香肠、一些面包和一袋洋葱。然后，我拿上一枚老头的木制五分硬币，去和我的长颈鹿朋友一起吃早餐。我心里想着老头，真希望这个了不起的老家伙能加入我们。有时，本奇利夫人也会路过这里，在我旁边坐下看长颈鹿。没过多久，管理员们甚至开始叫我"长颈鹿先生"了。我觉得挺好。真的很好。

  随着岁月流逝，生活慢慢回归它平淡无奇的本质。我努力做个好人，这肯定会让当年投奔库兹的我惊掉下巴。只要有机会，我就去喂养流浪狗、流浪猫或任何路过的流浪动物，我也从不信任不喜欢动物的人。我爱过一些体面的女人，也爱过一些不那么体面的女人。我娶过三个女人，全都是红头发，你可能不会为此感到惊讶，我也比她们活得都长。我没有自己的孩子，最亲近的孩子是一个长大成人的继女，她现在也不在人世了。她曾送给我一块牌子，上面写着"和动物相伴的时光增福添寿"，还开玩笑说我会活到一百岁，真是没想到吧。

  但事实是，我与两只长颈鹿的关系比我与任何人的关系都要好，对我来说，"家"这个词已经突破了人与动物的界限。我确保它们永远不缺洋葱吃，弯下腰去接受野小子流着口水的问候，轻轻拍打野丫头身上横着的心形斑点。我看着它们在爱的滋养下茁壮成长，感受那满满的爱，就像我自己也得到了那些爱一样。我看到它们在我们中间生活，完全和老头说的那样，让所有遇见它们的人更关心这个世界的自然奇观，如果不是它们，大多数人永远不会了解或关心这些。在它们离开之前，我甚至还看到它们在一个农场一样的公园里自由自在地奔跑，这个公园是动物园在沙漠建造的，里面有一群它们生下的长颈鹿，还有一些来自其他动物园的长颈鹿——他们把这个公园叫作"长颈鹿塔"，这个名字真是再恰切不过了。

至于老头说的动物能洞悉生命的奥秘，虽然有时我觉得它们可能会说话，但他的宝贝们从来没有用语言跟我分享过秘密。不过，我很快就明白，在与它们相处的所有时间里，我和老头一样陶醉于它们的陪伴，和红一样透过它们高耸入云的宁静眼睛看世界，和大爸爸一样通过两个"上帝纯净伊甸园里的高大生物"来感知创造。我洞悉了一个生活的奥秘，那就是如何过上美好生活的奥秘。也许这就是老头一直以来期望我能知道的。

然而，岁月不断流逝，管理员也不断更换，动物园里的其他人员也如此，甚至包括动物园园长贝尔·本奇利夫人。我敢打赌，在所有认识老头的人离开之前，我已经把我的故事讲了无数次了。在那之后，我肯定也无数次地想把我的故事讲给新人们听。不过我从没有讲过，我确信我的故事现在只对我一个人重要，只是我变成老头后想一再重述的故事。反正我也不爱说话了，墓地的寂静潜移默化，让我自内到外都安静下来。然而，过了一段时间，我觉得不仅仅是这个原因，更像是赛勒斯·巴杰说的关于老头变形扭曲的手的话。有些东西只属于自己，你只自己知道就行。三十年来，我一直是这么做的。我跟长颈鹿分享我的生活，它们也跟我分享它们的，我们三个把我们的故事留给自己，直到它们离开的那一天。

然后又过了几十年。

我还继续活着。

人们常说，时间可以治愈一切创伤。我来告诉你，时间也可以带来伤害。在漫长的一生中，总有那么一刻，你知道你过去创造的回忆比你将要创造的新回忆要多。那一刻，你开始回过头寻找你认为最好的自己，你最真实的故事——那些让你成为现在的你的故事——也越来越多地浮现在你的脑海中。

就这样，就在我曾经爱过的每一个生命都离我而去，带走了我的大部分灵魂后，我偶然发现了一本旧的《生活》杂志。翻阅这本杂志时，我发现自己比几十年来任何时候都更想念红、想念老头，还有长颈鹿，我的思绪回到了过去，回到那个驱车载着飓风长颈鹿的男孩身上。要不是飓风把我吹到长颈鹿面前，我肯定会变成一个衣衫褴褛的落魄之人，我为此而后怕。我为灵魂深处最真实的故事的力量而惊叹，惊叹它能抵御人生中最残酷的事情。我本来一辈子都生活在沙尘暴的痛苦和希特勒恐怖的阴影之中，然而，因为我认识了两只动物，那些时光变得不那么痛苦了。

但是时间一直在流逝，我也一直活在世上。

直到我九十多岁时，时间也离我远去。

我已经不再去动物园了，虽然我十分乐意去，但身体已经衰弱不堪。我没有注意到的是，我的大脑也在逐渐衰弱。时间不知不觉中玩弄起它最为残酷的把戏。即使是身体最珍贵的回忆，也会像播放太久的旧唱片一样，忽隐忽现，少有喧哗，更少愤怒。直到你变成另一个坐在轮椅上的老人，和其他老人一起坐在拥挤的退伍军人事务所房间里，盯着一连串电视画面和故事，而那些并不属于你。

我自己的故事本来也可以这样结束，像我这样身体苟活，大脑时好时坏的二战退伍老兵的漫长告别。

然而，事情并非如此。

昨天,就在被告知我已经活了一个世纪之久后,我看到拥挤房间的电视屏幕上出现了一只长颈鹿,你可能觉得这很奇怪。我从迷迷糊糊中清醒过来,听到一个声音低沉的电视主持人在说话。他说,长颈鹿几乎从地球上消失了,就像大象、老虎、大猩猩和犀牛一样。他说,战争、偷猎和侵占正在让丛林变得空荡,让森林变得沉寂,动物园成了足以让诺亚哭泣的方舟。他说,成千上万的动物、鸟类甚至树木都到了无法挽回的地步,就像老头那些漫天飞舞的旅鸽一样。

消失得无影无踪了。

电视上的人还在喋喋不休,那些注定要灭绝的鸟类、动物和植物的画面不停地滚动播放,好像如果没有人阻止,它就会列出世界上所有的野生动物。于是我坐着轮椅冲过去,一拳砸在电视上,亲自让它停下。

然而,护理人员跑过来时,我瘫坐在轮椅上,意识到就算把全世界的电视都砸了,也救不了长颈鹿。一个老人什么也做不了。怎么会这样?一个没有长颈鹿的欢乐、成群的飞鸟、高耸的森林的世界,似乎是一个丑陋、贫瘠、没有灵魂的地方,只适合沙尘暴、蟑螂和我们这样的人类。如果它们可以灭绝,亲爱的全能的上帝,那让我也灭绝吧!我渴望离开——被埋在坟墓中——我害怕我会和往常一样,继续活下去。

然后,时隔八十年,我终于再次开始做梦。

在结束运送长颈鹿之旅后,我的噩梦几乎停止了。不管是什么引发了这些噩梦,它们似乎随着我留在身后的流浪男孩一起消失了。我回到完全不做梦的状态。但战争结束后,我去找红,遇见了你。那天晚上,我在开往圣迭戈的火车上打了个盹,我看见了奥古斯塔·红,她变成了一个老太太。她站在一座红色小房子里，正在打开一个包裹，里面是一只长颈鹿。这把我吓坏了。我担心大记者先生的那一拳又让我重新做起了噩梦，那就太残忍了。别管寄来的长颈鹿了。红永远永远不会变成一个老太太。然而之后我再也没有做过梦。连续几十年，我又回到不做梦的日子，我觉得这样很好。

但是昨天晚上，我被一群护工推回房间放到床上后，我闭上眼睛，听到了一个声音，这个声音从我十八岁以来就再没听到过……那是哼唱的长颈鹿发出的柔和、悦耳的咕噜咕噜声……我知道自己在梦中。因为就在那里，在我的房间里，野丫头正把它长长的脖子伸进我位于五楼的房间窗户，冲我喷鼻子，要我从床上下来，从窗户出去。所以，梦中的我真的下了床。我又回到弗吉尼亚州某处的卡车上，与野丫头的脑袋纠缠在一起，红正在讲述天空中、绘画里、巴黎的长颈鹿的故事，我发现自己沉浸在她讲述的那些很久以前的故事中，仿佛它们是活生生的，仿佛我们可以永远活在对它们的故事的讲述中。

然后卡车就消失了。我又回到床上，再次梦见红变成一个住在小红房子里的老太太，她打开一个包裹，发现里面是一只长颈鹿。

我发现那不是红。

那是你。

写到这里，我完全清醒过来，猛地从床上爬起来。在我的脑海中，这个梦像一场幻景一样结束了——我又一次和长颈鹿、老头，还有你妈妈一起上路了。不过这一次你也在。红拍照片时，你在帕卡德车里。红牺牲自己的梦想去拯救长颈鹿时，你在洪水中。野小子把她和即将成为你的你从库特的枪口下救出来时，你也在那里。红在讲述长颈鹿的杰作和传奇故事时，你在卡车顶盖上。她在讲另一个故事——我们的故事。

讲给你听。

这时我才知道我是个愚蠢而自私的人。

认为故事不重要的人是愚蠢的，因为归根结底，故事可能才是唯一重要的，才是我们要知道的永恒。因此，难道你不该听听我们的故事吗？难道你不该知道两只可爱的长颈鹿是如何救了我、你、还有你妈妈，一个我深爱的女人吗？把不属于他自己的故事带进坟墓的人是自私的。难道你不该知道你妈妈是多么勇敢，她的梦想是多么大胆吗？难道你不该认识你的这些朋友们吗，即使我们已经离去？

那时，我知道，一个老人也可以做些什么。我找来一支铅笔，开始写起来。

我拥有的真正朋友很少，其中两个是长颈鹿，一个没有把我踢死，另一个挽救了我这个孤儿一无是处的生命，还有你宝贵的生命。

它们现在不在了。我当然很快也不在了。如果电视上说的没错，世界上不会有长颈鹿了，它们和大象、老虎以及老头那些漫天飞舞的鸽子一起消失了。

不过，我知道你还在。这个故事也还在，它属于你，也属于我。如果它和上帝纯净伊甸园里那些生物一起灭绝了，那将是一个巨大的遗憾——我的遗憾。因为要是我曾声称见过上帝的面孔，那就是在那些长颈鹿的巨大的脸上。假如我该在身后留下一个故事，那就是这个故事，为了它们，为了所有人，也为了你。

所以，此时此刻，趁一切还来得及，我把它写了下来。如果没有温柔的长颈鹿的世界还残存一丝魔法，如果我在那些高耸入天的奇观中看到的那一点上帝的踪迹还存在于某个神圣而真实的地方，一个善良的人会读到我用铅笔草草写下的文字,并为我做我无法做到的最后一件事。

在一个明媚美好的早晨,长颈鹿、老头、我,还有你妈妈,会历尽千帆来到你身边。

……我放下铅笔,听到窗外有声音。

是野丫头。

她那美丽的长颈鹿脖子又朝我伸了过来,很久以前第一次在码头上看到它和野丫头时,我的心被紧紧抓住,现在我又有了同样的感觉。

"我们成功了,野丫头,"我指着这些文字说,"你开心吗?我很开心。"

它喷了喷鼻子,心满意足地朝我吹了一个唾沫球。

我开始问宝贝它为什么回来。然而,我的心漏跳了一拍……接着又是一拍……然后又一拍……我知道了。我真正的朋友渐渐消失,我尽情地向它投去最后一瞥。

再见了。

我用颤抖的手捂着苍老的心,微笑看着这些最后潦草写下的文字。

该停下了。

该走了……

……我伸手关上窗户。

尾声

退伍军人事务部联络员放下伍德罗·威尔逊·尼克尔古董床脚箱里的最后一打拍纸本,环顾四周。已经是傍晚时分了,她远远落后于计划。不过她没有看表,而是轻轻地把散落在周围的拍纸本捆好,连同那个小小的古董瓷器长颈鹿纪念品一起,整齐地放回床脚箱,然后去找医院主管。

"你有时间吗?"她说,"我想给你看样东西。"

几天后,在一间办公室里,圣迭戈动物园现任园长靠在椅子上,前面是一幅传奇人物"动物园女士"贝尔·本奇利夫人的壁画。办公桌上放着一摞从退伍军人中心寄来的潦草的拍纸本,他刚刚读完。他凝视着窗外森林般的场地,往前是动物园新成立的防止动物灭绝研究所,近一个世纪前,这里的围栏曾经饲养过动物园的第一批长颈鹿。

然后他碰了碰桌面显示器屏幕,动物园安全主管出现在屏幕上。

"什么事,先生?"

"假如我们想找个人,"园长问,"从哪里下手呢?"

就这样，在一个明媚美好的早晨，一位身材苗条、满脸雀斑、曾有一头红色卷发的八十六岁新泽西州老妇人坐在那里读一封特快专递——自从这封信到达后，她已经读过十几遍了——这时，她的小红砖房子的门铃响了。她开了门，看到两个送货员抬着一个二战时期的古董箱子，她示意他们把箱子轻轻放在硬木地板上。

她在他们身后关上房门，打开军用床脚箱，发现里面有一只长颈鹿。她欣赏了一会儿这个小小的圣迭戈动物园的瓷器纪念品。然后，她把它攥在手里，拿起第一打拍纸本，坐在离她最近的椅子上，开始读起来。

作者注

1999年,我为一个项目深入研读圣迭戈动物园的档案时,发现了一批泛黄的新闻剪报,它们记录了一个令人浮想联翩、久久不能释怀的故事。诸如圣迭戈动物园这样色彩斑斓的地方有很多故事,但这个故事的宽广程度和大胆程度令人叹为观止:

1938年9月,在动物园著名女园长贝尔·本奇利的命令下,两只小长颈鹿在海上躲过一场飓风,然后乘坐一辆改装的卡车历经十二天穿越全国,成为南加州首批长颈鹿。当长颈鹿从高高的窗户看美国时,五百多家报纸连日报道这个故事,给读者带来莫大喜悦。

阅读这些旧剪报时,我的眼前不断浮现出一个百无聊赖的农家小女孩,她正呆呆地盯着窗外,突然两只长颈鹿嗖地经过。我记得我发现了伦敦劳埃德保险公司发来的一封电报,为"爆胎、天灾、龙卷风、沙尘暴和洪水"投保,我更加着迷了。我查找了管理这项壮举的管理员的旅行日记,他叫查理·史密斯。不过,就像当时大多数粗枝大叶的动物园管理员一样,他不是那种会记日记的人。

就这样,这件事情被我搁置了。

几年前,我又开始想起那些长颈鹿——不过是出于一个令人不安的原因。二十一世纪初，长颈鹿和太多其他物种都面临被称为"第六次灭绝"的威胁，这个名称听上去就很可怕。当我思考世界上最具代表性的野生动物的未来时，我发现自己回到了1938年，与两只小长颈鹿一起在美国蜿蜒的公路上旅行，我在脑海中看到了人们再也看不到的东西，想象着这两只动物是如何让它们遇到的人变得更有人性的。也许这才是真正吸引我的地方。意识到我们可能会失去它们，我想花时间思考一下，为什么与我们共享这个世界的生物能如此打动我们。贝尔·本奇利的回忆录《我在人造丛林中的生活》在二十世纪最糟糕的年代成为国际畅销书，就证明了动物与人的这种联系。故事中除了"生命的循环"，还有更多事情在发生——希特勒的威胁，经济大萧条还在持续，然而两只旅行的长颈鹿却让全国人民的心情放松下来。

　　以这样一个真实事件为灵感创作历史小说的挑战在于，要进行充分研究并以此捕捉——在这种疯狂的想法似乎可行时——生活的真实样貌。与此同时，故事总是对当下的反映，因为它是在当下被读者阅读的。在这个新世纪，我们要担心的大事有很多，其中最令人心碎的就是心爱动物的灭绝。不过也不乏好消息：在世界各地，保护组织、研究中心、水族馆、保护区、基金会以及像今天的圣迭戈全球动物园这样的动物机构，都在为濒危物种——也为我们人类自己而战，因为我们现在知道，即使是蜜蜂和蝴蝶这样小的生物的灭绝，也会让人类付出惨痛代价。

　　未来几十年里，如果有人在书架上或图书馆的书堆里发现了这本小说，上帝保佑，不要让这个世界失去大象、熊猫、老虎、蝴蝶——还有长颈鹿。自然作家乔恩·穆阿利姆在2014年一个著名的TED演讲中指出，我们对动物的感受会极大地影响它们未来的生存。用他的话说："现在讲述故事很重要。情感很重要。我们的想象力已经成为一股生态力量。"

但愿如此。

在洞悉生命秘密的同时爱上它们，也爱上彼此，但我们仍然可以被它们吸引，被它们启发。它们仍然与我们同在。希望这一点永远不会改变。

史实注释

贝尔·本奇利

作为早期打破玻璃天花板的女性,本奇利于1925年来到刚成立不久的圣迭戈动物园,担任公务员簿记员,很快她就开始在这个蓬勃发展但总是资金紧张的动物园里从事从售票到打扫笼子的各种工作,直到一系列男性园长离职后她接手管理事务。在我们的故事发生时,虽然她作为世界上唯一的女动物园园长在新闻报纸和大众文化中广为人知,但动物园1927年男性董事会给她的正式头衔是"执行秘书",直到1953年她退休前才被选为"常务董事"。在她漫长的任期内,她被人们亲切地称为"动物园女士",并于1949年当选美国动物园和水族馆协会的第一位女主席。她的第一本书《我在人造丛林中的生活》在1940年出版后即成为全球畅销书,并被送到海外士兵手中,鼓舞他们的士气。之后她又出版了三本书。她最具前瞻性的一个想法是推出了一项校车计划,将二年级学生带到动物园。她相信,只有与野生动物亲密接触,人们才会关心大自然中的野生动物,现在所有具有环境保护意识的动物园都秉承这一信念。

缅甸剃须膏广告

一个无刷剃须膏品牌,因其广告手法而出名,它在路边的一系列小招牌上逐句张贴幽默押韵的诗句,并均匀间隔,以充分展现笑点。

时髦丹

二十世纪早期使用的一款著名的润发油,能让头发变得油亮,呈蜡质感。

1938 年大飓风

1938 年的新英格兰大飓风又称"长岛快车"或"洋基快船",是一个多世纪以来袭击东海岸的第一场飓风,也是有历史记录以来袭击新英格兰地区破坏力最大的风暴,直到 2012 年的飓风桑迪袭来。飓风的破坏力巨大,几个海岸社区连同那里的居民完全消失了,房屋和人都被卷入大海。凯瑟琳·赫本曾被这场飓风困在她家的海滨别墅。至于纽约市,据报道,东河泛滥成灾,帝国大厦在强风中摇晃。

长颈鹿的嗡嗡声

生物研究人员曾用录音机捕捉到长颈鹿在夜间发出的低沉的嗡嗡声。各种猜测层出不穷,比如这种嗡嗡声是长颈鹿打呼噜的声音,是它们做梦时发出的声音,是它们满足时发出的声音,甚至是它们跟海豚或大象一样相互交流的方式。

流浪汉卡

尽管公众存在误解，但流浪汉并不只是那些快乐地扒火车的流浪者。他们最初是游牧工人，在美国各地游荡，到处找工作，从不在任何一个地方停留太久，享受旅行生活的自由。为了避免警察骚扰，一群流浪汉决定成立一个工会，并自制流浪汉卡，宣传流浪汉的承诺。会费是每年五美分。

胡佛村

美国大萧条时期无家可归者拼凑起来的棚户区，以大萧条初期的总统赫伯特·胡佛的名字命名。

詹姆斯·费尼莫尔·库珀

被认为是美国第一位真正重要的小说家，最著名的作品是描写美国边疆生活的冒险故事，这些故事被统称为《皮袜子故事集》，讲述了一个名叫纳蒂·邦波的荒野猎户，人称"鹰眼"。库珀的故事冗长老派，不过仍然在我们的文化中流传。他最著名的小说是《最后的莫希干人》，讲述了莫希干部落最后两名成员（均为男性）的故事，现在这个题目已经成为一个常用短语，指代某种类型的最后一个，这与我们的故事产生了联结。

伦敦劳埃德保险公司

一个传奇的保险集团，1688年由一个名叫爱德华·劳埃德的海滨咖啡馆老板成立，专门为船只提供保险，因为其为无法投保的险种提供保险而闻名（比如横穿美国的长颈鹿）。有趣的是，它之所以能够做到这一点，是因为它不是一家保险公司，而是一个由资助人、核保人、公司和单个成员组成的"市场"，由他们共同承担和分散风险。

李和林肯公路

林肯公路是美国最早横贯大陆的汽车公路路线，穿过北部各州，于1913年竣工。李公路紧随其后，于1923年竣工，穿过南部各州，起点是华盛顿特区，终点是圣迭戈的太平洋公路。

曼恩法案

1910年塔夫脱总统签署了这项法案，该法案以其起草人国会议员詹姆斯·罗伯特·曼恩（James Robert Mann）的名字命名。该法案规定，"以卖淫、淫乱或任何其他不道德的目的"跨州运送妇女是犯罪行为——最后一部分允许自由主义的、通常是种族主义的解释。查理·卓别林、弗兰克·劳埃德·赖特、查克·贝里和杰克·约翰逊等名人都曾被卷入其中。约翰逊是第一位非裔美国重量级拳击冠军，他在和他的白人女友从匹兹堡到芝加哥的公路旅行后，成为首批受到指控触犯该法案的人之一。

鲁布·戈德堡

20世纪早期美国漫画家、发明家和普利策奖得主，以其广受欢迎的漫画而闻名，这些令人捧腹的漫画描绘复杂的小装置以错综复杂的方式执行简单的任务。这些漫画产生了"鲁布·戈德堡机器"这一表达，用于形容所有看起来过于复杂的发明，并一直激发全国性的趣味竞赛，直至今日。

罗宾·古德费洛号

一艘运送长颈鹿的商船，因在1938年的大飓风中幸存而闻名。然而，它未能在第二次世界大战中幸存下来，1944年7月25日，它在南大西洋被一艘U型潜水艇用鱼雷击沉，所有船员全部遇难。

日落小镇

在重建时期之后和民权时代之前，像我们的故事中的这种标志出现在全国成千上万个小镇的郊区，警告"有色人种"禁止通行。这给黑人旅行者带来了巨大的困扰，并激发了从1936年至1966年为非裔美国司机出版的年度指南，这个指南名为《黑人司机绿皮书》，简称《绿皮书》，以其编辑维克多·雨果·格林的名字命名。2019年奥斯卡奖最佳影片的片名《绿皮书》就是以此为灵感。

福特T型车/锡丽奇（Tin Lizzie）

福特T型车的昵称，该车型在早期汽车工业中占主导地位，价格便宜、性能可靠，尤其是在大萧条时期，许多最早的T型福特车已经破旧不堪，仍然可以上路行驶。

公共事业振兴署（WPA）/民间资源保护队（CCC）

公共事业振兴署（WPA）和民间资源保护队（CCC）是1935年罗斯福总统为应对大萧条而设立的两个新政项目。WPA主要雇用无特别技能的工人来进行公共工程项目建设，建造新校舍、医院、桥梁、机场、动物园和道路，并种植了大约 30 亿棵树。CCC 是一项以工代赈项目，为 18 到 25 岁之间（后来范围扩宽到 28 岁）的无技能的失业青年提供住所、衣服、食物和微薄工资。这些年轻人住在工作营地，主要是国家公园里的工作营。1933 年至 1942 年间，他们种植了 30 多亿棵树，并在 800 多个公园里修建了小径和庇护所。

致谢

每本书都有点像一个奇迹,我怀着谦卑之情,深深地感谢这本书。

我会怀念与长颈鹿、伍迪、红和老头在一起的时光。这是一次狂野的旅程——狂野但令人振奋的旅程。我之所以能跟大家分享它,是因为有那么多人帮助我完成这次文学之旅,他们值得我深深感谢。

我尤其要感谢的是:

简·迪斯特尔,她可能比我更爱长颈鹿,她的技巧和专注力一直让人赞叹。还有米丽娅姆·戈德里奇,她很快就看到这个不同寻常的故事的潜力。

圣迭戈全球动物园的员工,尤其是首席执行官道格拉斯·迈尔斯,感谢你们每天为世界濒危动物所做的一切。任何语言都无法表达我的感激。

丹妮尔·马歇尔,感谢她对书非同一般的感悟力。

感谢对过去世界的研究成为可能的重要资料来源——圣迭戈全球动物园档案;圣迭戈历史中心;关于1938年飓风、WPA/CCC、大萧条和沙尘暴的报纸数据库和口述历史;以及书籍、电影和照片出版物,包括《圣迭戈动物园：第一个一百年，1916—2016》、约翰·斯坦贝克1939年的《愤怒的葡萄》、维克多·雨果·格林1936年的《黑人司机绿皮书》、蒂莫西·伊根2006年的《最艰难的时期》、肯·伯恩斯2012年的纪录片《沙尘暴》，以及多罗西娅·兰格和玛格丽特·伯克 – 怀特的永不过时的纪实摄影作品。

当然，还要感谢我最亲近最亲爱的人和动物，他们一如既往，忍耐着我这个家里的写作者。

图书在版编目（CIP）数据

长颈鹿与少年 /（美）琳达·拉特利奇著；任爱红译. -- 北京：北京联合出版公司，2024. 8. -- ISBN 978-7-5596-7668-9

Ⅰ. I712.45

中国国家版本馆 CIP 数据核字第 2024D3Y646 号

Text copyright ©2021 by Lynda Rutledge
All rights reserved.
This edition is made possible under a license arrangement originating with Amazon Publishing,www.apub.com, in collaboration with The Grayhawk Agency Ltd.

北京市版权局著作权合同登记 图字：01-2024-2680

长颈鹿与少年

作　　者：（美）琳达·拉特利奇
译　　者：任爱红
出　品　人：赵红仕
责任编辑：李艳芬
特约监制：王秀荣
策划编辑：郭　城
装帧设计：尚燕平

北京联合出版公司出版
（北京市西城区德外大街 83 号楼 9 层 100088）
北京联合天畅文化传播有限公司发行
三河市百盛印装有限公司印刷　新华书店经销
字数 242 千字　880×1230 毫米　1/32　11.25 印张
2024 年 8 月第 1 版　2024 年 8 月第 1 次印刷
ISBN 978-7-5596-7668-9
定价：49.90 元

版权所有，侵权必究。
未经书面许可，不得以任何方式转载、复制、翻印本书部分或全部内容。
本书若有质量问题，请与本公司图书销售中心联系调换。电话：（010）64258472-800